〔韩〕郑秀妍 著

曾倚华 译

Shine

a novel

生来闪耀

中国友谊出版公司

献给所有的 Golden Stars

还有秀晶（Krystal），我生命中最明亮的光芒

目录

第一章

我会是最好的那一个，
还是被遗忘在阴影之中的那一个？

抬头挺胸，双腿交叠。肚子收紧，肩膀打直。露出微笑，好像全世界都是你最好的朋友。我在脑中默背我们的口号，等着相机镜头扫过我的脸。我搽着粉红色唇膏的嘴角勾出一个完美、像是在说"把所有秘密告诉我吧"的微笑。

但你绝对不该这么做。人们总是会说，三个人是无法保守秘密的，除非其中有两个人死了。嗯，这点在我的世界中是百分之百的真理。在这里，你永远活在他人的目光之下，而你的秘密总有一天会害死你。或者说，会毁了你发光发热的机会。

"你们一定很兴奋吧！"主持人是个皮肤白皙的中年男子，梳着光滑的油头。如果他的粉红色领带配上红色衬衫的组合没有这么刺眼的话，说不定看起来挺帅的。他热切地倾身向前，看着在他眼前一字排开的九位女孩，眼神闪闪发光。我们的长发全都烫成蓬松的大波浪，脸上经过长年亮白面膜的滋润而完美无瑕、光泽水亮，我们白皙的双腿完美地交叉，脚上踩着马卡龙色的彩虹高跟鞋。"你们在所有的音乐节目上都拿下第一名，还推出了第一支音乐视频！就差一个榜，你们就要通杀了耶！对于这点，你们有什么看法？"

"我们当然开心到不行了。"美娜迫不及待地开口，露出一口整齐的牙齿以及闪耀的微笑。为了展现同样的笑容，我的脸紧绷得几乎痛了起来。

"这对我们来说是美梦成真。"恩地同意道，然后用力地吹破她的草莓口香糖泡泡，再吹了一个更大颗的。

"有机会一起做到这件事，我们真的很感激。"莉齐附和，她的双眼在好几层的银色眼影下闪烁着。

主持人的眼睛一亮，像是要打探什么秘密般向前倾身："所以你们感情很好喽？我是说，你们九个美到不行的女孩天天相处在一起耶。总不可能每天都像是在度假吧？"

秀敏轻柔而优雅地笑了一声，用唇笔描绘得完美无瑕的嘴唇抿了起来。"当然不会'每天都像是在度假'，"她说，"但我们是一家人，家人永远优先。"她伸手挽住坐在她身旁的莉齐，"我们是属于彼此的。"

主持人抬起一只手，捂住自己的胸口。"真是感人。你们在合作的时候，最爱的部分是什么？"他的眼神缓缓扫过团体中的每个人，最后落在我身上，"瑞秋，你说呢？"

我的双眼立刻看向坐在主持人背后的巨大摄影机。我可以感受到镜头特写着我。抬头挺胸，双腿交叠。肚子收紧，肩膀打直。我为了这一刻，已经准备好几年了。我展开灿烂的微笑，在脑中把主持人想成我最好的朋友。然后，我的脑子变得一片空白。

说点什么啊，瑞秋。说话啊。这可是你一直在等待的大好机会。我的掌心开始觉得黏腻，而当沉默填充了整个摄影棚，我能感受到其他女孩不舒服地在座位上换着姿势。摄影机感觉就像是一盏聚光灯般热辣地打在我的皮肤上，我口干舌燥，几乎无法开口。

最后，主持人叹了口气，决定饶我一命。"你们一起经历过这么多事——在出道大成功之前训练了六年！这段经验跟你期望的一样吗？"他微笑着，对我抛出了一个简单的问题。

"是的。"我勉强吐出两个字，脸上仍然挂着微笑。

他继续说："再跟我多聊聊练习生的日子吧。在你们的成名单曲发表之前，练习生的生活怎么样？住在练习生宿舍里时，你最喜欢的是什么？"

我的大脑快速运转着，搜寻答案。我悄悄地把汗水抹在我下方的皮椅上。我脑中冒出一个想法。"还能有什么？"我边说边抬起手，对着镜头略显尴尬地动了动我的手指，上头画着完美的指甲彩绘，白底配上薰衣草紫的条纹，"有八个女孩帮你做指甲彩绘耶，这就像是住在二十四小时的美甲工作室一样！"

我的天啊。我有什么毛病？我刚才真的说，训练期我最喜欢的部分，是让八个女孩帮我免费做指甲吗？

幸运的是，主持人爆出一阵大笑，在摄影棚内回荡，而我感受到一股放松之感流过我的全身。好，我办得到的。我跟着他咯咯笑起来，其他女孩也很快地加入了我们。他对我露出油腻腻的微笑。噢喔。"瑞秋，作为主唱，你的才华一直备受称赞。你觉得你的才华有激发其他女孩做出更好的表演、更努力奋斗吗？"

这句话让我脸颊泛红，我举起双手，遮住脸上的红晕。我的脑子又开始嗡嗡作响。我已经练习过这类的问答一百万次，但每次只要面对镜头，我就会宕机。这些灯光、面前的主持人，还有想到外面数百万的观众正看着我，我的大脑就像是和身体分离了一样，再多的练习或准备都无法把这两者衔接起来。我的喉头像是堵着一颗高尔夫球大小的肿块，而我看着主持人脸上的笑容变得越来越僵硬。糟糕。他到底等我回答多久了？我很快地吐出一句："我是说——我的确很有才华。"我的眼角余光看见莉齐和秀敏对看了一眼，眉毛挑起。该死。"等等，但我不是最好的那一个。我是说，嗯，我们整个团体——每个女孩。我们都——"

"我想瑞秋的意思是，我们都热爱自己所做的一切，也每天都在激励彼此，"美娜圆滑地插嘴道，"身为团体的领舞，我从我父亲身上学到工作伦理的——"

突如其来的下课铃声在广播系统中响起，打断了她的话。摄影机被关上，主持人脸上的笑容也从脸上退去。他慢条斯理地脱下西装外套，露出下方丝绸衬衫腋下的巨大汗渍。我们九个女孩——DB娱乐旗下最优秀的一批韩国偶像练习生——则等着他给我们的模拟媒体采访评分。"下星期，我想要看到你们更有活力的样子——记住，练习生和一个真正的DB偶像歌手唯一的差别，就是你们有多想要得到这个身份！恩地……"她看着他，瞪大双眼，满脸恐惧，"我要跟你说几次，在模拟采访的时候不准吃口香糖！再违规一次，我就直接把你送回菜鸟班。"恩地的脸色变得惨白，垂下头。"秀敏！莉齐！"她们的头倏地抬起，"你们都要更有个性一点！没有人会花二十万韩元去听一场歌手只会顶着一脸化妆品却无话可说的演唱会。"莉齐看起来就快要哭了，而秀敏的脸颊红得几乎和她的口红一样。最后，他转向我，用一种近乎无聊的语气说道："瑞秋，我们已经谈过这件事了吧。你的歌声和舞技都是我们公司数一数二的，但这是不够的。如果你连在模拟采访时都无法向我推销自己，要怎么样每天面对大批观众好好表演？或是应付有观众的现场采访？我们期待你能表现得更好。"他对我们简短地点了个头，一边走出训练室，一边从前口袋里拿出一根香烟。

我瘫软在坐了一小时的高脚椅上，一边按摩着因高跟鞋而抽筋的右腿，脸上的微笑退去。这些我早就听过了。你得做得更好，瑞秋。在镜头前轻松点，瑞秋。偶像歌手必须一直都保持可爱、神秘和完美，瑞秋。我吃痛地哀号一声，转过身穿上我的帆布鞋。美娜在自己的座位上怒视着我。

"现在又怎么样了？"我叹了口气。

她举起一只手，展示她完美的法式美甲。"八个女孩帮你做指甲？认真的吗？我们可不是你的仆人，瑞秋。"她翻了个白眼。当然啦。我在心中想道。DB 娱乐的所有人之中，美娜大概是最可能有仆人的人。她是韩国最老财阀家族之一朱家的长女，朱家是广为人知的大中超市家族。全国大概有数千家白橘相间的大中超市，销售商品从泡菜和养乐多，到印着盗版三丽鸥角色、上面写着奇怪的韩式英文（像是"你妈是我家仓鼠"这种句子）的大学 T 都有——这代表美娜比有钱更有钱，而且特别喜欢找我碴儿。"你知道我们会有这么多堂模拟采访课，都是因为你的关系，对吧？"我的腹部涌起一股热气。她说得对，这是事实，我知道。但不代表我需要听她这么说。"你能不能至少回答得像个偶像，而不是一个在参加睡衣派对、做着明星梦的小女孩？还是对我们可怜的韩裔美国小公主来说，这个要求太高了？"

我的身子一僵。我是在美国出生长大的（更精确地说，是纽约市），这不是什么秘密，但今天早上我因为舞蹈课迟了三分钟被教练大吼，现在又经历了失败的采访，我实在没有心情应付美娜和她盛气凌人的态度。"我不记得主持人有问你任何私人问题，美娜，也许你没有像你想象中的那么有趣。"

"或者是因为我不需要练习。"美娜说。

我叹了一口气。今天早上我没吃早餐，但和美娜的唇枪舌剑需要至少一餐的热量。我转身，把高跟鞋塞进我的老旧白色皮制托特包里。

"是怎样，你现在不屑和我说话了是吗？你妈妈没教你一点礼貌吗？"美娜说道。

"你期待她能怎么样？"莉齐说，她拿着带字母图案的粉盒，对着上面的镜子检查自己的睫毛膏。她把粉盒合上，眯着眼看向我："可爱的瑞秋小公主，她妈妈甚至不让她踏进练习生宿舍。也许就是因为这样，她才会以为我们除了做指甲之外都没在做事？"

"能当卢先生最喜欢的练习生，感觉一定很棒。"恩地大声叹了口气，"你知道，我们之中的某些人真的很努力才有今天的地位耶。你可没看到我们有得到管理层的任何偏爱。"

"你该不会觉得你是某些人之一吧？"秀敏说着，转身看向恩地，"我不记得上次看你真的流汗是什么时候了。"

"说到汗，你也许要补个妆了，宝贝，"恩地说道，一边用食指在自己的脸四周画了一个圈，"你看起来有点……亮。"

"嗯，你的鼻子看起来有点假。"秀敏反击。

"你们两个让我头都痛了！"莉齐向美娜哀号道，"前辈，你能让她们安静吗！"

美娜微笑起来："当然了，莉齐，亲爱的。我们把摄影机打开如何？她们马上就会安静了！噢，等等……这只对瑞秋有效！"

房里的其他人咯咯笑了起来，我的脸颊因愤怒和羞愧而涨红。我应该要反击的，但我没有。我从来没有。我喜欢假装那是因为我把妈妈的忠告放在心里——你知道，大人有大量、不计小人过、不要让她们看见你的脆弱——那些强壮的美国女性主义者会有的座右铭，但我喉咙中那股热辣的感觉，告诉我这都是谎言。我把鞋带绑好，站起身。"不好意思，我要走了。"我边说，边往房门走去。

"喔，你可以走了。"美娜无辜地说。我的眼角余光看见她对着其他女孩指手画脚，大声地耳语着，狡猾的微笑逐渐在她们脸上扩散。

DB 娱乐的培训中心就像它培养出来的偶像一样：完美无瑕、闪闪发光，让人几乎无法转开视线。它位于韩国流行歌坛的首都清潭洞，每到夏日，练习生们便会聚集在屋顶花园里练习瑜伽和普拉提，并互相争夺着遮阳伞下方的位置，以避免任何一丁点的晒痕。培训中心内则有从雪岳山直飞送来的山泉水喷泉，点缀铺着柚木和大理石的大厅。DB 娱乐的高层宣称这些喷泉是为了帮助我们释放内在的平静，好发挥最大的潜能——但我们都知道这是个天大的笑话。这里是没有所谓内在平静的。

尤其是每天你都得盯着毕业纪念册看的时候。

毕业纪念册（会取这个名字，是因为这里大部分的练习生几乎都没有机会拿到真正的高中毕业纪念册）是指围绕着中央大厅喷泉的那几面墙，上面全是从 DB 娱乐培训毕业的偶像歌手。他们完美的微笑和闪亮亮的头发，在我们每天在课堂之间奔走时，不断提醒着我们未来要成为的样子。而在墙的正中央——那是我们每个人都希望自己名字总有一天能出现的地方——是一块金色匾额，上面刻着所有 DB 旗下单曲登上首尔音乐排行榜第一名的歌手或团体。

经过大厅时，我停下脚步，盯着这面墙。我的视线扫过那些我几年前就记下的名字，双眼逐渐模糊。表亦里、权允佑、李智英……还有最新的"NEXT BOYZ"。我感觉到自己的心脏一阵熟悉的紧缩，那些伴随着练习生身份而来的压力、惊慌与脱水。我回想着刚刚糟糕的采访表现，一阵瑟缩，一面加快脚步，朝建筑物西侧的独立练习室走去。

走廊上摆着全球性演唱会时使用过的玩具和道具，那是只有顶尖中的顶尖歌手才有的殊荣。有一半的道具都印着女团"Electric Flower"和姜吉娜的标志（她们是金牌传奇，也是过去几年主宰韩国流行歌坛，最大也最优秀的少女团体，吉娜是她们的团长）。她们的首张单曲就登上了第一名，自此之后就再也没离开过。当我刚加入 DB 娱乐时，我崇拜着这些女孩——尤其是吉娜。而现在，知道她们要经历些什么才能来到现在这个地位，我是更加欣赏她们了。但我心里的一小部分也在好奇着那些被她们抛下的女孩。那些没有办法进到这个团体里的女孩。

我会是最好的那一个，还是被遗忘在阴影之中的那一个？

重低音在走廊上回荡，我偷瞄了其中一个房间，看见一个二年级练习生正在练习团体"蓝珍珠"《别放弃爱情》的舞蹈。她搞砸了轮流伸展手臂的动作，丧气地垮下肩膀，并往音响走去，把音乐从头播放一次。看着她跳舞，我整个身体都疼痛了起来。看着她额头上滴下来的汗水和通红的脸颊，我知道她已经在这里好几个小时了——对一名年轻的练习生来说，这只是一个寻常日子而已。我来到走廊尽头，手指划过电子签到屏，查看还有哪些练习室有空。以周六来说，现在时间还算是蛮早的，所以我希望能找到下午时段来练习我的舞蹈动作，但是，呃。真是不敢置信。每一个栏位都是满的。

感觉到自己的体温急剧上升，我不由得握紧拳头。莉齐没说错——我的确不像其他二十四小时都待在这里的练习生，和他们一样在练习室里练唱或练舞到凌晨四点，然后在附近的练习生宿舍过夜，接着隔天再重复一样的日子，日复一日。当我刚被DB娱乐招募时，我妈根本不让我加入。这代表着我们全家要从纽约搬到首尔，我妹妹要放弃她的学校和朋友，我的父母也都要放弃他们的工作。但我妈最不能理解的是，为什么韩国流行音乐对我来说如此重要，而且她也完全不能理解练习生的生活模式——那种高强度的压力、好几年的训练，还有整形疑云。然后，在我哀求了她三个星期、拜托她改变心意时，我的外婆过世了。我记得自己当时有多难过，也记得我、妈妈和利娅哭了好几个小时，记得我们小时候每次拜访她的时候，外婆总是会叫我坐下来，帮我编头发，一边在我耳边说着民间故事，用她平静的声音告诉我，以后我会变得多漂亮、多聪明、多富有。我妈不让我们请假飞去韩国参加丧礼，而当她回来时，我几乎已经放弃了当练习生的事了，但让我意外的是，我妈和我谈了一个条件：我们搬去首尔，我要在周一到周五去学校上课，继续受教育，不能放弃上大学的选项，然后每周末（从周五晚上开始）我可以去参加培训。（几年前，我问过她一次，为什么在外婆过世之后她会改变心意，但她只是眼神空洞地看着我，然后很快地拍了一下我的后脑勺。）

DB娱乐的高层一开始并不同意妈妈提出的条件，但不知道为什么，卢先生决定要为了我改变游戏规则。妈妈觉得那是因为她的"美国女性力量"（根据她的说法啦），但我知道我只是少数几个得卢先生偏爱的幸运儿——少数几个他决定直接让我们跳过练习生默默无闻的阶段、并给我们额外关注的幸运儿（虽然在练习生培训期，额外的关注其实代表额外的压力）。总之，整个状况算是前所未闻，而不久之后，我就开始被人称为"瑞秋公主"，号称整个DB娱乐最大牌的练习生；虽然双亲都是韩国人，但我的美国护照（还有美国人的态度，还有美国人对午餐肉罐头的厌恶……）在我和其他练习生之间所造成的距离，却比整个太平洋还来得大。现在，经过整整六年后，虽然我在这里的时间比大部分的练习生都长，这个绰号还是一直流传了下来。

我以为她们会根据我的训练强度来评断我。周末时我是如何在DB总部操练筋骨，周一到周五我一天只睡四小时，只因为我在写完作业之后又逼自己训练了好几个小时；我是如何拜托学校给我独立学习的音乐课，好让我每天都有五十分钟的时间独自待在音乐教室，自己练习音阶、保持我的敏感度。但她们却是用我干净的衣服、我梳得光亮的发型，还有我每天可以睡在自己床上的事实来批判我。

　　但最糟的部分是什么呢？她们说得对。她们每个人都花一天二十四小时、一周七天的时间在训练。她们大部分人都住在练习生宿舍，一个月才回家一次（那还算多的）。她们吃的、睡的、呼吸的都是韩国流行音乐。不管从哪个角度来看，我都没办法和她们竞争。但我非和她们竞争不可。

　　我用手掌根部揉了揉额头，试图让自己冷静下来，保持呼吸平顺。随着我越来越接近出道的年纪，我求我妈让我全职受训，但她每次都坚定地拒绝我。我要怎么让她知道，要以过二十岁的年纪在女团里出道，是几乎史无前例的事情？我要怎么解释给她听，我只剩下三年就要错过我的黄金年龄了？自从 DB 娱乐在上一次 DB 家族巡回开始之前让 Electric Flower 出道之后，到现在已经快要七年了。在那之后，公司就没有推出任何女团了。关于 DB 娱乐正在筹备，且很快就要推出下一个女团的传言，已经流传了好几个月，而我等不了下个七年了。我连七个月都等不起。到那时候，对我来说可能就太晚了。我努力了这么久就是为了出道，而我绝对不能让自己错过。不管妈妈怎么说。

　　"瑞秋！"

　　我的手从脸上弹开，挂上一个愉悦而中性的表情，准备再一次应付美娜的正面攻击。但当我看见明里从走廊另一端走来时，我吐出一口气，露出微笑，看着她浓密的马尾在她脑后摇晃。

　　增田明里十岁时和她的父母一起搬来首尔。她的爸爸是个日本科技天才，被乌山空军基地招募。她在日本时就在东京著名的流行音乐公司 L-Star 的入围名单上，但她的父母并不希望她这么早就开始一个人住。之后来了首尔，她爸爸就动用了一点关系，让她加入了 DB 娱乐的培训计划。也许因为我们两个都知道身在首尔的外国人是什么感觉，我们从见面之后就一直处得很好。在一个做任何事都像是在竞争的地方，要交朋友并不容易，但明里是 DB 这里我少数觉得可以真心信任的人之一。

"你到哪去了？"她一边问道，一边流畅地环住我的手臂。她从四岁就开始练芭蕾，拥有舞者天生就有的优雅。

"媒体训练。"我轻描淡写地回答。明里看着我眼下的黑眼圈和我泛红脏污的脸，便温和地将我带离练习室。

"嗯，我到处在找你耶。我好怕你会错过菜鸟的行礼仪式啊！"

我呻吟一声，停下脚步："呃，不了。别逼我去参加那个。你知道我有多讨厌这个活动。"

"不管你讨不讨厌，'行礼仪式代表的是家庭，而在 DB 娱乐，家人永远是最重要的。'"明里咯咯笑着，扭曲着脸模仿 DB 娱乐总裁卢先生的脸，像得令人不舒服——不过照他的说法，他不是总裁，而是紧密联结 DB 大家庭的大家长。哈。她挤眉弄眼地说道："再说，我听说那里有吃的哦。"

一想到食物，我的肚子就不争气地叫了起来，我才想到我今天什么都还没有吃。"你应该早点说啊，"我一说，一边让她拉着我走过走廊，"你知道我从来不会拒绝免费大餐的。"

"没有人会啊！"当我们踏进主大厅时，明里大喊。这里挤满了人——练习生急着赶去上课，工作人员忙着赶去办公室，为下个周末在釜山举办的 Electric Flower 大型演唱会做准备。我们走过员工餐厅——这是全亚洲唯一一间有米其林星级的员工餐厅。

就连国际级的巨星，像是乔·乔纳斯和索菲·特纳，都曾经为了吃这里的食物而专程赶来。可惜了，这种好东西对练习生和真正出自 DB 娱乐的偶像来说却是一种浪费，因为我们每个星期都要接受严格的体重测量。我们可担不起在舞台上撑爆舞台装的责任啊（这句话本来是个玩笑的）。

礼堂是整个培训中心中我最喜欢的地方之一，装潢着闪闪发亮的亚麻色木头，天花板上则装着伪工业风的吊灯。舞台戏剧化地立在礼堂中央（当然是为了更忠实地呈现体育馆巡回演唱会的现场了），四周则围绕着扎实的绒布座位。

当我们溜进第一排座位时，卢先生已经站在舞台上了，后方站着一排新来的练习生。我看着台上那些孩子；他们正不安地躁动着，脸上挂着微笑，看起来就像开学第一天的孩子们那样，浑身散发着兴奋与紧张的情绪。卢先生一如往常地穿着整身的暴发户普拉达套装，维持着他一贯的风格：批判性的小眼睛，藏在镜面处理过的眼镜后方，随时准备好从一里之外揪出表现不符预期的练习生，但双手温和地搭在菜鸟们的肩膀上，假意地想要表现得慈蔼可亲。

他说着这群未来的韩国流行偶像即将面临的种种挑战，而我的视线已经飘向了礼堂边上摆好的食物。豪华的西式自助餐台上摆着烟熏火腿无花果三明治、玫瑰水甜甜圈，还有盛满新鲜芒果和荔枝的水果盘。一小群 DB 高层和资深教练已经挤在餐台边，大吃起来了。我在他们之中看见一抹荧光粉色的头发，便对 DB 的首席教练郑俞真挥了挥手。当年我躲在明洞的某一间卡拉 OK 室里唱着《超有型》时，挖掘我的人就是俞真。那年我才十一岁，我和利娅是暑假回来拜访外婆的。现在我已经十七岁，而俞真仍然是我在 DB 娱乐最仰赖的人——她是我的导师，我的大姐。不过除了明里之外，别人都不知道我和她之间的关系，也不知道我和她有多亲近。俞真总是说我作为练习生的日子已经够辛苦了（因为卢先生对我的偏爱和我特别的培训时间表），她不想让别人知道我是她最喜欢的练习生。她一边悄悄地对我挥了挥手，一边假装有在听某个抓住她手臂、在她耳边窃窃私语的高层老头说话。她从礼堂另一边对上我的视线，用唇语说：救命。

我暗自偷笑着，眼神向一旁扫见一块白橘相间的巨大告示牌，它摆在其中一张桌上：谨代表朱美娜与她的父亲，我们很荣幸成为 DB 家族的一分子，请享用！我的笑容瞬间退去，也许我还是有办法拒绝免费食物的。

"我觉得突然没胃口了。"我声音扁平地说。

明里顺着我的视线看了看那块告示牌。"喔。"她说。然后她笑了起来，试着让我打起精神："好啦，美娜也没有那么坏嘛。"

"记得我的行礼仪式那天发生了什么事吗？"

明里微笑着，眼睛变得弯弯的："噢，当然，我超爱那个故事的。"

成为 DB 菜鸟的第一天，我完全不知道，在仪式上我应该向练习生前辈们鞠躬。我从纽约飞来的飞机才刚落地——虽然我的父母都是韩国人，鞠躬这件事在美国实在不常发生。小时候，我们只有在拜访父母的教会朋友时才会行礼，而且是那种非常正式的韩式大礼（看在行完礼之后他们给我们的二十块美金的分上，那个礼行得非常值得）。我一直以为行礼仪式只是个欢迎活动，是和其他练习生见面的机会。俞真姐知道我一定毫无头绪，所以在我耳边提醒我，要我向其他年纪较大的练习生行礼。我照做了——但只有对那些排成一排、比较大的青少年。当我来到美娜面前时，她只是一个和我一样年纪的女孩，所以我伸出手，和她握手，还以为这是正确（而且礼貌！）的做法。但她事后发的脾气，好像我当时是踹了她的肚子，又对她的头发吐口水一样。

明里已经对这个故事耳熟能详，模仿起美娜世界级的崩溃模样。"那个贱人以为她是谁啊？"她边笑边喊道，"她以为自己是从美国来的就了不起吗？学点礼貌吧，菜鸟。"我翻了个白眼，回想起她如何立刻就向卢先生告状，要他惩罚我对前辈（前辈意指任何一个比你有经验，不论年纪比你大或比你小的人）的不尊重。幸好俞真让整件事顺利落幕，但自此之后，美娜基本上就把摧毁我设为她的人生目标之一了。

"老天，她那个臭脾气。"

"但你还是没对她行礼，对吧？"明里说。

"要我向一个得了公主病的有钱娇娇女行礼，美娜还不够格啦。"我说。

"这样才对，"明里拍了拍我的背，"小时候的瑞秋一定会以你为荣的。"我回给她一个微笑，但我的心沉了下去。如果时光能倒流，假设我当时已经知道了正确的礼数，我还是会做一样的事吗？我很想说是的，我当然会给美娜好看，但我实在不知道这到底是不是实话。我想着今天早上跑离练习室时的样子，想着自己如何回避和其他练习生的冲突——俞真总是叫我无视这些事，专心在培训上就好，我也总是在内心复诵这句话，但十一岁的瑞秋会以现在的我为荣吗？还是会说我是个懦夫？

明里和我一起上台，排队准备接受菜鸟们的行礼。

"不好意思，"莉齐劈头对我们说道，"公主和跟班请站到后面去。"我们四周的女孩错愕地倒抽了一口气。

我身旁的明里转过身面对她。"你才要不好意思咧，"她回击，面孔距离莉齐只有几寸远，眼睛因怒火而眯起，"我们还比你资深呢。我们哪也不去。"

莉齐的眼神紧张地转向一旁骄傲微笑的美娜，但她什么都不能说——她们都知道明里说得对。"随便啦。"她哼了一声，显然是认输了，"反正你们就是外国人。"我们四周的练习生直瞪着我们看，窃窃偷笑起来。我受够了。

"走吧，明里，"我低声说道，脸颊通红，"不值得跟她们争。"

从明里挺直身子走路的姿势判断，我知道她怒气冲天，但她还是跟我走了。不值得，我告诉自己。在新人仪式上发飙很不专业。我可不是美娜。

不过我们也没去队伍后面，而是走下台，来到餐台边。俞真抓住我的手，用力捏了捏。"刚刚台上还好吗？好像有点……紧绷。"

我回给她一个僵硬的微笑："还好啦。没什么好担心的。"我忽略她耸起的眉毛，拿起一个餐盘。我心不在焉地对一盘三明治伸手，想要用食物压下在我肚子里不断翻滚的耻辱感，但明里把我的手拉了回来，摇摇头。

"那是小黄瓜哟。"她指着牌子说。

"恶心，"我抖了一下，转而拿起一片芝士培根比萨饼，"谢了，你救了我一命。"

"不然你要闺蜜干吗？"她微笑道，"而且我可不想重温 2017 年的小黄瓜末日。只要想到你那时候在员工餐厅，吃一小口小黄瓜沙拉之后就吐得满桌子都是，我到现在还是会做噩梦。"

"不能怪我啊！小黄瓜根本就是蔬菜界的慢跑运动好吗？人们只是假装喜欢，因为它理论上是很健康的东西，但它实际上就是难吃死了，而且它的味道在嘴里超恶心。这东西应该是非法的。"

"抱歉，姐妹，但我还以为严格来说，小黄瓜算一种水果呀？"明里大笑，而我把一坨捏烂的餐巾纸丢到她脸上。

走进偶像练习生的任何一堂课，你都可以找到世界上最有天赋的青少年——专业舞者、极富成就的歌手，当然，也有世界级的八卦王。"我听说他把头发染成橘色的了。"恩地说。

"而且不是随便的橘色喔，还是跟 BIGM$ney 的罗密欧一模一样的特调橘色呢。"一个穿着银色长裤的第一年练习生附和道，他的声音听起来都还没过青春期。

看来现在正在上课。

现在，所有的八卦当然都围绕着一个主题：DB 最新的偶像歌手李杰森，他的团体 NEXT BOYZ 以一首出道单曲《真爱》勇夺排行榜第一名之后，他就被放上了毕业纪念册。走在培训中心——老实说，就算是在整个首尔也一样——你不可能听不到杰森的高音唱着要寻找自己的真爱。他的成功让卢先生喜不自胜。但是现在，甜美谦虚又忠诚的杰森，显然正和 DB 高层闹着严重不和，但没有人知道为什么。我一边啜饮着果汁牛奶，一边听着身边此起彼落的阴谋论，快乐地把自己今天的烂心情抛到九霄云外。

"我听说他偷了卢先生的黑胶唱片。"第三个声音低声说道，说话的人留着厚重的红棕色刘海。

"那个天使男孩？偷东西？怎么可能！"

"卢先生真的会发现吗？他有几千张唱片吧。"

"你在开玩笑吗？卢先生对那些唱片超狂热的。"

"谁在乎啊？就算他是贼，他也可爱到不会被开除啦！"一半的练习生开始同意地点着头。

我不可置信地轻轻摇着头。偷唱片和染头发？DB娱乐邪恶的八卦制造机就只有这点程度吗？几年前，一名叫作崔苏西的女练习生，在培训期间突然无征兆地被开除了，八卦都说她有药瘾，还欠了几千块，所以被人卖去了一间位于柬埔寨的朝鲜主题餐厅（不过明里说她在街上看到苏西和某个小帅哥牵手逛街，但我不相信。苏西不可能违反DB最严格的约会禁令——在这个产业里，违法用药比违规交男友的传言可信多了）。去年某个周日，我爸妈都要加班，所以他们要我带利娅一起来接受培训——而那时候，关于利娅其实是我的私生女，所以我才没办法在平日受训的谣言才刚落幕。当然，我只比利娅大了五岁的事实，似乎完全被所有人无视了。

"我们应该要专心训练，不是专心八卦。"美娜一本正经地说，一边伸展四肢，一边瞥向卢先生的方向。我努力克制翻白眼的冲动。她还能再明显一点吗？

她的视线落在我身上，便朝我走来，对着我手上的餐盘面露微笑："瑞秋，真可惜你无法参与行礼仪式。这个仪式还是留给我们这些知道自己在干吗的人就好，你觉得呢？但我希望你有好好享用美食。"

好了，够了。我今天吸收的"美娜"已经过量了。"当然喽，"我愉快地回答，一边从盘中叉起一片培根塞进嘴里，"我很幸运能天生就这么瘦，所以我不用一直注意热量。"我的眼神刻意扫过她盘中的芹菜和拌凉粉，一群比较年轻的练习生转过来看着我们，瞪大眼睛，咯咯笑了起来。

美娜的双眼吃惊而愤怒地眯起——她不习惯我的反击。我很确定她会要我付出代价的。她再度开口时，声音高了几阶："如果你和明里今天晚上有空，你们要不要来练习生宿舍参加我们的练声课？我们每周六都有练习，我也不希望你们进度落后。"

练习生宿舍。对，最好是。我妈不可能会让我去，她明明就知道。

在我回答之前，卢先生就走了过来。美娜的大嗓门显然有所回馈了。至少她从那些额外的歌唱训练里有学到一点东西，这女孩知道该如何发声。

"你们在说什么晚上加练？"他的视线越过人群，落在我身上。"瑞秋，这是你的点子吗？"他微笑着问道，"我们最努力的练习生！"他的视线定在我身上，而我们身边的其他练习生全都安静了下来，尽可能坐得越直越好，警觉地等着被点名，好在获得那一瞬间的关注时留下好印象。

我旁边的美娜，对于卢先生又一次的偏心发言感到怒不可遏。我勉强露出一个微笑，张嘴正要回答，但美娜在最后一刻抢了我的机会。"我会出席的，卢先生！"她几乎是大叫了，几片芹菜从她的盘子中飞了出来。

卢先生错愕地瞪大眼睛，不过很快就恢复正常："很好的态度。这样不错，你是……呃……"

"美娜。朱美娜。我爸爸是朱民皙……"美娜的脸垮了下去，"你们两个是老朋友……"

"对，对，没错，民皙的女儿！"卢先生轻笑起来，眼中出现一抹松了一口气的神色，"感谢提醒。"

美娜的脸上绽放出灿烂的微笑。"不，感谢您才对，卢先生，"美娜谄媚地说，"你们两位最近会再见面吗？爸爸总是说他很享受您来参加朱氏集团年会时……"

"对，对，我会打给他的。"他笑了笑，再度把注意力转回我身上。"你真会交朋友，瑞秋！你和美娜是其他资深练习生的典范。所有人都该向她们学习，在晚上加练，"卢先生对上我的视线，我能在他的镜片上看见自己的倒影，"尤其是那些想要尽快出道的人。"

我的肚子里燃烧着一把火，但我纹风不动。我可以感觉到美娜骄傲的神情在我的脑门侧边熊熊燃烧，但我只是喝了一口果汁牛奶，然后露出微笑。

"算我一个。"我说。卢先生赞赏地点点头，而我举起手中的铝罐，像是在向他敬酒。敬这个大家庭和我们被摧毁的价值观。"我等不及了。"

第
二
章
—

小瑞，不只是明天。

我们在讨论的是你的人生，

我对着面前的沙包又挥出一拳，汗水从我头上滚滚而下。砰！美娜可恶的微笑。啪！妈妈严格的规定。梆！我居然选择在媒体训练时逃避那些女孩，而不是为自己反击。哼！我在脑中把这些恼人的东西、这些拦阻我的事物全部痛揍一顿——包括我自己。

　　随着我一拳接着一拳的挥舞，帮我紧紧抓着沙包的爸爸低哼着。"你一定很崇拜我。"他说。

　　"为什么这么说？"我问，我的呼吸因为体力透支而断断续续。

　　"你显然就是想要追随我的脚步啊。"他笑了起来。爸爸以前是个职业拳击手。

　　"不然我十七岁的女儿为什么要折磨这个沙包？"

　　"十八岁，爸。在韩国，我已经十八岁了。"依照韩国的习俗，你出生的时候就已经一岁了，这代表你比在美国的时候老了一岁。距离黄金时间的结束又近了一年，距离太老而无法出道的年龄也近了一年。我又打了沙包一拳。

　　"抱歉，女儿。"爸爸叹了一口气。

我送出最后一拳，然后向后退开几步，用力喘着气。我的马尾被颈后的汗水粘在皮肤上。如果这是在 DB 培训中心，我就会觉得很糟——教练们不喜欢练习生流汗，就算是训练了好几个小时后也一样，说这让我们看起来很不专业又很邋遢。而且大部分女孩都会带妆训练，融化的睫毛膏从来就不是什么好看的模样。但是在拳击训练馆，我沉迷于流汗的感觉。这让我觉得我好像刚教训了某人一顿，虽然只是在我的想象中。

爸爸意味深长地看了我一眼："你还好吗？"

他对着馆场的另一端点点头，明里和我学校的两个朋友赵氏双胞胎正在练习对打，三人都戴着完整的头盔和拳击手套。她们有时候会和我一起来我们家的拳击训练馆拜访爸爸；爸爸会和我们说他以前的风光故事，我们则会在这里进行有氧训练。

"我很好。"我说。虽然我爸很酷，但我知道不管我跟他说任何培训时发生的事，最后都会传到我妈耳里。我爸也不是不会保密。事实上，他自己就有一个大秘密没有让妈知道。

"对了，你的课怎么样？"

他四下张望了一下，好像怕妈妈就躲在某一个沙包后面。但除了我和我朋友之外，现在训练馆空无一人，和平常一样。"我的课都很顺利，"他清了清喉咙，"你还没有跟你妈或利娅说，对吧？"

我摇摇头。我会知道爸爸偷偷在修法律学院夜间部的课，是因为有一次我来训练馆找他时，在办公室里看到了法律学院的教科书。我问他的时候，他很紧张，想要假装那只是休闲读物。不过最后他终于放弃抵抗，告诉了我真相，但他也要我保证不要告诉妈妈或利娅。"还没。但已经快两年了吧？你不觉得该跟她们说了吗？我是说，你都快要毕业了耶！"

"我不想要让她们抱有期待，"他现在说的话还是和当时跟我说的一样，"我们都知道训练馆的生意不太好。现在和以前不一样了……"他顿了顿，而我回想起在纽约时的日子。因为过去的职业拳击手生涯，爸爸在纽约算是小有名气，而我们家在西村里所开的训练馆也因此总是充满人潮。我妈那时候则差一点就拿到了纽约大学的英语文学教授终身教职。每个人都很忙，但我们四个总是有办法找到机会相聚。放学之后，利娅和我会去妈妈的课堂上旁听，在那里画画或写功课。周末，我们则会在训练馆里帮忙替拳击手们递水和毛巾，妈妈也会在办公室里帮忙，安排课程表和接收快递。下班之后，我们会一起去买冰激凌，然后带利娅去华盛顿广场公园看街头艺人吹超大的泡泡。

但现在一切都不一样了。妈妈得在工作上双倍努力才有可能拿到终身教职，而且也许还要好几年。利娅每天下课后则要独自一人度过好几个小时，因为父母都在工作，我要不就是在写作业，要不就是在试图跟上培训的进度。爸爸的拳击训练馆……嗯，在我们搬来首尔之后，他就买下了这间场馆，但事业一直都不见起色。有时候，甚至只有我和我的朋友们会来。

这是今天的第三次，我的喉头又涌起一股灼热的感觉。我知道身为练习生，我爸爸是为我感到高兴的，但他为了让我能追逐我的梦想，却放弃了自己的未来，这又让我感到愧疚。爸爸摇了摇头，给了我一个浅浅的微笑："我爱这个训练馆，但我更爱你、利娅和你们妈妈。你们三个才是现在最重要的，成为律师的话，也能让我们的经济状况稳定一些。我只是……不想让她们失望。尤其是利娅。她才十二——十三岁！你也知道，只要一点点小事就能让她兴奋过头。再给我一点时间，看看我有没有成功的机会吧。"

我理解地点点头。让我的家人失望——他们放弃了一切，只为了让我能来 DB 受训成为明星——这个念头不断在我脑中盘旋。所以这对我来说不是行不行的问题，而是时间的问题。除了成功之外，我没有第二个选择。

"老人的话题聊得够多了，"爸爸说，试着让自己保持语调轻快，"去跟你的朋友玩吧。"

现在轮到明里抱着沙包，让双胞胎们轮流出击了。赵慧利和赵朱玄是我在首尔国际学校最好的朋友，从我四年级开学的第一天，校长指派她们担任我的欢迎委员之后就是了。我好害怕其他人会怎么看待我的练习生身份——他们会觉得很奇怪吗？还是娇生惯养？或是他们只会希望我向他们鞠躬，就像美娜那样？——但慧利和朱玄完全不管这一套，在我开口或动弹之前就抓住我的手，带我在学校里跑了一圈。她们对我帆布鞋上缝的亮片更感兴趣，还想知道住在苏活区的精品服饰店附近到底是什么感觉，也好奇时装周的时候布莱恩公园的那些小摊逛起来是什么样子——只不过我对这些话题也没有太多心得。她们都是又高又纤瘦的女孩，颧骨高耸，如丝般的自然卷（她们自己说的）棕发披在肩上。如果她们愿意，她们都可以当模特儿，而且作为 Molly Folly 化妆品集团的千金，她们一定有人脉。但慧利只想把她的整个技术设计部门都革新一遍。她嘴上总是讲着像是制作发光眼线液需要的化学反应式，也总是对新上市的百分之百有机眼影、可以生物分解的包装之类的实验兴奋不已。至于朱玄，她在 YouTube 上的个人彩妆频道也已经小有名气。就算在训练馆里汗如雨下，她脸上的妆还是完美无瑕，从她的雾面唇彩到粘得牢牢的假睫毛都是。

"要喝水吗？"我提议道，一边脱下自己的拳击手套。

"老天，谢了，"慧利给出最后一拳，然后说道，"我听说我们等一下要去吃冰激凌和糖馅煎饼？"

"冰激凌明明就是你提的。"朱玄说。

"所以呢？"慧利咧开嘴，一边在自己姐姐的肩膀上轻轻打了一拳，"是你说'吃冰激凌怎么可以不配煎饼'的耶。"

朱玄哼了一声："我又没说错。"

明里放开了沙包，让它来回摆荡了几下。我们拿着自己的水壶大喝了几口，明里把一点水挤在自己脸上。

"你还好吗，瑞秋？"朱玄问道，一边用手背擦了擦嘴，"我们都看到你今天特别卖力喔。"

"你还在想美娜的事吗？"明里担心地问。

"喔！那个贱人又干吗啦？"慧利呻吟一声。

我告诉双胞胎美娜在卢先生面前邀请我去参加夜间练习的事。她们理解地点点头。这不是我第一次向她们抱怨 DB 和美娜了。

"她根本就是陷害我！"我回想起自己和美娜说的话，脸色不禁涨红，我重重叹了口气，"我不该说自己可以乱吃的。我妈从来不准我去练习生宿舍，但我今天如果不去，她一定会想办法让卢先生知道的。然后基本上我就可以跟我的未来说再见了。"光是这个念头就让我紧张得起鸡皮疙瘩。

"那就去啊，"明里说，"让她和那些练习生知道你跟她们一样有资格。"

"那你呢？你知道，她也邀请你了。"

明里耸耸肩："今天是空军基地的家庭之夜，所有人都得强制参加。如果可以的话我就去了——虽然这也不重要。我已经在DB五年了，但我觉得卢先生应该连我是谁都还不知道。如果不是因为俞真姐，他们大概早就把我裁掉了。"

我不由得皱了皱眉。虽然她和家人一起住在基地，但她每天都来DB培训中心，和美娜及其他女孩一起训练。明里的舞蹈技巧好得不可思议——俞真甚至说她超越了少女团体"小辣椒"的成员弗朗姬——那个公认是全韩国偶像团体中最会跳舞的女星。但大家都知道，在练习生的圈子里，天赋就只能帮你这么多了。这也就是为什么大家都拼了命地想要引起卢先生和其他DB高层的注意。每三十天，所有的练习生都要聚集在礼堂里，让DB的管理层来评分、裁决，看谁有资格留在培训计划里、谁又该打包走人。六年之后，这些从不间断的评判已经感觉像例行公事了。但几个月前的审判日过后，明里被叫进了卢先生的办公室——这代表她要被开除了。代表她不够努力、不够突出。我不知道俞真说或做了什么，但隔天明里就回来了，变得比较安静、有点难过，但至少她还在这里。在那之后，她还没提过这件事。我瞄了双胞胎一眼，她们则耸耸肩，无话可说。

"没关系啦，我可不会自怨自艾！"她微笑着，很快地换了个话题，"只不过是一个晚上而已，我们在说的可是你的职业生涯喔。"

"我觉得明里说得对，"慧利边说边盖上水壶，"这是你毕生的梦想，不是吗？如果一个夜间练习会决定你的成败，那就得接受挑战。"

我瞄了爸爸一眼。他正在馆场的另一边，努力地摧毁其中一个沙包，汗水淋漓。他现在状态正好。"我不知道耶，"我说，"我妈会抓狂的。"

朱玄歪了歪头："你觉得值得吗？"

我把脸上的汗水擦掉。值得吗？这问题我已经扪心自问了一整天。所有的训练、我投入的那些周末、我家人们的牺牲，以及一直觉得自己不属于某个自己最想去的地方的感觉。这一切都是为了让我成为一名偶像歌手。我想着十一岁的瑞秋，那个总是在下课时间躲在厕所里偷看音乐视频而上课迟到的小女孩。就某方面来说，一切似乎都还没变。但从另一方面来说，一切都变了。

"这是我的一切。"

"所以啰。"明里说。

朱玄的双眼在训练馆的日光灯下闪闪发亮。"美娜低估你了，瑞秋小公主，"她脱下自己的拳击手套，拆掉护手，露出下方精心彩绘的浅粉和深蓝色指甲，"现在让那个贱人看看谁才是老大。"

我按下十八楼的电梯按钮。在我爸半哄半骗地让我和明里跟他一起在擂台里练习了半小时之后，我现在只想赶快回家洗澡。

进了我们家公寓后，我听见的第一个声音是流行歌，伴随着利娅的笑声和一群女孩叽叽喳喳的对话。我套上拖鞋，朝客厅走去。利娅正趴在地上，和四个同学一起用手机看着 Electric

Flower 最新的音乐视频。我立刻就认出了那首歌——传奇般的姜吉娜和她的团员们穿着荧光橘的连身裤装，在纯黑的舞台上跳着舞。这是 DB 娱乐史上最快爆红的视频，在公开后的二十四小时内就冲破了三千六百万点击率。利娅从地上爬了起来，拿着一把梳子当作麦克风，跟着吉娜强而有力的女高音唱起歌词。我忍不住微笑。这小女孩真的是蛮有天分的。

看到我出现，其中一个心形脸、戴着镶钻凯蒂猫耳环的女孩戳了戳利娅的脚趾。"你姐回来了。"她边说边朝我的方向点了点头。

利娅一个转身，把梳子递向我："交给你啦，姐！"

我漫不经心地伸手去接，但那首歌已经到了尾声，在房间留下一阵尴尬的沉默。

"可惜，"心形脸女孩说道，"本来有机会看真正的练习生表演的。"

另一个穿着条纹衬衫的女孩对我挑起眉，看着我油腻、湿黏的头发和松垮的运动裤："呃，你确定她是练习生吗？也许利娅说的是另外一个姐姐啊。"

利娅尴尬地笑了笑，坐回地上，放下手中的梳子："不……就是她。我只有一个姐姐。"

"独一无二的哟。"我说。

条纹衬衫女孩看起来很错愕："你认真的吗？"

该死，美娜和其他人完全比不上这些小朋友。

利娅又笑了一声，脸颊涨成粉红色："拜托，相信我。记得那些九年级的女生跟着她搭公车跑去 DB 培训中心，就只是想要确认她是不是真的练习生吗？不要跟她们一样啦。"

"如果你真的是练习生，那就跟我们说一些 DB 的事吧。"另一个女孩说，她向前倾身，双眼睁大，"你有见过李杰森吗？"

"我听说他有一个只能在满月时见面的秘密女友，"第四个女孩说，"那是真的吗？"

"好浪漫喔，"心形脸女孩叹了口气，"他真的会从社交网站上挑一个头号粉丝，给她惊喜，然后和她约会一整天吗？他超棒的！"

我在心中大笑出声。就算是在 DB 之外，那些谣言也无法撼动李杰森"天使男孩"的地位一丝一毫："嗯，好吧……其实呢，我平常也没怎么看到他。"这是事实，但我知道这不是她们想要的答案。

"嗯，那 Electric Flower 呢？她们感情好吗？我觉得卢先生一定偏心姜吉娜。她很明显就是最漂亮的啊。"

"我也……不知道？"我的身体因为那三十分钟的擂台对打疲惫不堪，几乎要跟不上她们的提问速度了。

条纹衬衫女孩挫败地叹气，把刘海吹了起来。"真是……有趣啊。"她打量着我丢在地上浸满汗水的运动衫，"我想身为一个练习生不像我们想的那么好玩，或是……光鲜亮丽。是我们错了……走吧，各位。我们去地下街逛街吧。"她对着其他三个女孩点点头，却避开和利娅的眼神接触。她们全都站了起来，一个个从我身边走过，穿上鞋子。

"呃，但是……等等！我也想逛街！"利娅手忙脚乱地从地上爬起来，看着女孩们离开。心形脸把门关上后，她的肩膀便垮了下来。噢喔。

"抱歉，利——"在我说完之前，她就转过身，脸愤怒地涨红，瞪着我："姐！你假装一下自己是个很酷的练习生会死吗？"

我受伤地向后退了一步："什么？不要说得好像是我的错一样！你每个星期都带一群不一样的女生回家——为什么不交一些真的喜欢你这个人的朋友？不要一直拿你可能知道的八卦来交换友情！"

"嗯……也许她们最后真的会喜欢我啊！如果你没有每次都用你的老头运动裤和恶心的头发吓跑她们的话，"她反击，"我知道爸爸的训练馆有女更衣室。你可以不要这么懒惰吗？"

我叹了口气。我知道这些女孩不是她真正的朋友，但我也知道利娅现在心情很不好。就跟爸一样，她从来不想离开纽约，或是在这里过着这样的生活，但为了我的梦想，她也飞了半个地球搬来首尔，在每一个阶段都支持着我。她之前还太小了，但我想她心中的某个部分也希望自己可以去 DB 征选参加培训计划。但在我经历这一切之后，妈绝对不会允许的，利娅自己也知道。所以我也许可以为她的朋友表演一下的。有何不可呢？

但现在来不及了。

我想了一个可以让她开心起来的方法。

"嗯，也许我之所以不想告诉你朋友 DB 的事，是因为我想要让你第一个听到，"我坐在沙发上，拍拍一旁的空位，"妹妹有优先知道内线消息的权利。"

利娅半信半疑地在我身边坐下，还故意不要坐得离我太近。她还没准备好不生我的气，但又好奇得无法克制自己。我全盘托出，告诉她今天和美娜在媒体训练时的冲突、美娜强力邀请我去练习生宿舍，还有卢先生表明了我的未来就看我今天晚上露不露脸的事。随着我的故事展开，她越坐越近，眼睛越睁越大，直到最后她几乎都要爬到我腿上了。

"姐！"她尖叫道，一边摇晃着我的肩膀，"晚上去练习生宿舍！这简直就是美梦成真。"

我笑了起来，任她把我摇得像摆在车上的摇头狗："不要高兴得太早了，小妹。你知道妈绝对不可能让我去的。"

"喔，对耶。"利娅说着，用双手捧住脸颊。

我回想着刚才和朱玄的对话。"当然，"我下定决心地说道，"我可以偷偷溜出去……？"

利娅尖声大叫："我可以帮你想逃跑计划！我现在就有一个点子了！"

我眯起眼睛："你该不会叫我从十八层楼高的公寓窗口爬出去吧。"在我们家，我妹妹对巨石强森的痴狂是出了名的。

"好啦，那我还有第二计划，"她的双眼闪闪发亮，"只要你帮我拿到李杰森的签名照就好。你知道他是我的'本命'呀！"

"那我要让他签给谁呢？'金利娅，我亲爱的未来老婆'吗？"

她又尖叫了一次，向后倒在沙发上，兴奋地在空中踢着腿。"我会高兴死！不行，我要先把那张照片裱起来。然后我才可以死。"她跳了起来，抓住我的手，"你要保证把照片跟我埋在一起喔！"

我大笑。

我们听见前门打开，然后是妈妈喊我们的声音。利娅和我交换了一个眼神。我们用小指打钩钩，然后低头亲了一下我们的拳头，脸颊互撞。这是我们金家姐妹几年前自创的打钩钩方式。

妈妈走进客厅，手中提着一袋装满外带炸鸡的袋子。晚餐到家了。妈妈是梨花女子大学的语言学教授，而随着她的长聘审核日越来越近，她通常都累得没有力气回家煮饭了。不过我们也没有什么好抱怨的。我妈对于家常菜的概念，就是在辛拉面里打上一颗蛋，再加上一片美式芝士——好吃归好吃，但实在对消化不是很友善。再说，我觉得她是故意喂我吃面，好让我去训练的时候看起来水肿到不行。这是一种下意识以卡路里为武器的暗算。

"饿了吗?"她边问边举起袋子。

我们从袋子里挖出一盒盒冒气的炸鸡，还有一排小菜，包括萝卜泡菜和浸在类似巨无霸酱汁里的沙拉。以四月的天气来说，今天很凉，所以我们餐桌下的地暖是打开的。我在桌边坐下时，地面已经被加热得暖烘烘了。我伸手拿起一块韩式炸鸡，甜辣酱沾得满手都是。妈妈从盒子里拿出几块爸爸最爱的绿洋葱炸鸡，放到旁边。他今晚会在训练馆待得比较晚，进行沙包的每周例行清洁（其实只是因为他要去上智慧财产权法的课），所以今天的晚餐就只有我们三人。

"今天过得怎么样呀，利娅?"妈妈问道。

利娅开始絮絮叨叨地说起 Electric Flower 的姜吉娜（"她真的超美。"）、李杰森（"我听说他有一个基金会，要在韩国引进幼童的音乐治疗耶。他人真的超好的对吧?"）还有 Netflix 上最新的韩剧（"如果《甜蜜梦乡》的朴都熙再不赶快恢复记忆，我就要弃剧了。"）。妈妈随着她的话语适时点头，一边挑着自己的沙拉，一边分心地微笑着。我小心翼翼地剥下炸鸡的鸡皮，一边等着她问起我今天过得如何。今天是星期六，所以她知道我会在培训中心。

利娅的碎碎念终于慢了下来，我做好心理准备，并梦想着，这次妈妈会问我今天训练的状况如何，对我和美娜及卢先生的状况表示同情与理解，然后让我今晚去练习生的宿舍。但当她终于转向我时，她只说："你做完功课了吗，瑞秋？还有我叫你做的家事呢？"她意有所指地看向装满脏碗盘的水槽。

美梦破碎。

我咬牙，下巴紧绷。"我今天过得很好，多谢询问。我整天都在受训，然后我去训练馆找爸爸了，"我顿了顿，"对不起忘了洗碗。"我补充道，那几个字就像卡在喉咙里的鸡骨一样难以吐出。我并不为自己专心训练感到抱歉，但她又露出了那种"你会后悔自己出生"的眼神看着我，就像小时候我和利娅在高峰时段的纽约地铁上玩过头时那样。

她叹了口气，手伸进她放在桌上的托特包里："又是训练。你为什么不试试看条别的路呢？这么沉迷于某一件事实在不太健康。"她从包里拿出一大沓纸，推到我面前。我瞄了一眼，就看见封面印着大学通用申请的字样。我感受到一股惊慌而造成的晕眩，我妈却双手一拍，脸上露出一个大大的微笑："瑞秋！我特别帮你带了这些回家——明天在梨花女子大学有一场升学讲座，这是为了高中生申请大学而特别举办的。你要不要去听听看？他们可以教你怎么把这些表格填完，我说不定还可以带你去逛逛校园。"

我举起手，准备把桌面上的申请表格推走，胸口一阵灼热。

但是接着我看见妈妈眼神里带着希望的微笑模样，心中便涌起一股罪恶感。我们已经搬来这里六年，而我到现在还没有看过她工作的校园——过去我可是会在她和学生面谈时，躲在她的办公桌下看书的。我把申请表拉到自己面前，叹了口气。"妈妈，"我小心地说，"我当然很想去梨花看看，但是我……我不行啊。明天是星期天耶。"

"我们在讨论的是你的人生，小瑞，不只是明天。"妈妈轻快地说。

"我知道。但是……训练就是我的人生。不是吗？我是说，所以我们才会搬来韩国的啊？"

利娅放下炸鸡，双眼担心地来回看着我和妈妈。她已经很习惯听到我们争执这件事了。

妈妈低头看着她自己的盘子，叹了一口气："我们会搬来韩国……是有很多原因的。"她张口，似乎还有更多话想说，但她轻轻摇了摇头。她转向我，而我几乎可以看见她眼中闪烁着泪光，但她的声音平稳而清晰："你知道我以前是个排球选手。"我忍住翻白眼的冲动——妈妈真的要拿她高中时期的排球时光来和我的培训相提并论？"但如果我为了那个梦想而放弃一切，你觉得我现在会在哪里——我们的家庭会在哪里？"

"但这就是你在叫我做的，不是吗？叫我放弃现在努力的一切，去参加什么大学升学讲座。"我把一块鸡肉塞进嘴里，连皮带肉。叫那些额外的热量去死吧。

妈妈耸了耸肩，看起来难过但很坚定。"我只是在建议你，尽量对未来保持开放的态度，"她用叉子拨弄着盘子里的芥蓝菜，

"你永远不知道未来会是什么样子，瑞秋。如果你的训练并不顺利……我只是不希望你感到失望。"

我的眼中充满泪水。我用力眨着眼睛，不愿意让它流下脸颊。就算经过了六年，妈妈对我的培训所抱持的态度还是让我感到很受伤。有时候我很怀疑，她是不是后悔搬来首尔——她是不是希望自己当时是把外婆的公寓卖掉，然后让整件事到此为止。或者她到底相不相信我的能力。我咬着嘴唇，准备离开餐桌，但利娅在这时插了嘴，转向妈妈，跪坐起身。

"啊！刚好你提到升学讲座，妈妈，"她说，"赵家双胞胎这周末要在家里举办一个读书会，准备考大学。她们还请了一个家教，准备念到半夜。我记得她们说这个叫作'睡衣读书趴'。对不对，姐？"她天真无邪地对着我们的妈妈微笑。

我直起身子。就是现在了，瑞秋。"对。"我缓缓说道。

"你怎么知道的？"妈妈对着利娅挑起眉毛。

"我听见瑞秋跟慧慧在电话上讲到的。"利娅轻松地撒谎道。

我专心地嚼着鸡肉，试着保持面无表情。各位先生、各位女士，欢迎未来的奥斯卡得主。

妈妈的视线转向我："那你怎么都没提，瑞秋？你要走上正确的路，这正是你需要的不是吗？"

我点点头，将另一股挫败的感觉和着鸡肉吞下。"我只是……在把碗洗完之前，不想在外面过夜，"我瞄了一眼满满的水槽，"对不起。"我又补充了一句。

"噢，"妈妈说，"洗个碗不会太久的。你就洗完之后去赵家吧。我知道她们爸妈一定会请全首尔最好的家教。我把剩的炸鸡包一包，你带去吧。"

"真的吗？"我对于说谎感到内疚，但一股新鲜的能量渗透我全身，取代了罪恶感。这是我第一次在练习生宿舍过夜！我又离梦想更进一步了。"谢了，妈。"

她微笑着，开始收拾她的盘子，并把几块炸鸡装进一个小的绿色保鲜盒。当她转过身去时，利娅对我竖起大拇指。我对她眨眨眼，用唇语说：谢谢。

洗完碗后，我便冲进浴室淋浴，然后把湿头发编成麻花辫，套上一条黑色打底裤，米色的落肩毛衣松垮地挂在身上。最后我在外面穿上我最舒服的那套睡衣——我去年春天在东大门买的史努比睡衣——以免妈妈看见我的打扮产生怀疑。我最后一次看了镜中的自己一眼，抓起包包，拿过妈妈准备的保鲜盒，向着我在练习生宿舍的第一晚出发。

第三章——

越多人讲你的八卦，
你就越有被八卦的价值。

在我前往公车站时，妈妈说的话在我脑中回荡。如果你的训练并不顺利……我只是不希望你感到失望。我当然知道没人能保证我会变成明星，但是我已经努力了这么久，我甚至无法想象如果失败的话会变成什么样子。

一切都是从六岁那一年开始的。我的班上另有一个亚洲女孩，尤金妮亚·李。虽然她是中国人，但所有人都问过我们是不是表亲或双胞胎姐妹。我一直都没有想太多，直到某一天，我被一只蜜蜂叮了。我坐在保健室，等我妈来接我回家，接着我便看见李太太走了进来。护士还不知道自己做错了什么，只微笑地告诉我妈妈来接我了。那是我第一次发现，这个世界看我的眼光和我看待自己的眼光并不一样，也和我的家人不一样。他们只看到我的脸、我的眼睛形状和我的鼻子，还有我浓密的黑直发——这让我和尤金妮亚等其他女孩变得可以互相替代，尽管我们长得完全不像。当我妈终于出现来接我的时候，我哭个不停。蜜蜂叮的肿包还是很痛，但当妈妈问我发生什么事时，我只想着李太太。"真希望我不是韩国人。"我记得自己抓着她的衬衫哭个不停。所以她抱起我，带我回家，然后把我放在床上，拿来她的笔记本电脑。那是我第一次看到韩国歌手的音乐视频。我们看了好几个小时，而我看着那些歌手出神——她们全部都好特别、好美、好有才华。

我完全着迷了。我一直找她们的视频来看，记住我最爱的歌词，然后在周末表演给利娅看。那些音乐让我很自豪自己是韩国人。

我很想说那次李太太和护士阿姨的事件，是唯一一次让我感到被世界拒绝的经验，但这并不是事实。有些孩子嘲弄过妈妈帮我装在便当里的泡菜；我曾经在杂货店里遇到一个女人对我尖叫，要我"滚回家"（虽然我就住在转角，但我知道她不是指那个家）；有一年万圣节，我打扮成赫敏·格兰杰，但所有人都坚持我扮演的是张秋。而在这一切之中，音乐总是在那里。它让我觉得有人理解我，好像这世界上还是有我的容身之处，在那里，人们看见的我就是我。

我一边走向公车站，一边想着这一切。首尔的春天凉风阵阵，空气冷冽，人行道上落满了樱花花瓣，粘在我的脚底，将整个城市包裹在珍珠粉色的花瓣之中。我走到街角，在 GS25 便利商店里买了一罐宝矿力水特，然后搭上公车，前往距离培训中心几个路口的练习生宿舍。车上满是穿着情侣装的年轻情侣在共用耳机听音乐，回家路上的上班族在看重播的《奔跑吧兄弟》，还有菜篮车里装满杂货和空罐的老奶奶们。我在其中一个座位上坐下，喝下最后一口饮料，让窗户吹进来的春风把我的辫子向后吹去。坐在我旁边的老奶奶戳了戳我的身侧，对我的空瓶打了个手势："这个你还要吗？"

"不要了，奶奶。"我边说边把瓶子递给她。

"谢谢，"她说，然后捏捏我的脸颊，"啊，你长得真漂亮呀！"

我低下头："谢谢您。"

公交车沿着街道飞驰，在人们要上下车时才勉强停下来。在纽约时，我妈从来不让我们自己单独搭乘大众运输工具，所以搬来这里之后，我花了很长时间才习惯。幸运的是，首尔的公车和地铁就和这城市的其他部分一样，快速、干净，而且容易上手。但这座城市最棒的地方，是到任何地方都有免费的无线网络供你使用。

我拿出手机，传了一则消息给慧利：

如果我妈问你，就跟她说我今天在你家过夜。

她立刻就回我了：

当然了，闺蜜！朱玄也说，今晚少了我们，不要玩得太开心喔。

我笑了，但把手机塞回口袋里，没有回复。她们知道得越少，被质问的时候就越不可能说漏嘴。对妈妈说谎和前往练习生宿舍让我的肾上腺素喷发，所以我决定提早一站下车，用走的过去。在见到美娜和其他人之前，我需要消耗一下多余的精力。

直到剩下半个街区的路时，我才意识到我还穿着睡衣。

我躲到人行道旁一丛够大的灌木后面，解开睡衣扣子，塞进包里。我看着街道，一边脱着睡裤，一边确保没有人经过。裤管卡在脚踝上，我用手指摸索着，但我来不及阻止自己，就被腿上缠绕的裤管给绊倒，转了半圈，然后狼狈地正脸朝下摔进泥土里。

我呻吟一声，缓缓爬起来，把尘土从毛衣上拨去。还好没人看到。

"哇喔……看起来很痛耶。"

我浑身一僵。我转过头，看见一双崭新的黑白耐克鞋站在人行道上。我的视线向上飘移，随着那条剪裁完美的 Ader Error 慢跑裤，来到上半身穿的博柏利毛衣（或许比我整个衣柜的衣服加起来还值钱），然后是穿着这一切，留着银色挑染头发，长着闪烁棕眼，还有颧骨高耸得足以切割玻璃的男孩。

他可不只是一个普通的男孩。他是那个天之骄子，李杰森。

要命。

"你还好吗？"他脸上挂着关心的笑容。"来，我帮你。"他伸出手。

"你是……李……杰森。"我就像刚才被自己的腿绊倒一般，结结巴巴地回道。在加入 DB 之前，李杰森就已经在 YouTube 上因为翻唱流行歌而爆红。在他的某一个视频席卷网络之后。卢先生便亲自飞往加拿大的多伦多，说服杰森搬来首尔，然后他很快就成了韩国家喻户晓的大明星。他加韩混血的身份在这里倒是吃得很开，从小朋友到跟踪狂粉丝和大婶们，所有人都为他的超大双眼皮和橄榄色的肌肤而疯狂，好像他的基因是他亲自挑选的一样。他的外国人身份让他成了"韩国最性感艺人"，但我的却让我不得不去上韩国本土礼仪课程。

"喔，原来你有听说过我啊？"他扬起一边的眉毛，笑容变得更开阔。他真的把"好像全世界都是你的好朋友"的微笑练得炉火纯青——不过对他来说，这或许是事实。

"听说了哪些事啊？"

"嗯，我妹妹利娅今天说你有个音乐治疗的慈善——"

"天使般的嗓音？恶魔般的微笑？还是神一般的肉体？"

"呃……什么？"

"你知道，大部分女孩子看到我的时候都会昏倒。但我想你的确是跌倒了，那也算数吧。"他几乎是在自言自语了，"所以，跟我说吧，他们最近又说了些什么？"他对我露出一个可爱到近乎荒谬的笑容。

"主要都是说你从办公室里偷了卢先生的黑胶唱片。"我有点被他直截了当的高傲态度给激怒。这就是那个可爱、谦虚，常发起慈善活动又爱护粉丝的明星男孩啊。"还有你有个秘密狼人女友，只有在满月的时候会见面。"

"什么？真是太扯了！是谁说的啊？好大胆子！"他看起来很受伤，对我露出招牌的小狗眼神，然后一抹狡猾的微笑在他脸上蔓延开来，"我是绝不可能偷卢先生的东西的。"

我翻了个白眼。全世界最受宠爱的韩国明星居然是这个样子！"当然不了。你怎么可能会做这种败坏名声的事呢。但你的神秘变身女友呢？"

"一个绅士是绝不会大嘴巴的，"他圆滑地回应道，"再说，你也知道嘛，越多人讲你的八卦，你就越有被八卦的价值。"

"也许只有你的世界是这样运作。"我回嘴。神圣不可侵犯的李杰森，当然不需要认真遵守 DB 的禁恋令了。

杰森顿了顿，低头看着我："我觉得你在生我的气耶。"

"没有。我没生气——只是想要在练习结束之前抵达练习生宿舍而已。"我边说边把毛衣的下摆拉好，一边希望没有让杰森看到我的内裤。

杰森的双眼一亮："练习生宿舍！你怎么不早说呢？我也要去耶。我们一起走吧。"

"不用了，谢谢。"我回答，但他假装没听到。

"所以我为什么不知道你的名字？"他问，一边歪了歪头，"敢穿着史努比睡衣上街的练习生，绝对很有被八卦的价值啊。"

我的脸颊再度因丢脸而涨红，但我强迫自己的声音保持冷静："我得告诉你，这是我最喜欢的一套睡衣。很可惜不是每个人都是美丽的狼人。"我边说边翻了个白眼。

"我不同意。"杰森说。

"你在说什——"

"你的确很美啊。"他继续说。

我的身子一僵。呃……什么？

"我也很确定，如果你想，你绝对可以把我的头咬掉。再说了，以防你没注意到，今天的确是满月呀。"

我的天啊。我要离开这里。愤怒与羞耻感在我的胸口交织，我挣扎着站起身，伸手解开我纠结的睡裤。我转头瞪了杰森一眼。

"我不需要有人欣赏这一幕好吗？"我气冲冲地说。

他至少还有一点礼貌，脸红了起来，却故意慢吞吞地转身背对我："这样有好一点吗？"

我气冲冲地扯下睡裤，但是我实在太急躁了，裤腰又缠住了我的脚踝。我向前摔倒，这次是一头撞上杰森的背。我直觉地抓住他的腰想要稳住自己，脸颊埋在他的肩胛骨之间。我还没意识到自己在做什么，就深吸了一口气。他闻起来有枫糖和薄荷的味道。

"你还真是直接耶。"杰森说。我看不见他的脸，但我听得出他话里的笑意。他转过头，越过肩膀看着我："还是你很喜欢从背后来？喜欢这个姿势吗？"

杀。了。我。吧。我向后退开，一边终于挣脱了那条害死我的睡裤，用力塞到包包最底层，脸颊热到不行。等到我回家，就要把这些东西通通烧掉。

"多谢。"我朝他僵硬地点了点头，然后快步朝宿舍跑去，留他一个人在人行道上大笑。

"不用客气，狼人女孩！"他在我身后大喊。很好，又多一个绰号。真是来得太是时候了。

当我推开练习生宿舍的大门时，我正在心中咒骂着我自己、杰森，还有整个查理·布朗家族。

要死。

这个地方塞满了 DB 练习生和明星们，每一寸地面都躺着空烧酒瓶和汽水罐，音乐在房间里回荡，一面崭新的三星电视墙播着各个最新推出的音乐视频。

然后我就懂了。杰森也要来——来练习生宿舍。这可不是什么夜间练习。

这是个派对。

一群男生转向我，挥了挥手，大喊着各种招呼。我认出了他们，但错愕得无法认真思考。我缓缓地举起手。

"哟，杰森！"其中一个人对着我的方向喊道。

我立刻垂下手，而杰森此时从我背后走了进来。他的朋友走了过来，握住对方的手，然后拍了一下彼此的背，用兄弟之间最典型的方式拥抱了一下。我真的不能继续站在这里了。

"你的漂亮女伴是谁啊？"杰森的朋友问道，一边上下打量了我一番。然后我突然发现了。他不只是杰森的朋友。他是敏俊——NEXT BOYZ 的领舞和全球超人气韩星。

"这位是……"杰森顿了顿，看了我一眼。

"瑞秋。"我说，至少我的声音还能正常运作，还没有被吓到完全短路，"我是 DB 的资深练习生。"

"美国人喔。"他观察道，眼光闪烁着。我几乎要后退了，在心中准备应付任何可能的羞辱。"欢迎，瑞秋。我是敏俊。"他说道，但其实我妹就在她的床头贴了他的海报，而且每天睡前都要亲他一下，"来杯饮料吧。"

我困惑地眨眨眼，看着我背后的大门。我身上的每一寸直觉都在叫我快逃。我今晚预计要做的事可不是这个。

杰森的手扶在我的手肘后方，双眼闪烁着光芒。"对啊，瑞秋，过来吧。"他恶作剧地挑起眉毛，"除非你有另一场睡衣趴要去参加啦。"

我扮了个鬼脸，然后站直身子，把辫子甩到身后。我都已经想办法来到这里了，至少得去露个脸。不管如何，今天没帮利娅拿到签名照之前，我不能走。"好啊，我也喝一杯。"

派对已经进行好一段时间了，在前往看起来像是吧台区的途中，我一直绊到地上的空啤酒瓶。吧台围绕着一个宽敞的下沉式客厅，有些人正在把一杯杯的葡萄柚烧酒倒进啤酒瓶里，然后一口气干掉。有人塞了一瓶给我，我则轻轻地沿着瓶口啜饮。我不太喜欢这种会让人失控丢脸的东西，尤其今天我已经丢脸丢够了。

"瑞秋！"一个声音从客厅的另一端传来。我立刻紧绷起来。我到任何地方都会认得那个甜腻到不行的嗓音。美娜出现了，看起来完美无瑕，头发梳得十分漂亮、脚踩闪亮的细跟高跟鞋，显然是为派对准备的。她调整着自己的短裙和短版上衣，恩地和莉齐则站在她身后，两人都穿着合身的牛仔裤，头上戴着小皇冠。"你能来参加练习真是太好了。"她瞄了另外两个女孩一眼，她们则遮住嘴，掩饰自己的笑声。

"我也是，"我愉快地回答，拒绝认输，"太谢谢你们邀请我了。"

"衣服很可爱，瑞秋，"恩地说着，一边打量着我，一边塞了一片口香糖到嘴里，"跟你小妹借的吗？"

"我喜欢你的发型耶，"莉齐补充道，她伸手把我的辫子拨到肩膀后方，"真是小学生的复古造型。"

"你看起来不是很舒服呢，瑞秋，"美娜说，她的脸上挂着虚假的关心，"卢先生不在这边帮你撑腰，你应该不会觉得自己无法融入吧？就算是瑞秋公主，应该也知道怎么开趴吧？"

美娜喝了一口自己的饮料，一边冷冷地看着我。我想要回嘴，想要骂她是个肮脏的骗子、叫她滚回去好好做"夜间练习"，但我一时鼓起的勇气已经消失了。我只是喝了一口我的烧啤酒，却因为酸涩的感觉瑟缩了一下，手掌紧握着杯子。

此时，杰森突然出现在我身后，眼神在我、美娜和其他女孩之间跳转，嘴边挂着一个浅浅的微笑。

"杰森！"美娜惊呼，"我不知道你在这里耶！你是来找我的吗?"她问,一边故作随性地啜饮着自己的酒。

"其实呢,我是来找瑞秋的。"杰森回答。

"什……什么?"美娜结巴地说,"但是……你是怎么认识瑞秋的?"我敢发誓,如果他现在提起我的睡衣,我一定会徒手杀了他。

杰森对我微笑:"喔,我们的历史长得咧。我和瑞秋以及伍德斯托克。"美娜张开嘴,正要回应,但杰森把双手放在我的肩上,将我整个人硬是转向,带向派对会场的更远处。

"我得告诉你,我的睡裤上是史努比,不是伍德斯托克。伍德斯托克是那只傻乎乎的小鸟,史努比是那只忠诚的狗兼飞机机长。"我们在角落的一张沙发上坐下,我边说边大笑着。

杰森故作认真地点点头,用手臂环住我的肩膀,把我拉近:"你说得对。作为睡衣,显然史努比是更好的选择。原谅我吧?我刚刚只是想要快点闪人而已。"

我看了他一眼:"什么意思?"

"嗯,我们刚刚可是被三个看起来想要把你的脸扯烂的女孩给包围耶,"他说着,温暖的呼吸打在我的皮肤上,"我觉得换个地方应该是个好主意。"

烧酒正温暖地流过我的体内,我露出微笑:"嗯,你知道他们都怎么说的呀。"

"他们说什么呢,狼人女孩?"

"越多人盯着你,你就越有被盯着看的价值啊。"我咯咯笑起来,然后打了一个小小的嗝。我瞪大眼睛,用手捂住嘴。杰森只是看着我,表情看起来非常快乐。他把我拉得更近,我的腿几乎已经要叠在他腿上了。我的大脑一片混乱——现在这是真的吗？我不应该和杰森调情的。这样我注定会和崔苏西同一个下场。但她明明没有男朋友，杰森也不是我男朋友。我的天啊，我现在在想什么？我现在没办法跟他要给利娅的签名照……我闭上眼睛，试着停止这一串烧酒所引起的脑内小剧场。

敏俊戏剧化地一屁股坐在我旁边的沙发上，染成金属色的头发遮住了他的双眼。"我好无聊，"他嘟着嘴，"而且好饿。"

杰森对他的朋友翻了个白眼，换了一下姿势，手臂便离开了我的肩膀。我突然打了个寒战，拉起毛衣的上缘，盖住我的肩膀，试图保持温暖。"你去厨房看看大厨留了什么给他们当晚餐啊。"他意有所指地说。

"厨房里唯一能吃的东西只有蔬菜汤和菠菜奶昔。你记得以前当练习生的时候，他们是怎么控制我们的饮食吗？"敏俊的鼻子四处嗅了嗅，"你们有闻到鸡肉味吗？"

我惊呼一声，突然想起我妈帮我打包的炸鸡。我小心翼翼地伸手进包包里。"呃，你是说这个鸡肉吗？"我难为情地说。

"啊哈！"敏俊大喊，从我手中抢走保鲜盒，快速打开，"炸鸡！我的最爱！杰森，这个女生可以啊！"

杰森大笑起来，敏俊则开始大啖起我带来的剩菜，一次两块往嘴里塞。

房间的另一端，美娜正远远地看着我们三个，眯着眼，像是要看穿我似的。她抽出作响的手机，对着屏幕上的东西垮下脸。她把屏幕转向莉齐和恩地，他们也都苦着脸，对她皱起眉头。她把手机塞回包包里，跳了起来，在脸上展开一个完美的微笑。她轻轻拍了拍手，在原地跳了几下。"注意，派对动物们！女孩谈心时间到了，练习生限定！"她喊道，"你们懂吧……不是练习生的人，该走了！男生也是！你也是，杰森——如果你有办法从瑞秋公主身边站起来的话。"她对我们咧嘴一笑。

敏俊将油腻腻的手在牛仔裤上抹了几下，然后抓住杰森的手，把他拉了起来："走吧，大明星，我们去梨泰院新开的那间夜店看看。"

杰森弯下身在我耳边低声说了一句："祝好运。"让我的背脊再度一阵发麻。他翻身跳过沙发椅背，加入他的朋友们，一边高声唱着《假暗恋》的副歌，一边消失在门口。

喔糟糕。利娅想要的签名照。我跳了起来，想要追上去，但因为整晚都在和杰森调情还有喝烧酒，我一阵晕头转向，向后跌坐回沙发上，而美娜同时在我身边坐下，手中拿着两个装满香槟的玻璃杯。我们身边的其他女孩，也开始帮自己倒满香槟，并在泡沫溢出杯缘流到手上时尖叫大笑着。

"干杯。"美娜把杯子递给我。我没有马上伸手，她便叹了口气，翻了个白眼："拜托，瑞秋。放轻松点好吗？我们只是要一起玩玩而已。"

玩。我得承认，虽然今晚和我想的完全不一样，但我的确觉得很好玩。我抿起嘴，放下我的啤酒杯，接过香槟。

美娜咧嘴，举起她的玻璃杯，转向其他女孩们："敬我们的家人！愿我们都能成为下一个最大最闪亮的明星！"

女孩们欢呼着，互相勾着手，一口干掉杯子里的酒。我喝得比较慢，酒液经过喉咙时比我想的还要灼热。我差点就呛到了，但我不想让美娜看见我禁不起挑战的样子。我抬起玻璃杯，强迫自己整杯喝下。

我向后靠在沙发椅背上，其他女孩们在我身边聊着天。我环顾四周，希望明里此刻在这里，至少我还有个人可以说话。我想要拿手机发消息给她，但我的手指沉重而不听使唤，摸索着包包的背带，最后只好放弃。我明天再找她好了。我握着玻璃杯的手感到冰冷，我把杯子贴到脸颊上，享受那股清凉感。我喝太多了。不，我是喝得太快。我觉得天旋地转。恩地的大嗓门在我耳边回荡，音乐则听起来像是用慢动作播放的。我看向坐在我旁边的美娜……但我却看见了两个她。我开始看见叠影了。我眨着眼睛，想要从噩梦中醒过来。

我深深陷入沙发中，随着时间流逝，我的意识变得越来越模糊。我看见美娜的脸朝我靠过来："真的有用耶！她现在不可能被选上了。"选上？她在说什么？"呼叫瑞秋！你好像需要一点新鲜空气耶，公主。"她的声音在我身边缓缓盘旋，但我没有力气回答。

恩地和莉齐围在我身边，一边大笑一边啜着她们的酒。"漂亮的小公主瑞秋——现在就连卢先生都救不了你喽。"莉齐幸灾乐祸地说。

声音在我耳里像是隔着一层水。有人说了一句什么，而我也笑了起来——身不由己——但我完全不知道为什么。

"来啊，公主。我们来跳舞！"恩地把我拉了起来，我还在大笑着——还是她——还是我们都是？我不太确定了。隔着越来越沉重的眼皮，我看见美娜就站在不远处，但没有在跳舞。她的手机对着我的方向，脸上挂着邪恶的微笑。恩地抓着我转圈，整个房间随之旋转起来，我陷入一片闪亮的灯光与人们的笑容之中。

第四章

我也许并不完美，
但我的天赋足以支撑我
在月复一月、年复一年的筛选中，
赢得现在的位置。

当我醒来时，我注意到的第一件事是我头痛欲裂。第二件事则是铺天盖地的小黄瓜味。

我一阵反胃，举起双手。我的脸上覆盖着一层小黄瓜面膜。我惊恐地把脸上所有的黄瓜切片统统剥下来，丢在地上，一边试着不要用鼻孔呼吸。胃酸在我肚子里翻滚，我用尽全身力量才能逼自己不要吐出来。

昨天晚上到底发生了什么事？

我坐起身子，却感到一阵晕眩。我紧闭起双眼，深吸三口气，然后再度睁开眼睛，打量四周。我躺在一个客厅里的沙发上，四处散落着空杯和翻倒的酒瓶。我的记忆慢慢恢复了。我在练习生宿舍里。说好的夜间练习最后变成了一场派对。杰森看见我穿睡衣的样子。这个回忆让我忍不住苦着脸。我们是一起进宿舍的。然后……发生了什么事？其他人都到哪去了？

我还是头痛欲裂，伸手探进包包里，拿出手机看时间。我瞪大双眼。老天！现在已经十一点了！是星期天的十一点！我跳了起来，跌跌撞撞地跑到走廊上，推开一扇扇门，试着找厕所。不敢相信我居然在培训日睡过头。这不是真的吧。

我在完全陌生的房子里迷路了。一部分的我想要怪我妈。如果她愿意让我来练习生宿舍，我就会更熟悉一点了。但我也知道这不是她的错，是我的错。只花了一个晚上的时间，我就证明了她是对的，而所有相信我的人都错了。瑞秋，我的天啊，你为什么这么好骗啊？

我打开的每一扇门都通往卧室，还有一间更衣室，里头有一摊看起来（闻起来）像是呕吐物的东西。我压下自己反胃的感觉，把门甩上。

为什么在我最需要浴室的时候，却一间都找不到？我开的第五扇门后方是一个扫除柜，我便挫败地回到厨房，用水槽洗脸。我用一叠厨房纸巾擦干脸，然后用手机镜头当作镜子，试着让自己可以见人。我的眼线画得很急，但稍微挡一下已经足够了。

我的衣服简直惨不忍睹。我的打底裤上有香槟的污渍，毛衣上则布满小黄瓜面膜的残渣。我勉强忍住干呕的冲动，咬牙拿出我包里仅有的另一套衣服。看来杰森不会是唯一一个看见我穿史努比睡衣的人了。

我在跑出宿舍时，把已经散掉的辫子给拆开。也许我闻起来像是一坨腐烂的小黄瓜，但我希望我的头发还有救。我瞄了一眼手机屏幕，希望看见大波浪的发型。但我只看见自己的半边头发平贴在头皮上，另一边则像触电的爱因斯坦的爆炸头。

我现在完全是个灾难。

但现在没有时间拯救自己了。我已经迟到太久了。我沿着街道狂奔，朝培训中心跑去，一边把头发绑成一个不平整的马尾。胃酸随着我的每一步逐渐上升。

打开礼堂的门时，我整个人上气不接下气，史努比睡衣都被汗水浸湿了。卢先生正站在台上，介绍着坐在第一排的 DB 高层。

管理层。高层们都在这里。我的肚子一阵翻搅。今天是审判日。

所有的总教练都在台上。俞真姐、舞蹈总教练、声音总教练、首席营养师，还有市场与公关的主管裴先生。所有人都在这里，等着看练习生的进展，看我们有没有办法留在培训计划里，看他们值不值得继续砸时间和钱在我们身上。这偏偏是我最不能迟到、最不能看起来像是小黄瓜厨余的一天。我的心脏跳到喉头，并感觉到自己的眼泪开始涌了上来，但我强硬地把哭的冲动压下。如果想撑过这一天，就得硬起来。

"我们很想看看你们过去一个月的进步，"卢先生说，他闪亮的浅蓝色普拉达西装反射出来的光线让我的眼睛刺痛，"我和管理团队都知道，你们培训得非常认真，所以——"

当他和我对上视线时，他顿了顿。看见我失控的发型和可笑的睡衣，有那么一秒钟，他看起来很错愕。礼堂里的所有人都转向了我。四周开始出现窃窃私语的声音，尖锐的声响让我觉得头快要裂开了。

"所以，呃，记得今天要展现出你们最好的那一面。"卢先生回过神来，继续说下去。他对我扬起眉毛："最好的一面喔。"

我现在只能假装我没有糗到快翻过去了。我抬头挺胸，朝目瞪口呆的明里走去。看着她完美的妆容、高耸的马尾，还有身上那件我们一起买的花上衣，我突然觉得一阵嫉妒。她看起来容光焕发，准备充分，而且有良好的休息。我应该也是这样的。就像所有人对我的期待那样。

"你怎么啦?"我在她身边坐下后,她在我耳边低语。

"说来话长,"我叹了口气,"但我其实不太确定发生了什么事……"

我看见卢先生在台上看着我,脸上挂着一个危险的微笑:"就如我所说的,今天不只是你们每个月的例行检查而已……"

我的眼角余光看见美娜和其他女孩捂着嘴窃笑。美娜对上我的视线,便动了动手指。她用手做出举起香槟敬酒的动作,并用唇语说道:干杯。昨晚的画面排山倒海般涌进我的脑海。香槟。美娜的脸。我错乱的视觉。她用欢快的声音喊着:"真的有用耶!"

"……也是个令人兴奋的好机会——全国每一位年轻练习生恨不得能得到的机会。今天,我们会选出一人……"

我的胃一阵翻腾,让我差点跌下椅子。

我没有喝太多,也没有失控。而且这也不只是个可怕而不幸的意外。这整件事都是美娜设计好的。她干的好事。是她给了我那杯香槟,并在她朋友们的注视下逼我喝下的。

她一定在我的酒里加了东西。

她对我下药。

现实像一块千斤重的砖头砸在我身上。我僵在原位,无助而困顿。怒火中烧。我紧咬着牙关,直到觉得自己快要把牙齿咬碎。我觉得我快要爆炸了。在我脑中,我不断重播着美娜站在我面前的画面,听见她得意地说着:"她现在不可能被选上了。"

"……和 DB 的超级偶像杰森合唱全新的单曲!"

礼堂里一片此起彼落的抽气声，我的肠胃纠结成一团。明里
转向我，惊讶地张开嘴。"你能相信吗？"她兴奋地问道。

我摇摇头，脑中还在想着昨晚的事情以及美娜。"真的不行。"
我回答。

"瑞秋！"明里用手肘撞了一下我的肋骨，"专心啦！你真的
有听到卢先生说的话吗？"

我呆滞地看着她，满肚子、满脑子都是香槟、怒火与小黄瓜。

"瑞秋。专心。高层和卢先生……他们要选一个女练习生和
杰森合唱。是一首真正的单曲——不是什么练习而已。今天的审
判日是选秀。就是今天。你有可能被选上耶！"

她说的最后一句话重重击中我的脑子。我思索着她的话。我
有可能被选中的。这不只是个寻常的例行检查而已。这是和杰森
合唱的机会。让一个练习生——让我——有机会和 DB 最红的明
星合唱。我有可能被选上的。

"她现在不可能被选上了。"

我倒抽一口气，坐直身子。美娜一直都知道，她知道今天是
什么日子。她刻意设计我。

明里又戳了戳我。这次很用力。"什么啦？"我被吓了一跳，
然后才看见卢先生把第一组人叫上台去开始进行舞蹈选秀，其他
练习生则开始往舞台走去。

就某方面说，我很感激眼前的状况。如果没有外力逼我做出
正常表现、逼我恢复行动，我也许永远都不会回魂。但我必须这
么做。我必须继续向前走。所以我就这么做了——试着藏住我在
颤抖的事实。

我们在后台排成一排。高层们全部坐在第一排，手里拿着 iPad（几年前，整间 DB 便把记录练习生的方式完全数字化了），铁着脸，一个个把人叫上台去表演。美娜挤到我旁边的位子，打量着我，用虚假的同情表情看着我。

"昨晚很累吧，瑞秋？"她说，"你看起来很惨耶，但睡衣很可爱。"

我脑中闪过自己把她扑倒、扯掉她假睫毛的画面。但卢先生喊了我的名字，我便向前走到舞台中央。

镁光灯打在我身上。我无法想象只画了半妆的脸在光线下会有多么斑驳。但我把这样的不安全感推到一旁，在脸上展开一个微笑，就像他们训练我的那样。我向高层们鞠躬，然后直起腰。抬头挺胸，腿向内转。肚子收紧，肩膀打直。我灿烂地微笑——好像全世界都是我最好的朋友。

几个人回应了我的微笑，但大多数人只是对着我的服装和乱七八糟的头发露出困惑的眼神。

让他们忘记你的外表、只要注意你的动作就好了，我告诉自己。但是说的比做的简单。至少今天没有摄影机对着我了，我阴郁地想着，一边回想起昨天的媒体训练。

音乐开始播放，是利娅最喜欢的 Electric Flower 作品之一，我的身体便自动开始回应了。这完全是肌肉记忆。我已经练习这支舞不下上千次。但我的头还是剧痛着，我的动作迟缓，一直错过节拍，或是在该向右踏的时候踩成左边。

挫败的感觉在我心中堆积，让我更沮丧。我的得失心变得越来越重，但我越想要放轻松，却反而变得越紧张。我没办法让动作够利落，也没办法把腿踢得够高。当我终于跳完最后一拍时，我已经上气不接下气，一层薄汗覆盖着我的前额。我压抑住擦汗的冲动。别让人更注意你的缺点。韩国流行舞蹈的重点是要让听众更投入在歌曲之中——但看着高层们的脸，一张张带着尴尬的微笑或是想要尖叫着冲出礼堂的表情，我知道我的舞带来了反效果。

"喔噢，"当我回到队伍中时，美娜在我耳边低语，"真是不好看。"她靠向我，夸张地吸了一口气，然后低声惊呼，"我的天啊，你宿醉吗？在这么重要的日子前一天，你真的不该开趴开这么晚的。不然至少记得刷牙吧。"

我没有看她，但我真的气到七窍生烟。我不会和她一般见识的。

尽管如此，唯一阻止我放声尖叫的事物，是我脑中幻想着扯她头发的画面。我不会把她头发拔光的，我只要从前面拔一大撮，让她几周都秃头就好。

女孩们一个接一个上台跳舞。明里一如往常地优雅，而尽管我一点也不想承认，美娜的确是全部人里面最优秀的。她的动作有力地带着她在舞台上转动，完美地对上音乐的节奏。有些女孩犯了几个小错误，但没有人像我这么惨。很快地，大家都看出来我是最糟的那一个。

我从来不是最糟的那一个。

我没办法承担最糟的后果。

我不像美娜和其他很多练习生那样，能在镜头前活跃自如。当我刚加入 DB 娱乐时，我实在很兴奋——我加入了一个培训计划，里面全是和我用一样眼光看待流行音乐和韩国的孩子——或至少我以为是这样。但很快地，不间断的"瑞秋公主"侮辱和其他背地里对于我美国身份的讨论，让我感到和在美国一样的疏离。他们的话语像是永不间断的杂音，在我脑中盘旋。当美娜和她的兵团在镜头前昂首阔步，拥有那种与生俱来的归属感时，只要镜头一来到我身上，我脑中就只剩下这股杂音。就算经历了这么多年的训练，我还是觉得摄影机是我的敌人——它一直在提醒我，外面的人会看着我的脸，然后想着："她不属于这里。"所以我只专注在磨炼技巧上，让它们近乎完美无瑕——不会漏掉一拍、不会唱走任何一个音。截至目前，这很奏效。我也许并不完美，但我的天赋足以支撑我在月复一月、年复一年的筛选中，赢得现在的位置。

而现在一切都毁了。这是我的终点吗？我会被踢出培训计划吗？我试着要自己冷静下来，安慰自己他们会参考我以前的表现，但我知道我在自欺欺人。有一年，他们裁掉一个女孩，只因为她拒绝去割双眼皮。还有一年，他们把一整团练习生都踢了出去，因为他们在 Instagram（照片墙）上贴了一张照片。他们可以为所欲为，而且十分无情。

我的喉头一阵肿胀，我强迫自己咽下口水。在台上哭出来——或是展露任何情绪——只会更激怒高层而已。

当他们喊我上去唱歌时，我又深吸一口气。这是我洗白的机会。我得唱得史无前例地好，否则一切就结束了。

有人递给我一支麦克风，音乐就开始了。那是一首 2000 年初的慢歌，流行歌经典之一。我深吸一口气，开口唱起来。我的第一个音就唱坏了；我压抑的情绪不小心流泻出来，让我走了音。高层们的表情深不可测，但其中一人显然正在勉强自己不要逃离现场。不行，我不能让这件事发生。我不会的。

我闭上眼，继续唱下去。我想着小时候躺在床上，和妈妈一起看着音乐视频的时刻。利娅和我一起去中央车站的回音廊上，玩着歌曲接龙，一玩就是好几个小时。还有，当我还是菜鸟练习生时，俞真姐会来学校接我，带我去她最爱的卡拉OK，整个下午，就我们两个人在那里唱着90年代的老掉牙情歌。从我的孩提时期开始，音乐就是我的避难所。流行歌总是在那里陪伴着我，让我知道自己在这世上的立足点，给我一个理由以自己为荣，尽管全世界都觉得我不该如此。在一切的混乱中，只有它是真理，只有它是我的一部分。

我找到了我的节奏，嗓音像是冲浪选手般乘着音乐前进。然后我终于找到了。那股喜悦感，我之所以在这里的原因。尽管我还是头痛不止，我紧抓住这一丝希望，随着歌声，我的脸上露出笑容。

就在我唱到副歌的时候，我听见一个嘹亮的和声和我自己的声音并驾齐驱。观众席上的人们倒抽一口气。现在是怎么回事？我宿醉产生幻觉了吗？但那不是我的声音。那是一道厚实的男高音，而当我转过头，我看见杰森从后台走了出来，和我一起唱着。

我吓了一跳，但这并没有扰乱我的步调。事实上，他的声音就像是另一股强力的水流，带着我更深入歌曲之中，将我抬得更高。他看了一眼我的睡衣，对我扬起眉毛，像是他想起了一个只有我们才懂的笑话。我们的声音交缠、相融，而我们并没有转开视线。他从舞台的另一端朝我走来一步。虽然他没有拿麦克风，他的声音仍然嘹亮，完美地和我的歌声结合在一起。我朝他也走了一步，和他相对。我们之间的空气像是有某种电流，我们的声音相撞，像夜空中的闪电般点亮了舞台。整个观众席屏气凝神，看着我们。

一个念头闪过我的脑海。我们注定要合唱的。

我们朝对方走去，直到两人之间只剩下一根手指的距离。他现在近得就像我昨天摔到他背上时那样，或者当他在沙发上把我拉近的时候。

他向前倾身，而我可以看见他虹膜中的金棕色线条。他紧盯着我，让我手上的麦克风接收他的声音。我们现在真的是一起在唱歌。我们的声音完美地合在一起，彼此搭配。

音乐缓缓地渐弱，他的手臂环住我的腰，我们一起唱出副歌的最后一句。我们对着彼此微笑，微微喘着气。他的手臂围绕在我身边，显得温暖而强壮，而有那么一刻，我们被沉默的空气所包围。

接着观众们爆出一阵掌声与欢呼。其他的练习生和年轻教练雀跃地拍着手。只有美娜和她的党羽们仍然保持沉默，一脸阴沉。

我不确定刚才发生了什么事，但那一定是某种魔法。我微笑着，心脏在胸口跳动，而杰森回应了我的微笑。这不像他昨天傲慢的笑容，而是温暖得让我屏住呼吸。他几乎让我忘了现在我的感觉有多么糟糕。

然后，我的肠胃无预警地一阵翻搅。我只有一秒钟的时间在心里想道，完了。然后我就一股脑地吐在杰森的白鞋上。

杰森眨了眨眼，低头看着几秒钟前还洁白无瑕的耐克球鞋。四周一片沉默。然后有人爆出一阵大笑。我不需要回头也知道那是谁。

我的脸颊因羞愧而涨红，而我的身体则在胃酸的翻腾下不断颤抖。我得离开这里。我冲下台，跌跌撞撞地冲出礼堂，飞奔过走廊，前往最近的厕所。我冲进其中一个隔间，同时又感觉到胃酸和胆汁从肚子里涌上来。至少这一次我吐出来的东西是进了马桶，而不是某个国际知名的韩星的鞋子上。呃啊。

我一直吐到觉得自己的胃都翻了过来。

我把肚子里所有的东西和自尊全都吐光了。

我低吟着在地上坐下，把头埋在膝盖里，觉得厌世无比。我不知道地上的瓷砖干不干净，但我现在实在不太在乎。我很确定刚刚那是 DB 史上最可怕的大灾难。我永远都没有脸回到舞台上了。再见了，杰森。再见了，明星梦。

厕所的门被人打开，而我在隔间里紧绷起来，紧缩在墙边。我听见恩地和莉齐的声音出现在洗手台边，伴随着唇蜜盖子打开的声音。

"所以，你觉得呢？"莉齐问道。

"真不敢相信，他们居然没有把她踢掉。"

他们没有裁掉我。我的身体差点因松了一口气而瘫软下来。

"卢先生说他们今天不淘汰任何人，因为今天就只是为了帮杰森找合唱的女歌手。"

我听见口香糖泡泡破掉的声音，而我可以想象恩地瘪着嘴的模样。

"但有人拍到那一幕吗？我们应该让人把视频外流到媒体上的。"

有人录到刚刚的灾难吗？我竖起耳朵，想听恩地接下来说的话。

"没，但相信我，光是那个画面就够记忆鲜明了。这应该够大家讨论好几个月了。"

莉齐咯咯笑着，然后叹了一口气："你说得对。我们应该做件T恤之类的。'2020瑞秋公主呕吐惨案生还者'。"

呃。我希望她们只是说说而已。

"我只是很想看看最后美娜被选中的时候，她会有什么表情。"恩地说。

当然了，最后他们一定会选美娜。

"她很快就会知道了啦，那个表情一定很经典。"

"我们想办法拍张照吧——就可以放在T恤上面了！"

莉齐咂了咂嘴唇："好啦，讨论够瑞秋公主了。卢先生刚刚在讲DB秋季的家族巡回，他一直看着我……"

我猛地一抬头——有点太快了——她的声音再也进不了我的脑海。我捂住嘴，身体因突然的动作而瑟缩了一下。我低声哀号。新的一场家族巡回。七年来的第一次。

DB要推出一个新的女团了。

我突然把一切都串了起来：美娜不只是想要和杰森合唱而已。她想要把我踢开。她一定早就知道家族巡回的事。她也知道能和杰森合唱的人，最有机会在秋季巡回开始之前出道。

我听见厕所的门又打开一次。笑声和喊声从走廊上传来，然后门再度关上。我现在要怎么出去？莉齐说得对——现在这是大家唯一的话题了。

人们八卦得越多，你就越有被八卦的价值。杰森昨晚的话在我脑中回荡。

我缓缓站起身，朝厕所后面墙上的镜子走去。一个女孩面孔苍白、大汗淋漓——我的天啊，我肩膀上那是呕吐物吗？——镜中的眼神坚定地回望着我。美娜也许觉得自己大获全胜，但她还没有赢得最终的竞赛。我还在这里。而且我要确保我有被八卦的价值。

第五章

他们对这个合唱组合有很认真的计划。

对她有很认真的计划。

"动起来，瑞秋！"

我弯下身，用网球拍挡住脸，一颗荧光黄的小球从我头上呼啸着飞过。呼，差一点。我隔着网球拍，看着我们最新的网球教练无奈地站在我对面。我们学校不请体育老师的，只聘专业运动员来当指导员——亚当·里彭来教溜冰，凯蒂·莱德基教游泳，还有西蒙娜·拜尔丝教体操。现在，我则是被一位十六岁的加拿大网坛传奇教训，她才在澳网打败塞蕾娜·威廉斯，并刚登上最新一期的《运动画刊》和 Vogue 杂志封面。

"网球的打法是用球拍打球，"她翻了个白眼，"不是用球拍当美国队长的盾牌。"

"对不起，斯洛特教练。"我直起腰，调整一下自己的白色网球裙，和成套的白色中空帽。

大部分上课日，我都在倒数着周末的到来，好让我回到 DB进行培训。我的手机上甚至有个倒数的应用程序，帮我倒数到每周五三点半的放学时间。但现在我把那个应用程序关掉了，因为学校是让我转移注意力的最佳选择，好让我不要一直回想自己当着所有练习生、教练和高层的面吐得杰森一鞋的画面。

过了三天，那股羞愧的火焰，已经从威胁着要把我整个人吞噬的熊熊大火，缩小为灼伤完后的伤疤。虽然还是会痛，也需要几个重点的灾难控管，但我会活下来的。应该啦，只要我不在体育课被飞来的网球打死就好。

我朝赵氏双胞胎跑去，她们正在球场的另一边，对着球场旁的三角锥发球。

"瑞秋，你的黑眼圈也太惨烈了吧，"朱玄说着，一边垂下球拍，靠近检视我的脸，"我置物柜里有抗水肿覆盆子舒缓眼胶，你可以拿去用。"

"真的有这么惨吗？"我问，有点紧张地摸了摸脸。

"嗯，这么说好了，如果你告诉我你和美娜大打出手还打输了，我也不意外。"慧利开玩笑地说道，一边完美地把一颗网球打进角锥里。她对着天空挥起拳头："啊哈！完全是角度的问题，亲爱的。"

我叹了一口气，压下一个哈欠："我真希望她只是揍了我两个黑轮。从那场意外之后，我还没有好好睡一觉过。"

"你得停止一直重播那个画面。"朱玄说，"不要回想你是怎么毁了选秀，还吐在全韩国最红、最受人喜爱的明星身上。"

"只有鞋子好吗！"我防卫性地说。

"对啊，就是这样。没有那么惨啦。全新的白色耐克，是不是？"

慧利哀伤地叹了一口气，抬头望向天空："安息吧，李杰森的鞋。你的生命真的太短暂了。"

双胞胎躲在球拍后方笑个不停。我正准备回嘴，却被一个巨大的哈欠打断了。

"要命，你真的整晚失眠、一直在想，对不对？"慧利说。

"不只是想而已。"我说。教练从一旁走过，我便假装前后挥舞着我的球拍。她认可地点点头，继续往前走。我从网球裙里拿出我的手机，打开 Instagram，给双胞胎看杰森和美娜合唱的照片："我还得看着。DB 已经宣布杰森和美娜要合唱了。"我扮了个鬼脸。他们的合唱从我的手机麦克风中流泄而出，而我唯一能得到一点安慰的地方是，美娜的脸又摆出那种扭曲的痛苦表情了；在经过六年的练声之后，我对她的那个表情再熟悉不过——这代表着她没办法真的唱到杰森那首歌副歌的音高。但显然 DB 没有注意到这一点。就像所有的韩国唱片公司一样，DB 对于社交媒体有严格的零容忍政策（跟零容忍的禁恋令同进退）——也就是说，他们不让练习生公开自己的身份，也绝不会贴出练习生的照片。因为如果练习生被淘汰，或是真的像流言所说被送去军校的话，之后处理就太麻烦了。如果他们愿意公开发布美娜的视频，这代表他们对这个合唱组合有很认真的计划。对她有很认真的计划。

慧利往下滑看着留言，大声读出来："'吼，我这辈子都在等李杰森出独唱曲啦。而且这个女生也太正了吧！'"

"'如果她和杰森合唱，她一定是 DB 最好的练习生，'"朱玄在她妹妹身后跟着读道，"'他们站在一起实在太搭了。想想他们的孩子会长什么样子！'"

我哀号一声，把手机抢回来塞进口袋里："拜托喔。我已经熬夜看了一整晚了。我不需要听你们念出来，好吗？"

球场的另一边，斯洛特教练吹响了哨子："打球时间，女孩们！准备双打。排队了。"

"嘿，朱玄！好喜欢你昨晚那部极细眼线笔的视频喔。"阮昭弥对双胞胎露出甜美的微笑，硬是挤进我和慧利之间，当她推开我的时候，球拍还狠狠撞上我的膝盖。

我已经习惯了。首尔国际学校是全韩国最排外的私立高中，收的学生全是上流社会中的上流人士：演员的孩子、政府官员的孩子，或是像昭弥这种女孩，她的爸妈和祖父母过去五十年一直经营着极星企业。她一直在拍朱玄和慧利的马屁，但我既没有信用基金，也没有大公司可以继承，我从来就没有重要到会被她列入"狩猎"范围。我的练习生身份也没有引起她的兴趣。我从自己的水壶里喝了一口水，但昭弥突然旋过身来面对我。

"嗨，瑞秋。我听说合唱的事了。"

我被自己的水呛到。阮昭弥在跟我说话？我瞄了双胞胎一眼，但她们看来也和我一样困惑。

她假意地抿起嘴，露出同情的表情："朱美娜是大中超市老板的千金，对吧？我们小时候曾一起在普罗旺斯度过一次暑假。"当然了。"有钱又有才，"她对我吐了吐舌头，"她得两分，你还是只有零分。我还以为 DB 对他们的练习生有个基本的要求呢。"

朱玄向前踏了一步，像是准备要拿自己的球拍砸昭弥的脸，但我们的另一个同学邱庆美，却突然挤到我和昭弥之间。

"别听她乱说，瑞秋！"庆美大喊。我错愕地瞪视着她。庆美是朱玄的头号粉丝，总是追着朱玄说要帮她拿书或午餐托盘，还会在她的置物柜上偷贴小礼物。有一次她甚至带了一只小狗来学校，就只为了要让朱玄在下课时间可以玩，但后来小狗在南边草坪上撒了一大泡尿，校长就叫她带回家了。这是她第一次跟我说话。

庆美用双臂环住我的肩膀，她的马尾几乎要甩中我的脸："你对这个合唱组合一定觉得心情很复杂吧。你还好吗？你知道，如果你需要找人聊聊的话，我一直都在，对吧？跟练习生有关的任何事，你都可以告诉我的。"

"谢了……庆美……"我一边说一边从她钳子般的双臂中抽出身来，"但我没事啦。"

"真的吗？你确定？嘿，我们应该要穿着网球装自拍一张啊！"她抽出手机。

"球场上不准用手机！"斯洛特教练说道，一边朝我们大步走来。她伸手指着昭弥和庆美："你们两个，上去吧。换你们双打了。"

昭弥发着牢骚，拖着脚步往球场走去。庆美遗憾地看了我一眼，跟着昭弥往前走。斯洛特教练转过身来看着我，眯起眼睛。

"抱歉，教练，"我急急忙忙地说，开始做起青蛙跳，"我在热身了！"

"等等，"她说，回头看了一眼其他学生们，然后靠在我耳边低语，"杰森跟美娜真的在交往？"

我目瞪口呆地望着她。这是认真的吗？就连著名的网球冠军和杂志封面明星都在八卦这个？她看见我的表情，便抓了抓后脑勺，笑了起来："我只是在开玩笑啦，看不出来喔。"她尴尬地清了清喉咙，然后转头面向球场上的两人："发球发得好，庆美！"

首尔国际学校设在汉南洞的边缘，和首尔最时尚的地区之一江南隔着汉江对望。它被全城最富有的三个住宅区所包围，房价居高不下，因为首尔的精英们热爱这里的设计师品牌和高级餐厅，而且，和首尔的其他地方比起来，这里的空间宽敞舒适。这也许就是为什么我们学校可以在全世界人口最密集的都市之一，一口气占用五亩半的完整土地。除了标准尺寸的网球场、奥运等级的室内游泳池、完整的跑道和足球场之外，我们学校还有室内与室外的剧场、电影放映室和溜冰场。园艺社在学校川堂种满紫红色的兰花，沿着车道一路延伸至中央的教学大楼，每周三，烟火协会和摄影社还会上演一出足以媲美国庆日的烟火秀。

下课后，我和双胞胎一同前往更衣室的途中，我看见一张巨大的海报，在宣传下个月的职业博览会。还不知道未来要做什么吗？马克·扎克伯格和梅根·埃里森将亲自为你解惑！我打了个寒战。我知道我妈会希望我去的。她和爸之所以牺牲这么多，让我和利娅进这所学校，有一部分原因也是为了这个。当外婆过世时，她有留给妈妈一些钱，而我知道这些钱大部分都拿来缴我和利娅的学费——而不是帮助爸爸做他的拳击训练馆生意。"想想你会接触到的机会。"当我跟她说我可以去我们家附近的公立学校时，她叫我安静，然后这么跟我说。

我的未来在哪里呢？我一边想着，一边任淋浴间的温水洒在我的身上。自从选秀日之后，已经又过了三天，但我还是不知道该如何得到大家的注意。我回想着网球课时昭弥和庆美第一次跟我说话的场景。但那是因为 DB 的 Instagram 帖子啊。他们不可能会贴关于我的东西。对吧？

等我们盥洗完成后，我便跟着双胞胎走出更衣室，却差点迎面撞上一位留着松软中分头、戴着金属细框眼镜的男孩。当他举手打招呼时，还故作面无表情。

"大镐!"慧利说。她的脸颊一阵泛红，嘴角出现一抹浅浅的微笑。

"嗨，"他越过我的肩头望去，"准备一起上工了吗，慧利?"

"你不用大老远过来接我啦。我可以过去工程实验室找你的。"

"没关系，"大镐说。他瞥了一眼朱玄，"我不介意。你好吗，朱玄?"

"我很好，谢了。"朱玄说。她挽住我的手，对我挤眉弄眼了一番："我是不是该带你去学生中心，让慧利去工程实验室宅她的实验去? 现在天气比较暖一点，他们好像又把红豆冰的机器摆出来了。"

大镐的耳朵竖了起来："你们喜欢红豆冰吗? 我刚好是个红豆冰专家。我用科学方法调整了刨冰和红豆的比例，创造了最完美的食谱。我还发明了自己的刨冰机。"

"呃……哇喔，大镐。真不知道你原来这么有深度。"朱玄说。大镐看来对朱玄的评论感到非常快乐，我则咬住嘴唇，压抑住一阵笑意。

慧利来回看了朱玄和大镐几眼。"我很爱红豆冰啊，"她提议，"你下次可以做给我吃吃看吗? 你的食谱听起来超棒的。"

大镐点点头，头发在脸颊两侧摆动着："当然了。"

慧利愉快地笑起来。

"我可以做给你，然后你再分给朱玄。"

"喔……好啊。当然。听起来不错啊，大镐。"她漫不经心地对我们挥了挥手，跟着大镐沿走廊前进："待会见啦。"

我同情地对她挥了挥手，然后看了朱玄一眼。她正用手机检查着自己的眉毛，完全没意识到自己眼前才刚上演一出三角恋的戏码。作为一个聪明的女孩，她有时候真的是迟钝得可以。

"走吧。"她把手机丢进上体育课用的提袋里，然后抓着我走过走廊，"刨冰在等我们了。"

我拖着脚步往前走，阳光透过学校巨大的玻璃窗洒在地上。学生中心是我现在最不想去的地方。那里总是聚集着围绕在电视旁的学生，电视上则经常播着音乐视频。我现在实在不想被人追问杰森和美娜的事情。

"还是我们去彩绘玻璃图书馆啊？"我转过身，试图引诱朱玄跟我一起去学校另一端的大图书馆。那间图书馆的彩绘玻璃窗画的是《美女与野兽》开场画面，是几年前一位艺术生的毕业创作，图书馆因而得名。

"怎样？好让你躲在图书馆角落自怨自艾吗？"

"我是没打算要自怨自艾啦。"我说。技术上来说，这是实话。我的打算是缩在图书馆的某一张扶手椅上，用笔记本电脑看《吸血鬼日记》的重播。

"对不起了，瑞秋。你现在需要的是正面迎战，不是什么克劳斯和卡洛琳给你的精神抚慰。"

可恶。她实在太了解我了。

随着学生中心越来越近，我听见了学生们兴奋的嘈杂话语声。"连到大屏幕上！"我认出庆美尖锐的声音，身体一僵。他们是在把杰森和美娜的照片传到电视上吗？我才刚逃离我的 Instagram 噩梦，我实在不想这么快就进入另一个。

"所以，图书馆……"我开口，但在我说完之前，朱玄就已经把我推进了学生中心。一大群学生聚集在平面电视前，手上抱着刨冰的碗，坐在松软的皮沙发上，全都倾身向前，看着……一个美妆博主的视频？嗯，这跟我想的不一样。

庆美转过身，看见我和朱玄走向他们："欸，你们！看看这个新的博主！一个住在水原市的女生。她的眼影技法真的是前所未见。"

在我身边的朱玄愣了愣。"她的点击率有多高？"朱玄问。

"喔，超扯的——十二小时就要破五十万点击了。一夕爆红耶。而且她现在有快要四百万订阅了！"

"可是……我都还没有四百万订阅。"朱玄不可置信地说道，然后朝刨冰区踱步而去。我看着屏幕上的女孩用闪亮的粉底打底，接着便把自己的眼皮化成一枝枝粉红樱花盛开的树枝，每一朵都以一颗小珠宝作为点缀。朱玄把一碗刨冰塞进我手中，但随着时间过去，冰逐渐融化，变成一碗混合了牛奶和果酱的汤汁，我还是无法转开视线。这部视频有某种魔力。

"不觉得很扯吗？她以前只是个普通的女生，在房间里玩化妆品而已，然后下一秒就变成网络红人了。"

我眨了眨眼睛，思索着同学说的话。一部走红的视频的确可以带来巨大的影响。我脑中的齿轮开始转动，朱玄则在此时挽住我的手臂："呃，这里讨厌死了。我们可以去图书馆了。"

我大笑着，靠过去吻了吻她的脸颊："那个女生根本就比不上你。你有发现她的化妆品甚至不是有机的吗？慧利会气死！"

朱玄露出微笑，好像真的有被安慰到了，我则把剩下的融化刨冰喝完。

"好吃吧？"朱玄说，"你正需要这个，不是吗？"

"喔，"我咬着汤匙微笑，"百分之百。"

第六章———

我等不及要进行一场真正的表演，

好像我这一个真正的明星歌手，

就像我这么多年来

在音乐视频上看到的那样。

我刚开始在 DB 受训时，总是很想家。当我忍受不了时，俞真姐会让我躲在她的办公室里哭。她会轻轻抚摸着我的背，我则会深呼吸，吸进她放在书柜和桌上的盆栽所散发的清新的尤加利叶味。直到现在，尤加利叶的味道，就和纽约每个街角都会有的炒坚果味一样，会让我想起家。

"坐吧。"俞真姐说，在我和明里同她低头打了招呼后，便催促我们进她的办公室。她对着桌子前的皮椅打了个手势。然后她眯起眼看着我的脸："你的眉毛发生什么事了？"

"喔，呃……"我心虚地微笑着，"我是在尝试新造型啦。"今天的美姿美容课程教的是眉毛修整。明里天生的粗浓眉毛，很容易就能符合韩国理想型的"平眉"，但我的就需要多一点照料，而我拔眉拔得有点太过头。我搓搓我的左眉，希望至少我的眉笔能遮掉一部分被我拔光的地方。

她皱起眉，向后靠在椅子上，双臂交叠。"我能帮上什么忙吗？"她问。

她的声音中带着一丝我不太熟悉的冷冽感，让我不太自在。我瞄了明里一眼，她则鼓励地点了点头。好，我可以的。我深吸一口气，然后开口。

"我有个点子，或许可以让我赢回和杰森合唱的机会。"我说。我对明里点点头，她便抽出她的手机。她举起屏幕，播放起那部美妆博主走红的视频。"你看过这个吗？"我问。

"当然。樱花季是上周末，到处都看得到这个视频。"她的眉皱得更深了，"你想表达什么？你想要靠某种夸张的眼影视频来挽救你的舞蹈表现吗？"

我瑟缩了一下。我知道，随着我越来越近出道的年纪，现在事情已经不一样了，但我有时候还是很怀念俞真姐会让我坐在这里哭的时光。"不完全是。"我继续说下去，"但你也说了，到处都看得到这部视频。现在就连 SK-II 都想要赞助她，她拥有了她这辈子想都没想过的各种机会。只要有一部视频走红，人们就会口耳相传。其他人就不得不听。"

我拨弄着飞行夹克的袖口。我幻想着自己像参加大都会美术馆慈善晚宴的桑德拉·布洛克那样，昂首阔步地走出俞真姐的办公室，像是什么犯罪集团的首脑，还有一群超猛的女人当我的后盾。我深吸一口气："我们都知道美娜的声音配不上杰森。我在想，如果我唱歌的视频能红起来，也许高层会注意到我吸引了多少眼球，然后再给我一次机会。"

俞真姐沉默着。明里和我期待地倾身向前。

"这是我这辈子听过最荒谬的点子了。"

我的肩膀一垮。我的《瞒天过海：美人计》小幻想就这样破灭了。

"你在选秀上的表现不只是让人失望而已，瑞秋。那根本就是一场灾难。"俞真姐眯起双眼。我陷入椅子里，但俞真姐还没有说完。"你已经在 DB 待了六年。你知道这些事是怎么运作的。没有人逼你待在这里，你得自己做选择。你得有那个决心。我还一直接到报告，说你连媒体训练课都还没办法通过，我怎么能相信你能唱好跟杰森的合唱？而且你还是有镜头恐惧症，要怎么靠拍视频走红？"

我的喉头涌起一股灼热。她说得对。她当然说得对。一股羞耻与惭愧的感觉流过我全身。我怎么会觉得自己能轻易补救这一切？我咬着嘴唇，点点头，低头看着自己的大腿，逼自己不要哭出来。

"我在跟你说话的时候，请看着我。"俞真姐锐利地说。我猛地抬起头。"我们全都对你有很高的期待，瑞秋。我对你有很高的期待。你不只羞辱了你自己，瑞秋，你也羞辱了我。作为 DB 的总教练，我的名声现在岌岌可危！你的表现让我们两个都蒙羞。所以告诉我，你凭什么有第二次机会？"

沉甸甸的羞耻感让我喘不过气："我真的、真的很抱歉，俞真姐。我知道我让你失望了。但我也知道我还可以做得更好。请给我第二次机会，因为……因为……"

俞真姐冷酷的目光直直打在我的身上，让我回想起严格而空洞的摄影机，我低下头，觉得我的语言能力正在一点一滴流逝。我还能说什么呢？没有任何文字能让我弥补这一切了。

"因为你记得瑞秋和杰森合唱的时候是什么样子。"明里握住我的手，插嘴说道。她直直望着俞真姐的双眼，振振有词："我知道你也感觉到那股电流了。我们都有感觉，他们注定是要一起唱歌的。你能否认吗?"

俞真姐用着同样强烈的目光回望她:"那你们又计划怎么面对DB 的社群禁令?"

"如果是我们自己发帖,那的确是违反规定了,"明里调皮地微笑,"但如果那部视频没出现在瑞秋自己的页面上,那技术上来说就不是她的错了。如果一部她在唱歌的外流视频正好走红了,那有什么关系呢?"

好,也许我不是桑德拉·布洛克,但明里就是这场戏里的凯特·布兰切特了。我心想着,并对她在对的时机说正确的话的能力感到赞叹不已。她现在只需要一套闪亮亮的合身裤装就好了。

俞真姐的眼神朝我扫来,而我快速抹掉在眼角威胁着要落下的泪水,一不小心就抹糊了我的眉毛颜色。天。我真是一团糟。也许我太傻太天真,才会以为俞真姐会和以前一样帮我的忙。就算是我的心灵导师,她也是有她的极限的,而我显然已经远远超越了那个极限。

我小心翼翼地抬头,对上她的视线。她的眼神软了下来,叹了口气。"那个表现是真的不错。"她说。

我的心脏用力一弹。"如果我有第二次机会,我保证我不会搞砸的。"我很快地说道。我深吸一口气,"是你教我要相信自己的,我知道我做得到。"

俞真姐摩挲着她桌上的一小盆竹子。然后她从一个小托盘上拿起一张名片,翻过来,用利落的笔迹写下几个大字。她把名片推给我。上面写的是梨泰院的某个地址。

明里和我抬眼看着俞真姐,她则给了我们一个淘气的微笑。

"明天晚上训练结束之后到这里来找我，"她说，"确保没人跟踪你，听懂了吗?"

明里尖叫一声："这代表你会帮我们喽?"

"这代表这段对话已经结束了。"俞真姐对着门点点头。我则把名片收进外套口袋里。

"瑞秋。"当我们准备离开时，俞真姐说道。我回头，她则微笑着："明天想办法处理一下你的眉毛，好吗? 你在接下来要红遍全世界的视频里，应该希望自己看起来是最好看的吧。"

我的心中涌起希望。我低头鞠躬："谢谢你，俞真姐。我不会让你失望的。"

我站在卧室的镜子前，把头发盘成芭蕾舞者的高发髻，好露出我浅紫色上衣的小圆领。呃，我看起来像个图书管理员。

我把发髻拆开，脱下上衣，抛在地上一大团被我放弃的衣服上。还是我应该要穿全身黑，搭配皮夹克和破洞紧身裤? 也许试试看豹纹蓬蓬袖长裙? 我把高腰裤拉到腿上，然后穿上一件配套的宽松丹宁衬衫，看了一眼镜子里的自己。我想要穿得像是"嘿，你可以相信我的。选择我，你不会后悔的"，而不是"嘿，我是瑞秋，我是一只迷路的蓝色小精灵"。

我打开衣柜，继续搜寻其他的搭配选项。衣柜门的内侧贴了几张照片，而其中一张吸引了我的注意：十一岁的我和几个表亲在一间首尔的 KTV 里，那是那年的家族旅行。我整个暑假都在期待去那间 KTV 的行程：那些塞满麦克风和皮沙发的小房间，还有镜球在墙上洒下七彩霓虹光线、小铃鼓、吃不完的点心。在那之前，我从来就只会在我们纽约的小公寓里唱歌——我等不及要进行一场真正的表演，好像一个真正的明星歌手，就像我这么多年来在音乐视频上看到的那样。

这也是我认识俞真姐的那一晚。我刚唱完泰勒·斯威夫特的那首《超有型》，我的表亲们全都在欢呼叫好，我突然听见某人在我身后鼓掌。我转过身，看见一个女人留着铁青色的头发，靠在打开的门边（我表姐去上厕所回来之后忘了关门）。她问我叫什么名字，说我让她想起了一个她以前认识的歌手。然后她眨了眨眼，给我名片，然后叫我请爸妈打给她。

我拿出一条灰格子的阔腿裤和一件短版白色高领毛衣。关上衣柜门，在桌上的饰品盘里面翻找，直到我找到那两个金色大圈耳环，我把它们滑进耳洞里，然后把头发在头顶上盘成一个慵懒的发髻。"完美。"我对自己说，然后抓起我的包包，踩进一双皮质懒人凉鞋里。

在那之后，俞真姐就一直在我身边。孩提时期，我就已经深深爱上流行音乐。但她帮我把我小小的、看似遥不可及的童年梦想变成了现实。她让我知道，在这个世界上，有一群人，和我对流行音乐有一样的感觉——因此成为一个流行歌手才会这么特别。我想说故事、想要和全世界的听众有所联结。她告诉我，身为韩裔美国人，在这个产业里是多么与众不同。她让我以一种全新的方式爱上了流行音乐。我不能让她失望。不能再一次。

"我觉得我们应该迷路了。"

我低头看着俞真姐给我的名片。过去二十分钟，明里和我在梨泰院的同一条街上走了好几趟，但这个地址根本就不存在。我们已经路过同一间辣炒鸡排餐厅太多次，里面用餐的客人都开始怀疑地看着我们了。

"我们再往那边走一次好了。"明里说。她调整了一下自己黄色削肩上衣的领口，而我已经可以看见她的脖子后方开始泛红出汗，那是她开始焦躁的证明。"我们还没有看过咖啡豆专卖店的后面，对不对？"

"只看了大概六次吧。"我说。我把一绺头发从脸上吹开，叹了口气，继续盯着我手上的地图应用。"我不懂耶，应该要在这里才对啊。"

"我的天啊。"明里说。

"我知道，对吧？我连我们在找什么都不知道！"

"我不是在说那个！"明里抓住我的手臂，把我拖到一排停在路边的摩托车后方。她指着对街，一名留着络腮胡和小马尾的高大男人，正从一间棕色小屋的破烂铁门中走出来。他戴着太阳眼镜和一顶毛帽，一路遮住自己的前额。"他是《甜蜜梦乡》的韩旻奎！"明里惊骇地喊道。

我一脸呆滞地看着她。过去这六年，我实在没有时间看剧。

"你一定知道啦。他就是在朴都熙摔下男朋友的摩托车，失忆之后绑架她的人啊。他假装是她的医生，溜进病房里。瑞秋，他还让她以为自己一直以来爱的都是他！"她的额头担心地皱了起来。"我们最好躲起来。谁知道他还能做出什么事？他现在就可以绑架我们两个了。"

"呃，明里，那只是个角色而已。你知道，他本人可能并不真的是一个会篡改人家记忆的绑架犯。"

"喔，对啦，"明里顿了顿，朝他消失在巷口的方向眯起眼，"但不管怎样，我就是不相信他。"

我朝那栋房子瞥了一眼。它毫不起眼——我先前甚至没有注意到它：所有的窗户都加了窗贴，看不到里面，所有的外墙也都斑驳得需要好好粉刷了。但也许……

好奇心油然而生，我向明里打了个手势，要她跟上我。

我一拉门把，门就平滑地打开了，露出一条狭窄的木头走廊。我们踏了进去，门便在我们身后关上。明里转向我，面孔一片苍白。"我们刚刚是不是说好了今天不要被绑架?"我叫她安静，一边竖起耳朵。

"你听见了吗?"我问。

"你说我们即将身亡的声音吗，当然了。"明里戏剧化地低语道。

"不是啦，阿呆。我是说音乐声。"

走廊尽头是一块厚重的红色帘幕。我听见另一侧传来阵阵乐声。我转向明里："准备好了吗?"

她紧张地四下张望了一下："还没!"

我大笑，牵起她的手，然后钻过布帘。

我们四周的墙上全是精致的画作，画面就像是直接从某个法式花园里撷取下来一般栩栩如生。我们头顶上的天花板爬满了粉色与紫色的紫藤，从一个巨大的水晶灯上垂下来，反射着金色与乳白色的光芒。房间里尽是宝石色的蓬松座椅，人们坐在位置上聊天，听着房间右侧一座巨大舞台上，一个男人正用钢琴弹着爵士乐。房间里弥漫着可颂面包与玫瑰花瓣的味道。我瞥了一眼离我最近的桌子，看见一个女人手中的咖啡杯，上面的拉花天鹅精致完美得像是要展翅从杯中飞出来。

我的妈啊。这是什么地方？

一个声音喊道："瑞秋！明里！"将我从出神的状态中唤回。俞真姐朝我们跑来，她的粉红色头发和青铜耳环在她身后飞舞。她一手一个环住我们的肩膀，神色愉快："你们也差不多该到了，欢迎来到光泽俱乐部。"

"这是什么地方？"明里问，"还有，你知道韩旻奎吗？"

"我可以告诉你。"俞真姐一边带领我们穿过房间，一边笑着说，"但我觉得另一个人的故事应该说得更好。"

她在一个舒适的角落包厢前停下来，一个看起来似乎很眼熟的年长女性坐在那里，用瓷器茶杯喝着茶。她看起来就像是从20世纪40年代的好莱坞走出来的明星，银发梳成一个老派而华丽的发髻，肩上随性披着一条我这辈子见过最奢华、绣工最精美的丝绸披肩。

"瑞秋、明里，这是我妈妈，"俞真姐说，一边在女人身边坐下，"郑宥娜。"

郑宥娜？俞真姐刚刚说她妈妈是郑宥娜？

我听见身旁的明里倒抽一口气。"你就是郑宥娜？"明里说。她转向俞真姐："哇，姐，你怎么从来没告诉过我们，你妈就是流行乐坛的传奇偶像？"

我简直不敢相信。郑宥娜是个传说般的人物。在她之前，韩国流行乐坛几乎等于不存在。现在，在她退休了四十年之后，全世界的人都还记得她的名字——而且都还爱着她。Electric Flower 去年的演唱会，甚至还有花二十分钟的时间，致敬她几首最经典的成名曲。

我立刻挺直身子，向前行了一个九十度的大礼："您好。"

明里很快地跟上我的动作。宥娜轻笑了起来，拍拍身旁的空位："哎，那是很久以前的事啦。我把歌坛留给你们这样的年轻女孩了。"

俞真咧嘴一笑："你们两个怎么变得像鱼一样？在苍蝇飞进去之前，赶快把嘴巴闭上吧。"

我逼自己闭上嘴巴，并强迫自己露出一个平静的微笑，尽管这一切都让我觉得惊愕至极。"所以，我们现在究竟是在哪里？"我瞥了明里一眼，她的双眼看起来还是像要弹出眼眶的样子。

"光泽俱乐部是一间地下咖啡厅，是我为韩国名人们所开设的，"宥娜边说边从茶杯里啜饮着她的茶，"这里是让人放松、躲避粉丝和狗仔的地方，就算只有一下下也好。我还在这个产业里的时候，并没有这样的地方，但这是我自己梦寐以求的环境。然后几年前，我突发奇想：如果我真的这么想要这样一个地方，我何不自己打造一个？我花了一点时间才找到适合的地点，但目前这里我们都挺满意的。"

"这真的超酷的，"明里说，她的眼睛瞪得更大了，"我的意思是，我听说过有个专门给明星去的秘密咖啡馆，但我从来没想过这是真的。"

宥娜笑了起来："如假包换。现在，告诉我，你们觉得这些紫藤花如何？我一直在考虑，是不是要走更极简一点的路线……"

明里露出灿烂的微笑，和宥娜讨论起装潢。桌子的另一边，俞真牵起我的手，站了起来："我们很快就会回来。"明里对我们挥了挥手，宥娜则开始和她聊起碎绒和平绒的优缺点。

当我们穿过咖啡厅时，我试着不要一直盯着我身边的名人们看，但——我的天啊。坐在那里的是朴都熙和金灿宇吗？他们在《甜蜜梦乡》中饰演一对恋人，但看着他们隔着一盘马卡龙彼此对望的眼神，看来他们在现实生活中也在交往。我撇开视线——毕竟，他们来这里，就是为了要避人耳目的。"俞真姐，"我说道，"你怎么没跟你妈妈一样成为一个歌手呢？她是好多人的缪斯女神啊！"

"我的确是受她启发，"俞真姐轻松地同意道，"只是用不同的方式实践。我很年轻就知道，我是不属于舞台的。我只想要把我从妈妈身上学来的一切，用来指引下一代的明星们。"她握了握我的手："那些属于镁光灯的人。像是你。"

我的心跳倏地加快，我咽了咽口水。属于镁光灯的人。我回握了她的手。

她领着我走到一张靠近舞台的桌子，并拉开椅子让我就座。我坐了下来，因为自己身在全韩国最出名的明星们之间和俞真姐聊天而心满意足。这感觉就像以前一样（嗯，如果把首尔的社交名流们换成几盆植物的话就更像了），但我还有一件事搞不清楚。

"俞真姐，这个地方真的很酷。但是，呃……"我压低声音，"我们究竟在这里做什么？我们的视频呢？"

俞真姐眨眨眼："你等一下就知道了。我先帮你倒杯饮料，马上回来。"

　　她消失在舞台边的咖啡吧台旁。我的手开始紧张地不知所措，所以我抓起一张纸巾，开始在角落涂鸦。俞真姐有什么计划？也许她是要让我和她妈妈一起合唱？那绝对会爆红的。喔，或者是她要让都熙和灿宇在视频里客串？我暗自笑了起来。利娅的朋友们绝对会很吃这一套。我在整张纸巾上画满了奇怪的曲线和小花，然后我把它推到一边，开始玩起桌上的茶匙。我叹了口气。俞真姐为什么这么慢？

　　我打量了房间一圈，本来是要寻找她的身影，却正好看见都熙和灿宇坐在桌边，双唇相接。啊哈！他们果然在交往！利娅听到了一定会疯掉。我完全沉浸在自己的思绪里，一不小心把茶匙弹飞，不偏不倚地砸中我的鼻子。

　　"噢！"我揉着撞到的地方，四下张望，希望没人看见。幸好在这个地方，我绝不在引人注目的名单上。我放松地叹了一口气，向后靠着椅背。

　　"哇……那看起来很痛耶。"

第七章———

我终于离第二次机会又更近了一步。

我绝对不会错过的。

杰森拉开我身边的一张椅子，坐了下来。他的毛衣袖子卷到手肘，而我不得不注意到他的手臂有多漂亮。他的皮肤黝黑，肌肉结实，光滑得惊人。而且很壮。我脑中闪过我们在合唱的最后，他用手环住我的画面，忍不住咽了口口水。就在我把一整晚的烧酒和香槟都吐在他鞋子上的前一秒。

　　这段记忆不禁让我的脸颊灼烧起来。"你在这里干吗？"我结巴地说。冷静啊，小姐。

　　"是你坐在我的老位子上哟。"他说。他倾身向前，眼角微微皱起，嘴巴凑在我耳边低声说道："让我猜猜看，你在跟踪我吧。"

　　我逼自己笑了一声。也许我做的这一切都是为了要抢到和他合唱的机会，但我实在不想满足他已经够膨胀的自我。整个 DB 已经为他贡献够多八卦了。

　　他靠回椅背上，咧嘴一笑："我觉得我让你很紧张。"

　　我的脸红得无地自容。"并没有，"我有点太用力地说，"我觉得你有妄想症。"

　　"真的吗？因为你的脸超红的，"他把一只手贴到我的脸颊上，"而且很烫耶。"

我把他的手拍开："不好意思喔，我不记得我有准你碰我。"

他投降地举起双手："你说得对，对不起。我只想确认你没事……我们不会希望有人在郑宥娜的地盘上出事，对吧？那会把所有的影星都吓跑的。"他装模作样地压低声音，对着都熙和灿宇打了个手势："他们肠胃不好的事可是众所皆知的呢。"

此时，一位服务生来到桌边，手上端着一个盛着两杯咖啡及甜点的托盘。杰森伸手接过咖啡，一边对她露出一抹完美的微笑："时间点抓得真好。你怎么知道我现在正需要这个？"

她咯咯笑着，低下头，然后退开。老天，他就非得要对所有人放电吗？

"顺带一提，我原谅你了，"杰森边说边把半罐糖倒进自己的咖啡杯里，"我是说你吐的事。"

我紧张地看向他。

"我是说，我不得不把我最喜欢的球鞋扔了，但除此之外……"他咧开嘴，现在转而对着我露出那抹完美的微笑。

我感觉到自己的肚子一阵紧缩，但我逼自己忽略这一点，只对他翻了个白眼："多谢喔，很高兴有人会被我这辈子最糗的体验逗笑。"

他的脸微微垮了下来，咬了咬牙："好啦，好啦！鞋子的事，我是开玩笑的嘛。但认真说，我知道 DB 的选秀有多让人紧张。我也经历过。"

如果我当下只是紧张就好了。但我知道这次他是说真话。我点了点头："谢了。我是说真的。"

他露出微笑，然后把整壶牛奶倒进自己的杯子里，直到一滴也不剩。他把牛奶壶甩了甩，然后对我抱歉地皱了皱眉："对不起喔，你想要加吗？"

"没关系，我喜欢黑咖啡，"我对着他焦糖色的饮料皱起鼻子，"而你显然喜欢喝奶昔口味的咖啡。"

"我能说什么呢？我就嗜甜啊。"他眨了眨眼睛，啜饮着他那杯可怕的饮料。我们之间降下一阵沉默，虽然感觉并不尴尬，但也不是舒服的那种。我的心中仍然在担心那部视频的事。俞真姐究竟在打什么主意？

"所以瑞秋，告诉我，"杰森边说边伸手探向一块糕点，"除了热爱时尚睡衣和爱当'咖啡警察'，你还有什么特质是我必须知道的？"

我在脑中搜索着可以说的话。我是个练习生？但他已经知道这一点了。我为了出道会不择手段？但他自己已经体验过了。我在这里，是希望能拍一部会走红的视频，让所有人知道我的声音比美娜好得多了，这样卢先生和 DB 高层就会看到，然后让我和你合唱？但我当然不能这样跟他说。幸运的是，那名女服务生再度出现在桌边，将一个小小的白色托盘放在桌上。杰森的脸上露出微笑："你一定会喜欢这个——这是宥娜最出名的点心。"他拿起托盘旁的一个小碗，开始将溶化的牛奶巧克力倒在碗中央一颗剔透的翻糖球上，球体内像是塞满了草莓和可以食用的花朵。球体融化，里头的内馅漫了出来，覆盖在一层层的黑莓奶冻和碎姜饼上。呃，哇喔。

"这的确比我上一次吃的点心好多了。"我满口都是巧克力和草莓，口齿不清地对杰森说道，"我妈上次带了一些糕饼回家，我就拿了一块，以为会是水果夹心之类的——但那里面塞的是香肠！还有玉米！还有一种甜甜的酱。"

"香肠小面包伪装成普通的甜点，"杰森边说边放下他的汤匙，他失望地摇摇头，"烂透了。"

"为什么韩国人一定要什么都加热狗？"我边说边挖起另一大口奶酪。

"还有芝士，"杰森补充道，"他们什么都要加芝士。芝士拉面。"

"芝士拌饭。"

"芝士炒鸡排。"

"芝士香肠。"

他大笑起来："可以在芝士香肠上再加上一份芝士香肠吗？"

"当然了！这里可是韩国。你当然可以点一份芝士香肠口味的芝士香肠。"

我们爆笑出声，而有那么一秒钟，我决定放下一切。没有DB，没有美娜，没有任何计划或争取最后机会的打算。好像我和杰森只是平凡生活中的平凡朋友，一起喝着咖啡、吃着高级的点心。但接着那一秒就结束了，我的笑声也随之消逝。我不确定DB的禁恋令范围有多广，但我很确定，练习生和一名DB的超级明星一起说说笑笑、吃着糕点的行为，绝对不在认可范围内。我别扭地转开视线，拿起纸巾，准备把嘴巴上甜腻的酱汁擦掉。

在我意识到他的行为之前，他伸出手，抓住我的手腕。我身子一僵，看向他的双眼。他正盯着我的嘴唇。我的天啊。他是要……？但是不行啊！

"你的纸巾上画的是什么？"

呃？他把纸巾从我手中抽走，压在桌上摊平。喔。所以他刚才真的不是要……我的脸颊一片绯红。

"什么都不是啦，"我边说，边试着把纸巾从他手上拿回来。他把纸巾拉得更远，直到我伸手可及的范围之外，我叹了一口气，放弃挣扎，"那只是涂鸦而已。我无聊的时候会画画衣服之类的东西。"

"衣服？"

"对啊，衣服。我是在世界的时尚中心长大的。我一直都很喜欢观察路人的衣服。"

他什么也没说，眼神扫过整张纸巾。我突然觉得很赤裸，好像他正在翻我的衣柜一样。

"这些真的是你画的啊？"他说。他的声音听起来很意外，但并不是不友善："画得很好耶，真的很好。"

当他再度看着我时，他的表情很坦然，很真诚。也许甚至有一点惊艳。我觉得他下一秒就会开口要我画他了。所以，不。我把纸巾捞了回来，揉成一团，然后流畅地扔进他的咖啡杯里。

他的下巴都快掉了下来："告诉我这不是真的。"

"又没关系。那些也不是什么正经的设计，而且你的咖啡也甜到不能喝了。我是在防止你拉肚子。"

他用两只手指把湿答答的纸巾拎了出来，哀号一声。"真可惜。如此完美的咖啡，就这样被你的涂鸦摧毁，"他顿了顿，"其实这两句听起来还不错耶。"

我给了他一张新纸巾。"你应该要写下来，"我开玩笑地说道，

"你知道，如果 DB 真的决定让你们自己写歌词的话。"

他脸上闪过一丝阴郁的神情，那是我从来没有见过的。他所有的魅力，还有如烟火般的精力，有那么一瞬间全部消失了，他的肩膀向前弓起，看起来很沮丧。

"杰森？你还好吗？"

他开口，像是准备要回答我的问题，但在他真的说话之前，一声麦克风的尖锐声响打断了他。

四个男孩占据了靠近钢琴旁的舞台位置。其中一个人正拍着麦克风，对我们咧嘴笑着。我认出他了。事实上，我认出了他们每个人。那是杰森的团体 NEXT BOYZ，而拿着麦克风的，正是敏俊，那个身为国际巨星却狂嗑从我包包拿出来的炸鸡的人。

"舞台呼叫李杰森和他的女性朋友，"敏俊说道，他的声音悠扬，带着淘气的语调，在咖啡厅里回荡，"咖啡厅规定。如果你想要喝免费的，就得上台唱歌喔。"

台下一片欢呼声。直到现在，我才意识到钢琴声已经停了，整个房间都在骚动。人们用手遮着嘴窃窃私语，并对我们投来好奇与赞叹的目光（应该是对我感到好奇、对杰森感到赞叹），就像我先前看到都熙和灿宇的时候那样。我看见俞真姐坐回了她的角落包厢，和她妈妈及明里坐在一起。她对上我的目光，对我眨眨眼。

杰森一手环住我的椅子，懒洋洋地笑了笑，先前那抹黑暗的神色已经消失无踪："哎，别管他们啦，瑞秋。敏俊只是因为之前派对结束之后，我从 KTV 提早闪人，现在在报复我而已。我等一下会买单的。"

我瞄了俞真姐一眼，她正对她的手机打着手势，并对舞台的方向扬起下巴。我转向杰森，突然间理解了。所以俞真姐才带我来这里。不只是为了拍我唱歌的视频。而是要拍我跟杰森合唱的视频。我只有一个机会了。

我鼓起全身上下的勇气，然后抓起杰森的手。整个空间里的窸窣对话声变得更响，他的双眼则错愕地瞪大。我站了起来，对他露出微笑："走吧，大家都在说了。我们最好给他们一点八卦的素材。"

有那么一秒钟，我担心他不会跟上我。但他随即回应了我一个微笑："你知道他们会怎么说的喽，狼人女孩。"他回握我的手，我的心跳便乱成了一团。我拉着他往舞台走去。

整个咖啡厅的人都在欢呼与吹口哨。敏俊给了我一支麦克风，脸上挂着饶富兴味的表情，其他 NEXT BOYZ 的成员们则在舞台前跺着脚，欢呼着。

"我们都站在你这边哟。"他眨眨眼说。

杰森从另一个麦克风架上拿下一支麦克风。他从舞台的另一端看了我一眼："你准备好了吗？"

我在人群中搜寻俞真姐的面孔。她对我竖起大拇指，然后把手机转向舞台。

我咽了一口口水。摄影机都对准我了。"我一生下来就准备好了。"

"三百二十五。"他说。他的头转离了麦克风，所以只有我听得见这句话。

我困惑地皱起眉头，他则对着他的鞋子点点头。

"这双花了我这么多钱，三百二十五美金。上次我放过你了。但这次如果你又毁了我的鞋，我会期待你全额付清。"

我忍不住对着麦克风放声大笑，肩膀开始放松。

钢琴师开始弹起一段熟悉的情歌前奏，观众们便逐渐安静了下来，然后集体赞叹一声。那是郑宥娜的经典曲目之一。那是一首会让我热泪盈眶的 80 年代对唱情歌。一段记忆突然闪过我的脑海，我妈和我爸曾在我们纽约公寓的蓝色小厨房里，听着这首歌、跳着慢舞。我记得自己坐在桌子底下看着他们，而尽管那时我还年幼，我也知道，这就是找到真爱的模样。自从爸爸开始在拳击训练馆越待越晚，还有偷偷去上法律课程，以及妈妈为了获得长聘而在周末额外加班，我已经很久没有看见他们这样跳舞了。

杰森开始唱起第一段主歌。他的声音就和他的手臂一样，强壮却温柔，他所唱出的旋律就像是一只手，用温暖的拥抱将你包围。

我看向观众们，看见俞真姐紧抓着手机，正直直对着我们。我看向摄影镜头，开始感到一股熟悉的惊慌感在我的胸口扩散开来。我的思绪在脑子里炸开，挡住了音乐声。我在想什么？我决定要拍一部视频，然后我的镜头恐惧症就会奇迹般地自己消失吗？我真是个白痴。我应该要在舞台上又吐一次才对——这样一定会红的。

在我身边，杰森已经快要唱到副歌了。这是我和声加入的时刻，但我僵在原位动弹不得。我张开嘴，但一个音都唱不出来。我转向杰森，眼神中写满惊恐。他顺着副歌唱下去，抓住我的手，想要将我带到舞台的另一边，但我的手臂就像是被锁在身侧一样抬不起来。在第二段主歌开始之前，中间还有一小段间奏，杰森便走到我身后，双手放在我的腰上，旋转我的身体。我受训的直觉立刻告诉我顺着他的力道转圈，朝舞台的另一边前进。我感觉到微笑在我脸上绽开，我想起以前我是如何在厨房里和利娅这样玩，一边高唱着流行歌，她则兴奋地尖叫着。我属于这里。我抓住杰森的手，眨了眨眼，一股暖流开始流过我的身体。就像上次一样。我在第二段主歌开始前用唇语对他这么说道。观众席一片静默。我把心思专注在杰森的手上，我们的声音就像交握的手指般缠绕在一起，就像在公司礼堂的那一天。我们注定是要一起唱歌的，而从他眼中，我知道，不管我感觉到了什么，他也和我有一样的感觉。

　　我温和地挣脱他的手，来到舞台另一边，唱起我自己的独唱段落。我想着六岁时第一次听到韩国流行歌的瑞秋，那是她第一次觉得身为韩国人是件如此独特的事。我想着十一岁的瑞秋在KTV里全情投入地唱着歌，心中怀抱着一个不可能的梦想。她们看到我现在站在这个舞台上，会很开心的。我们离梦想又更近了一步，我们要一起向全世界分享对音乐的爱。然后杰森的声音再度和我的融合在一起，再也没有人能阻挡我们，感受着每一波乐声、每一个高音，还有我们被肾上腺素激发的心跳。

　　他朝我走来，直到来到我身旁，一手握住我的手，另一只手则抬了起来，像是要准备碰触我的脸，但他停了下来。那是个问句。我决定要回答他，而当我们的声音来到最后一句时，我让我的脸颊贴上他的掌心，就只有短短那么一瞬间。

　　歌曲结束后，我缓缓抽开身。我们看着彼此，视线如火炬般燃烧，我们之间的能量说明了一切我不能说出口的话。一切我甚至没有准确的字眼可以形容的感觉。和你一起唱歌，简直就像某种魔法。

突然间，观众席爆出一阵欢呼声，人们跳了起来，对我们行注目礼。我们眨了眨眼，从对视中脱离出来。他微笑着，牵着我的手，转向人群。我们深深一鞠躬。宥娜从包厢座位上站了起来，走上台，紧紧抱住我。

"刚才的表演真是太甜美了，"她捧着我的脸说，"这是我历年来听过最好的翻唱。"

我低下头："真的很谢谢您，希望我们没毁了这首歌。"

她转身去拥抱杰森。我在人群中看见俞真姐放下手机，脸上挂着一个大大的微笑。我深吸一口气，回到现实。计划的第一阶段已经完成了。

那天晚上，我躺在床上，回想着杰森的微笑，以及我们的声音是如何完美融合成美好的和声。利用他达成我的计划，这让我忍不住有点罪恶感，但他也说过了——他也经历过的，他知道在DB 培训有多困难。我们得用尽手段地追求梦想才行。

但是我还是感觉到罪恶感在侵蚀着我。我滑着自己的动态（除了赵家双胞胎之外没追踪其他人的那个账号），试着让自己分心。看来慧利和大镐做完一天的实验之后跑去吃辣炒年糕了。真可爱。我在心中记了一下，提醒自己晚点要去调侃慧利的暗恋，然后给照片点了赞。

我的房门外传来敲门声，妈妈把头探了进来："瑞秋，你已经要睡了吗?"

"我只是在休息,"我从床上坐了起来,"培训一天之后很累。"

她瘪了瘪嘴:"你功课做完了吗?"

我想着那堆碰都没碰过、如小山般高的作业:"做完了。"

她的视线扫过房间一圈,好像在寻找什么可以拿来责备我的东西,最后她看向地上那堆叠成小山的衣服:"看看你的房间,简直是场灾难!你不能老是期待我帮你整理啊。"

"我没有叫你帮我整理啊。"我叹了一口气,再度倒回床上。我闭上眼睛,回到我脑中的幻想世界,在那里,妈妈会问我训练的状况如何,而我会告诉她跟杰森合唱的感觉有多么不可思议。也许我们还可以一起听着郑宥娜的原唱版本,我则会告诉她我还记得她跟爸爸在厨房跳舞的画面。但是那不是真的,我还是可以听见她喋喋不休的碎念。

"我回来喽!"爸爸在大门喊道。

"老公,你来看看你女儿的猪窝。"她说。

爸爸来到我房间,和她站在一起。他的黑眼圈好深,而且看起来比我上次见到他时瘦了一圈。在拳击训练馆加班和上夜校似乎真的让他付出不少代价。也许我该给他一点朱玄的消肿眼霜。

"跟你女儿讲讲理啊!"妈妈说。

"瑞秋,把房间收拾干净。"爸爸疲惫地说。

"好的,爸爸,"我说,我不想让他承受比现在更多的压力了,"我明天会整理的。"

"好啦,处理完成。金家的一天又平安地度过了。"爸爸露出一个微笑,但眼神里毫无笑意,然后拖着脚步离开我的房间。妈妈担心地皱起眉头，急着跟在他身后，连房门都没关。我从床上滚了下来，想要去关门，但我还来不及抓到门把，利娅就把头探了进来，用时速六十公里的速度开始说话。

"姐，我跟你说！"她对着我的脸挥手，"你知道今天在《甜蜜梦乡》里发生什么事了吗？朴都熙和金灿宇的角色分手了！显然她这段时间一直都和他的哥哥有一腿！但那也不是她的错，因为他催眠她，让她相信自己是个单身的特技演员，让她以为她和他之前在澳洲同居过——"

我回想起光泽俱乐部。我等不及要告诉利娅我在那里看到她最爱的屏幕情侣了，但现在不是时候，这样她就永远不会离开我的房间了。我把她带到门边，推了出去："晚点再说吧，小妹。现在是休息时间了。"

"但我没有别人可以说——"

我把门关上，锁了起来。我叹了口气，再度摔回床上，闭上眼睛。但现在这样已经没有意义了。罪恶感在我体内流窜，好像我才刚喝了三杯浓缩的咖啡一样。我不断想着爸爸疲惫的双眼和利娅甜美的脸庞。如果我已经出道了，这一切都会有了回报。他们就会知道他们为我做的所有牺牲——换工作、离开朋友、搬离美国——都不是徒劳的。出道就可以弥补这一切了。

我的手机收到一封消息。是俞真姐。

看你的 Instagram。

我的天啊。我打开手机上的应用程序时，手都颤抖了起来。我和杰森在光泽俱乐部唱歌的视频从我的首页跳了出来。

这视频已经被点赞超过两百万次了。

　　我滑着其他 Instagram 上我有追踪的大型粉丝专页和八卦账号，也都转贴了这个视频。不管俞真姐是怎么把视频外流的，这真的奏效了。

　　而且人们为之疯狂。

　　我滑过下面一行行的留言，大气也不敢喘一口。

　　那是李杰森的女友吗？

　　她的声音也太棒了吧。他们声音超搭的！

　　# 满月女友现身？

　　我的天啊这首歌！我要哭了！

　　有没有办法下载啊？我想要当铃声用啊！

　　我的手机被赵家双胞胎和明里的消息灌爆（我的妈啊！俞真姐真是英雄）。我的 Instagram 消息也跳了通知，我看见斯洛特教练传了私信给我（恭喜呀，瑞秋！如果你和杰森想要私人网球课，记得告诉我！）。我的房间门外传来敲门声，利娅大喊着："姐！快开门！这真的是你吗？"但我没办法同时吸收这么多资讯。

　　我躺回床上，把手机抱在胸前，脸上扬起一抹无法压抑的微笑。我先前所感受到的罪恶感突然全部消失无踪，我看着赞数越来越多，忍不住发出一声惊喜的尖叫。

　　我做到了。我真的做到了！

　　我终于离第二次机会又更近了一步。

　　我绝对不会错过的。

第八章──

如果给我第二次机会，
我会加倍努力，让自己加倍耀眼。
给我三次机会，
我就加三倍努力。

十二双眼睛紧盯着我，看着我的一举一动。我拉平衬衫，并抚平黑色窄腿裤上的一小条皱纹。今天我看起来非常女性化、又很专业——完美的练习生形象——因为我就需要 DB 高层们看到我的这一面。

　　卢先生坐在长方形长桌的主位，脸孔反射在桃花木的桌面上，手指交叉着抵在下巴处。俞真姐和我则以完美的姿态站在他的对面。在几天前，她还是我的共犯之一。今天，她却感觉像是我的律师一样。

　　"那部外流的视频在网络上爆红，"俞真姐解释道，"人们喜欢听杰森跟瑞秋合唱。现在这是本周 Instagram 最热门的视频，也已经有超过三百万的点击率了。他们之间有一股电流。如果让瑞秋跟杰森合出单曲，那股电流只会更强而已。我们一定会成功。"

　　"稍等一下。"一名姓林的高层举起手。他比卢先生更老、更具批判性，细框眼镜挂在弯弯勾起的鼻尖上，"你现在是觉得，我们该给瑞秋第二次机会吐在我们的明星身上吗？郑小姐，恕我直言，我觉得你对这女孩的私人情感，已经影响到你的专业判断了。"

我保持面部表情平静，提醒自己让俞真姐去说就好，就像我们讨论的那样。

"杰森自己都不介意了，"俞真姐边说边对自己的手机打了个手势，"也许我们也是时候放下了。"

"是时候了？"另一位姓沈的女士不可置信地说，青筋从她细得吓人的脖子上爆了出来。她的嘴角扭曲成一抹看似永远不会退去的责备神情："那才过了几周而已。瑞秋要赢回我们的信任，这段时间是远远不够的，如果真的还回得去的话。那是我在 DB 这么多年来看过最惨烈的选秀。"

几个高层同意地喃喃自语。我的双手在身侧紧握拳头，但一句话也没说。虽然我很讨厌被人当作不存在一样，当着我的面讨论我，但对练习生来说，当没有人在跟我说话时，我是绝对不可以开口的。就算我现在是最红的也不行。

卢先生举起一只手，所有人便安静了下来。

"我想今天的讨论已经够了。显然大多数的管理层们，还是觉得瑞秋……还没准备好。"他说，他听起来几乎像是失望了。"有人还有什么话要说吗？"

我的体温瞬间升高。什么？不！这件事不能这样就算了啊。我差一点点就要成功了。我觉得自己就要爆炸了，但俞真姐轻轻碰了碰我的手肘。她用几乎不可见的动作，轻轻摇了一下头。别让场面更僵。她的意思是这样的：你的状况已经岌岌可危了。我的心沉了下去。她是对的。我宁可失去跟杰森的合唱机会，也要留在培训计划里，更别说是两者尽失。我们的计划失败了。

我将一切都吞了下去——我的眼泪、自尊以及最后一丝希望。我转身，准备跟俞真姐一起走出会议室，但这时突然有个人站了起来。

"等等！"他说。我们转过身，看见其中一位高层——比较年轻的一位，脸还带着一点男孩子气，发型像是刚剪过的——举起他的手机："我觉得我们应该要先看过这部视频，再决定要不要结束这个谈话。卢先生，可以让我把手机接上投影仪吗？"

卢先生顿了顿，然后点了一下头："请吧，韩先生。"

韩先生瞥了我一眼，然后对我眨了一下。什么？他真的要帮我吗？我心底又燃起一丝希望。

他把视频接到投影幕上，霎时间，杰森的歌声便充满了会议室。有些高层在认出了郑宥娜名曲熟悉的副歌后，表情便柔和了下来。我左边的沈小姐快乐地叹了口气，脸上挂着一抹梦幻的微笑，双手合在胸口，看着屏幕上的杰森唱歌。世界上还有人能逃得过这个男孩的魅力吗？

我屏住呼吸，等着我上场。当我听见我自己的声音传出来时，我便看了卢先生一眼。他的眼睛藏在眼镜后方，一如往常地跟着音乐的节奏打节拍。事实上，所有的高层们都是。有些人甚至露出微笑，开始跟着唱。唱到最后一段时，我看见沈小姐擦了擦眼角。我露出微笑。眼泪耶！永远都是好兆头。

音乐结束，画面变回黑暗。所有人都鼓起掌，韩先生甚至吹了一声口哨。我心中的希望逐渐茁壮，但我还不敢太放心。这样足够了吗？

"我得承认，那真的还不错。"沈小姐几乎是懊恼地说。

"人们喜欢他们合唱，"韩先生滑着动态说道，"为了这个表演，整个网络都爆炸了。"

"这也许是真的，"林先生阴沉地说道，"但我们质疑的从来不是瑞秋的能力。我们都知道这女孩很会唱。但是她够专业吗？我们都看过她的媒体训练报告。她能在摄影机前表演吗？她有办法扛起 DB 家族的招牌吗？那是完全不同的两回事。"

"这是事实，"沈小姐说，"如果她要和杰森搭档，我们希望她的形象是完美无缺的。但她在选秀上的表现和完美无瑕差得远了。"

"但为什么需要是完美无瑕的？"韩先生回击，"我们都知道他们的合唱一定会超卖——我们已经有数据来证明了。这是策略性的商业行动。而且真要说起来，最近的选秀趋势更着重在看见表演者的真实性，而不是完美度。就像这部视频——人们想看的是真实的、能让人产生联结的人，展现出真实的能力与纪律。而瑞秋的确有这个能力。再说，看她唱歌的样子，我们也都知道她一定克服了镜头恐惧症了。"

最后这句话让我的脸一阵灼烫，但我还是不敢开口。

说真的，我不敢相信现在听到的一切。所有的韩国流行音乐产业，尤其是在 DB，高层们都是极度严格、极度守旧的，他们只接受表演者把 DB 的利益摆在第一位。传统永远凌驾于创意之上，经过排练的完美表演也永远高过于真实的演出。这就是流行乐坛的趋势。但是韩先生似乎有不同的看法。我不知道这代表什么，但我发现我不断点头赞同他说的话。

"瑞秋。"卢先生直接对着我说。

我立刻直起身："是的，卢先生。"

"我们为什么该给你第二次机会？"

我差点下意识地转头去看俞真姐，但我强迫自己直视卢先生。他现在只想听我说话。我深吸一口气，抬起下巴。"因为，"我说，"我未来的光芒无可限量。那部视频只是小试身手而已。如果给我第二次机会，我会加倍努力，让自己加倍耀眼。给我三次机会，我就加三倍努力。而且，我知道没有人能做得比我更好了。"

房里一片寂静。卢先生向后靠在椅子上，他的双眼透过反光的镜片，直直望着我。我对上他的视线，站直身子。他认可地点点头，脸上出现浅浅的微笑。

"会议结束。"他说。

我眨着眼，看高层们收起自己的东西。我瞄了韩先生一眼，然后看向俞真姐，两人似乎也都看起来和我一样困惑。

"等等！"眼看卢先生朝门口走去，我大喊出声。我发现自己正直接对他说话，这违反了所有的规则，但我必须知道。他转过身，挑起一边的眉毛。

"这代表我会和杰森合唱了吗？"

他脸上露出一个大大的微笑。但他嘴角上扬的弧度像是经过算计，让我手臂不禁起了鸡皮疙瘩。

"是的，瑞秋，"他说，"你会跟杰森合唱。但这不是双人对唱，而是三人。你、杰森……还有美娜。"

三人合唱。我要和杰森和美娜一起唱歌。

"喔，有一件事，金小姐。"

我的头倏地抬起："是的，卢先生。"他的眼神变得犀利而严肃，直直看着我："我可没有给人三次机会的习惯，不管你会有多耀眼。"

在我回家的路上，我决定去甜甜圈店帮利娅买个点心，我买了一盒六个淋上糖浆的甜甜圈，还有她最喜欢的草莓香蕉奶昔。

我觉得自己好像活在一场梦中，而我一点也不想醒来。我要和杰森合唱了。我，金瑞秋，要和李杰森合唱了！我的脸上挂着巨大的笑容，只是美娜要和我们一起唱的事实让我有点不开心。她并不在我一开始的计划里面……

管他的。那是明天才要担心的事了。

我朝我们的公寓跑去。"利娅！"我一进门就喊着，边踢掉脚上的鞋，"姐姐回来了，还带了你最爱的两样东西，点心和八卦喔！"

我踏进客厅，然后脚步突然刹住了。妈妈正坐在沙发上，手中紧紧握着她的手机，手指关节因用力而泛白。她对我眯起眼睛，嘴唇抿成一条僵硬的线。

"妈，"我犹豫地开口，"你提早回来了呀。"她脸上的表情让我的肠胃一阵紧缩。我脑中闪过一丝念头。爸爸出事了。她发现他的法学院课程，所以她现在很生气我们都在隐瞒她。我想着有什么话可以用来解释，但她抢先一步开口了，语调完全不带任何起伏。

"你要告诉我这是怎么一回事吗？"她边说边举起她的手机。

我缓缓走上前去，利娅的奶昔在我手中凝结出豆大的水滴。屏幕上正播放着一部视频。不是随便一部视频，而是我的视频。

而且不是刚爆红的那一部。

　　视频中的我在练习生宿舍，身上的衣服被酒精和汗水浸透，从我的背心透出了内衣的颜色。我完全失态，毫无理由地狂笑着，一手握着香槟酒瓶、一手抓着浅绿色的保鲜盒，站在桌上跳舞。我注意到妈妈的眼神紧盯着保鲜盒，而莉齐和恩地则在视频背景中为我加油，吹着口哨欢呼。我的天啊。那甚至称不上是跳舞，我只是挥舞着手脚，让自己丢脸至极。我对这一段一点印象也没有。美娜到底在那杯酒里加了什么鬼东西？

　　我回想着那场派对，想着自己在沙发上睡着，以及看见美娜在房间的另一端，手机镜头直直对着我。我咽了一口口水，喉头紧得发不出声音。

　　"妈，你是从……"

　　"今天有人发了这个视频给我。"她轻声说，眼神像是在燃烧。

　　我用力吞了一口口水。我早该知道美娜不可能在下药毁了我的选秀之后就满足的。我张开嘴，但妈妈举起一只手阻止我："在你试着解释之前，先告诉我，这是练习生宿舍吗？"

　　我低头看着地面，哑口无言。我点了一下头。

　　"那我有没有告诉过你，不准去练习生宿舍？"

　　"有。"我声音沙哑地低声说。

　　"所以你说要去赵家和双胞胎一起念书是骗我的。然后跑去一个我特别禁止你去的地方。你甚至把自己喝得烂醉，又在你那堆酒肉朋友面前跳起脱衣舞？"

　　我抬起头，热泪盈眶："妈妈，拜托，这跟你想的不一样。"

　　"你在哭什么？"她骂道，声音提高。我向后瑟缩了一下。我从来没看过她这么生气。"你有什么资格哭？眼泪只配悲伤的人，而你甚至不觉得自己有做错事。"

"我有啊！"我喊道，"对不起我说谎了。我也不希望你是这样发现的，我想都没想到——"

"等你爸看到这个，你觉得他会怎么样？他会心碎的，"她摇着头，声音哽在喉头，"我就知道这个流行歌坛会带坏你。你已经被荼毒了。"

"没有，"我坚持，眼泪顺着我的脸颊滑落，我急着想把它们擦掉，却还是哭得停不下来，"拜托，妈妈，请让我解释。"

"我女儿什么时候变得这么丢脸了？你怎么有办法忍受自己是这个样子，啊，瑞秋？你已经失控了！"

在罪恶感与懊悔之间，我感觉到另一股情绪油然而生。愤怒。她难道连几秒钟让我解释的空当都不愿意给我吗？她应该是我妈才对，她应该要站在我这边才对。

"如果你能够至少支持我一次，我也许就不用骗你了！我们搬来这里的原因就是要让我受训，但你讲的好像这只是我过去六年的一个小嗜好一样。"我爆炸了。"你以为我喜欢背着你偷溜出去吗？我是不得已的，就因为你跟你的那些规定！我得想办法争取机会，让高层们注意到我。而且我成功了。大部分父母都会很骄傲，自己的女儿可以和李杰森合唱下一首单曲！"我突兀地停了下来，上气不接下气。

她脸上闪过一丝惊讶的表情："你得到对唱的机会了？"

"那已经不是对唱了，但是，对，"我深吸一口气，试着让自己冷静下来，"我成功了。"

"嗯……恭喜，瑞秋。我知道你有多想要这个机会，"她又强硬了起来，"但这并没有改变你得付出的代价，这个产业会害死你。"

"这个产业并不邪恶，妈妈。只是很竞争。这里只接受顶尖的人才。"

妈妈发出一声短暂的嘲弄笑声。"顶尖？"她举起手机，"所以这是你最好的样子吗？喝得烂醉如泥、在所有培训的练习生面前变成一个天大的笑话？"

我的脸因羞愧而泛红，当我开口时，我一个字也说不出来。我想要告诉她美娜对我做了什么，告诉她为什么我在视频里会醉成这样——但那只会让她更坚信自己是对的。但她错了。至少关于这一点，她错了。

妈妈的目光毫无转圜余地，她的声音强硬而干脆："我已经让你这样搞太久了。我不会再让你继续这样下去了，尤其当培训让你变成这样的时候。"

她转身走出客厅。我不可置信地瞪视着她。她真的要这样把一切都结束掉？

我追着她冲进厨房。

"你说我不能继续这样下去是什么意思？你没有听到我说的吗？我要和李杰森合唱了。就在 DB 的秋季家族巡回之前。这是 DB 七年前让 Electric Flower 出道的模式，妈妈。这代表我这六年来努力的一切终于要准备开花结果了。这代表他们要让我出道了。"我现在已经是在哀求她了，我声音中所有的怒火都已经蒸发。我只希望她能正眼看我、相信我——或许也希望我真的能百分之百相信我自己说的话。

"拜托，妈妈。拜托，我只差这么一点点了。"

她从冰箱里拿出一颗洋葱，开始切了起来，一句话也没说。洋葱的气味和我心中的惊慌感交织在一起，让泪水再度爬满我的脸颊。当妈妈转过身来看着我时，我止不住自己的哭声。她的姿态仍然僵硬，但双眼已经不再充斥着怒气——事实上，她看起来几乎像是难过了。

"瑞秋，"妈妈说，"你有好多事情不懂，你在十七岁的年纪是不会懂的。"她叹气："但你是我的女儿。这代表你得去尝试。所以，你就和杰森把这首歌唱完，然后我们再看看。"

当我的肩膀开始放松时，妈妈举起一只手指。

"但是，"她说，口气像是在做结论，"你自己也说了，如果你在家族巡回开始之前还没有出道，我就要让你退出 DB 的培训。就这样。"

她把切到一半的洋葱留在料理台上，然后走回卧室去，重重把门关上。我跌坐在一张椅子上。利娅的奶昔和甜甜圈孤零零地躺在桌上。在短短几小时内，我的心情怎么能从世界顶端一头栽到谷底？我又发出一声呜咽。和杰森及美娜合唱的这首歌，已经不再是前往出道途中的其中一步了。它是我唯一的一步。如果这首歌没办法让我出道，我所努力的一切、我所有的梦想……就要结束了。

第九章

你如果没办法把这步跳对，
你是不可能出道的，瑞秋！

说运动会让你产生脑内啡的人，一定都没有当过韩国练习生。

"也许该休息一下了，姐。你看起来好惨啊——而且你的未成年抬头纹大概一辈子消不掉了。"

利娅盘腿坐在我的床上，一边吃着一大包蜂蜜奶油薯片。我们金家姐妹至少有一个人很爱韩国这种把咸食都变成甜食的习性。

我对着墙上镜子中的她皱起眉头，向前倾身，审视我自己的影像，一边用手抚过我的前额："你说什么纹？"

"你看起来就是一脸'我压力超大，我三天没大便了'的样子啊。"她把一片薯片抛到空中，然后用嘴巴接住，"基本上，你跟美娜的合唱训练开始之后，看起来就一直是这样了。你真的要放松一下。"

她对着我的鼻子挥了挥手中的薯片袋，但那个味道只让我扮了个鬼脸。

她其实没说错。距离我当面迎战卢先生已经过了一个星期，而从那一天开始，一切都变得前所未有地疯狂。我开始不断地量体重、进行访谈训练，还有没完没了的有氧运动。我每天早上四点就要起床，好在天亮时抵达 DB，整天训练，然后在午夜之前睡着——好让我隔天可以再跑一次一样的行程。

虽然我的训练还是只有在周末进行，但我不打算和我妈讨价还价。我和她之间的关系已经够紧绷了；自从她上次的爆发之后，我们几乎没有说话。日子一天天过去，距离家族巡回和女团出道的时间越来越近，所以我不能休息，一秒都不行。

幸好平日还有利娅在这里监督我的自我锻炼。而且她几乎跟DB的教练一样严格。

"再来一次吧，瑞秋，"在我回到最初的姿势之后，利娅说，"从头开始。"

利娅按下手机上的播放键。我跳起这个晚上第一百次的舞蹈动作，肌肉抗议地尖叫着。我只有在停下来看我和美娜训练的录影时才停下来。在主歌的第二段，有一个动作我一直搞砸，而教练不间断的批判一直在我脑中回荡：

你如果没办法把这步跳对，你是不可能出道的，瑞秋！

你的舞姿让 DB 蒙羞，瑞秋！

你跳起来像是动物园里的大象，瑞秋！

瑞秋！

我一直练习到深夜，直到利娅睡着在我床上，下巴沾满蜂蜜奶油味的薯片屑，我自己的眼皮也快要撑不住了。我把毛毯拉到她身上，把薯片的包装袋拿起来准备丢掉。里面还剩下一片。我饿到觉得连这片甜的薯片都看起来好诱人。

不。我不可以吃。DB 每天都要量我们的体重，而我和美娜明天就要试穿音乐视频的拍摄服装了。

当俞真姐跟我说他们会帮我们拍音乐视频时，我差点吓坏了。

教练们的批评一直像蜜蜂般在我脑中盘旋，而我也知道 DB 的高层们当天会像老鹰似的紧盯着我，看我如何面对镜头的近距离拍摄和特写镜头。但她接下来又告诉我会有试装日，让这消息比较没有那么像噩梦了。试穿一整天的衣服？绝对值回票价。现在我只需要让高层对我的身材挑不出毛病就好了。

我叹了一口气，把薯片的袋子丢进垃圾桶里，然后再度按下利娅手机上的播放键。

"哎呀，看看你的肚子！跟只牛一样。快点把那个东西脱掉。"

穿着这件紫色亮片马甲让我连呼吸都有困难。它紧紧勒着我的肚子，我得缩紧小腹到会痛的程度，才能防止这整片布料爆开。

"太可惜了。"造型师格蕾丝说道，一边帮我解开马甲上的束带，她的造型团队一边帮着我踏出那件洋装——这件紫色的皮革简直是一场噩梦，后面还接着一大片薄纱。"我原本还希望美人鱼的概念可以成功呢。下一套。"

谢天谢地。

她拉着我穿上一套超模崔姬风格的橘色格纹洋装，配上夸张的蓬蓬袖，然后她退开一步，皱起眉头，在半空中旋转着手指，示意我们再换下一套衣服。

白色的皮夹克配上一套高腰蛇纹短裤。

金黄色的连身短裤搭配装饰荷叶袖，几乎快要戳到我的耳垂。

带着花纹的连身裤配上粗重的银色腰带，再加上蕾丝长袖，让我手臂痒到不行。

当一个换装纸娃娃不像我想象的这么有趣。我一套衣服还穿不到十秒钟，就被格蕾丝强迫换上下一套。美娜站在我左边，也在进行同样的换装实验，当人们想办法把一件粉红乳胶长裙拉到她身上时，她的脸整个皱成了一团。老天哪，她看起来就像一颗口香糖。如果不是他们要让我穿上一套一模一样的裙子，我大概会觉得这很好笑。

"你知道，真的不是每个人都可以被所有颜色的衣服给吃掉，"美娜边说边瞥了我一眼，"我几乎都快看不见你了。你直接跟墙融为一体了耶。"

我看见格蕾丝的其中一个助理朝我的方向窃笑，扬起了眉毛。我的脸一阵灼热，但我不认输。我不能认输，尤其在我知道美娜会为了阻碍我成功而不择手段之后。

"幸好重要的人还是看得见我，不然他们不会觉得你无法一个人承担和杰森合唱的重责大任。"我平静地说。

这让房里的几个人笑了起来，而美娜的嘴则愤怒地张开。但在她来得及反唇相讥之前，格蕾丝就挤进我们两个之间，从衣架上拉起一件黑色的蛋糕流苏裙。

"我们来试试'飞来波女郎'的造型好了。"她说。我踩进裙子里，她则在我的头上插进一串镶着珍珠的发饰。她在我身边绕着圈，一边拨弄着流苏，一边抓着自己的下巴。"好喔，我觉得可以，我觉得可以，"她对着其中一名助理弹了一下手指，"把这套标注上可能清单之一。然后来让瑞秋试鞋子吧。"

然后其中一名教练熙真冲进了试衣间，手上拿着一台 iPad 和一瓶麦茶。

"瑞秋，美娜，过来量体重，"她简短地说，"动作快点，我没那么多时间。"

造型团队帮助我踏出裙子，让我可以穿着内衣裤去量体重。我走向熙真旁边的体重秤，美娜则紧紧跟在我后面。

"你先请，瑞秋公主。"美娜搭配着夸张的手势说道。

我忽视她，然后踏上体重秤。熙真蹲下身看着计算的数字，手中的笔已经对准了手中的平板电脑。

数字一路上升，我……比上周胖了五公斤？

什么鬼啊？怎么可能！

我的下巴几乎掉了下来，我结巴地说："我……这是……这个体重秤一定是坏了。"

"这是怎么回事，瑞秋？"熙真说，不可置信地转头看着我，"你知道这种夸张的体重增加量，我一定要汇报给卢先生的！你这样是不可能继续参与合唱的。你到底怎么办到在一个星期内胖五公斤的？"

美娜在我身后窃笑，而我转过身，正好看见她把脚从体重秤上移开。我眯起眼。

美娜。当然了，她就是会踩在我的秤上，好让我看起来比现在更胖一点。这真是可悲出一个新高度啊。我觉得我已经快要气炸了。"要暗算别人的时候，手段也高明一点，美娜。你是不是有点太紧张了？"我低声说。

"我真的不知道你在说什么，公主殿下。"她回答，她的声音很甜，但眼神里带着仇恨。

"我只要告诉俞真姐你对我做了什么，你就会被踢出 DB 的。"

美娜虚伪地微笑着："你是说，你只要向俞真姐承认，她完美的瑞秋小公主跑去参加练习生宿舍的派对，还——哦喔！——喝得酩酊大醉？"

"我不是'喝醉'的，美娜。你在我的酒里加了东西！你对我下药！你和其他练习生是故意的，要让我——"

"真是个好故事，瑞秋，"美娜打断我，"但你要拿出证据来呀。"她对我咧开嘴，而在我无话可说之后，她就走开了。

我想要追上去，但是这样做一点意义也没有。她说得对。我没办法证明，而且就算可以，那对我又有什么好处？那样我就得承认我跑去参加派对，而且还喝酒。我会失去和杰森合唱的位置，而如果那部视频流出来，我大概也会被踢出 DB。

于是我只是转回去面对熙真，咬紧牙关。"请让我再量一次吧，"我请求道，"这一定是故障了。"

熙真不耐烦地叹了口气。"那就快点吧。"

我走下体重秤，等了几秒，然后再量了一次，一边愤怒地回头看了一眼，确保美娜这次没跟我一起站在秤上。此刻屏幕上出现的数字，和上周一模一样。我松了一口气，而熙真满意地点点头。

"好了，美娜，换你。"她边说边把我的体重记录到 iPad 上。

美娜踩到体重秤上，屏住呼吸。数字跳出来的时候，她的脸色就变了。

熙真抿起嘴。"比上星期重了五百克，"她严厉地说，"这也是故障吗，美娜？"

"我……"美娜低头看着自己的脚趾，"对不起。"

"告诉我，"熙真的声音又低又可怕，"从上次量体重之后，你都吃了些什么？"

要命。拷问她的菜单耶。如果她不是美娜，我会同情她的。

"我吃了希腊沙拉、你推荐的奶昔，还有……"美娜的声音渐弱。当她再度开口时，她的声音变得很小："比萨饼。"

"几片？"

"三片。"

我吹了一声低低的口哨，像是在赞叹，哇喔，三片耶。美娜用眼角余光怒视着我，而我脑中闪过一瞬间的愧疚感，直到我回想起美娜试着摧毁我人生的种种举动——而且还不过就是这几个星期的事而已。

熙真摇着头。"真是一点自制力都没有，"她喊道，"一点都没有。如果你不想好好参与训练，你就打包走人。现在就出去。你想要放弃吗？啊？你想吗？因为你看起来已经放弃了。"

美娜羞愧地看着地面。"不，对不起。我不想退出，"她咬着嘴唇，"我下周会减回来的。"

"我希望你会。不然我就会去告诉你爸，说他女儿胖到没办法当明星了，"熙真说，"如果你不想让他失望，你最好离比萨饼远一点。"

美娜听到她提起自己的父亲，脸色瞬间变得绝望。她一直在炫耀他和卢先生是多好的朋友，她爸还会办派对和晚会宴请所有的 DB 教练和高层，她也会一直说她和他们有多熟，但现在对她来说，这些人脉显然不太值得高兴了。

美娜直起身子，把肩膀挺了起来："不需要告诉他。我不会再变重的，我保证。"

熙真垮着脸，很快地打下一行笔记。她的眼神朝美娜的腿扫过去："还有，如果你的饮食控制不了，我们就要考虑对你的萝卜腿动刀了。你所有的体重都直接集中到小腿上去了。"

要命。我真的该向熙真学学怎么压制美娜的。熙真盖上她的iPad，快速走出房间。美娜从秤上走下来，我则对她露出灿烂的微笑。

"刚刚很好玩吧，喔？"我说。

她对我摆了个臭脸，转身去拿她的衣服，从我身边经过时还撞了一下我的肩膀。

下午时，我穿回我最喜欢的阿迪达斯运动套装，准备进行舞蹈训练。在量完体重之后，美娜就一直无视我的存在，但说实话，这对我来说再好不过了。如果接下来这几个月，都能想办法避开所有对话……

就在我们走过走廊时，我听见一个熟悉的嗓音在唱着歌。"再唱一次！"某个人说道，"你的高音掌控力还是很差。"

美娜和我走过转角，然后我便看见明里在一间练声室的外面坐空气椅子，她的教练正站在她面前，双手抱胸。明里再度开口唱起来，汗水在她额头上凝结。

"用丹田发声！"教练喊道。

明里的腿开始发抖，但她继续唱着。然后她的高音突然破音了，教练弯下身，重重拍了一下她的肚子。明里瑟缩了一下，但没有停下歌声。

坐空气椅子是教练会祭出的最严厉的惩罚之一，逼我们背贴着墙，膝盖弯成九十度，然后唱歌。这样拍打我们的肚子理论上是要让我们的横膈膜变得更强健，但大多数时候，那只是造成我们疼痛而已。

我看着明里的脸随着时间过去越变越红，连我都开始觉得痛了；而明里显然正努力地憋着自己的眼泪。

教练又打了她一下。这次更用力："你太弱了。如果你连这个都撑不过去，我们怎么期待你完成其他的要求？再一次！"

可怜的明里。我叹了口气，朝美娜的方向瞄了一眼，但是——等等？她人上哪去了？我看了一下表。

天。我的舞蹈训练迟到了。

我尽可能不声不响地溜进练习室里，但美娜一看见我，便刻意盯着墙上的时钟。"哇喔，瑞秋，居然迟到三分钟，我懂了，"她转头面对教练，一边摇着头，"她显然不懂时间对你来说有多重要。"

"够了，美娜。"俞真姐对她厉声说道。我几乎要露出微笑了，但俞真姐随即转向我，眯起眼睛："现在你们两个都到了，我们就开始练舞了。好吗？"

她又看了我一眼，而我抱歉地向其他教练低下头。今天有三个高层在练习室后方，手中都紧抓着一台 iPad。

糟糕，我得把皮绷紧一点。而且速度要快。

美娜和我在房间中央定位。音乐开始，俞真姐则打开了摄影机。美娜对我露出高傲的微笑，而突然间，摄影机上的红色光点，就像是一只被关进我脑子里的蚊子，恼人地盘旋不已。但接下来，明里的脸——急切而充满决心，在走廊上奋力唱着高音的模样——闪进我的脑海。蚊子的嗡嗡声并没有消失，但似乎变小声了点。我试着专注在她的影像上，忽略距离我正前方不过一米五的摄影机。

我们要和杰森合唱的歌曲叫作《夏日热情》，充满了能量和欢乐的气氛。那是一首快节奏、朗朗上口的流行歌，唱着年轻人在夏日的无所畏惧和无忧无虑。

哈。

我撑过了第一段主歌，脚步都踩得很准，和美娜一起进入了副歌的部分。但随着音乐越来越接近第二段主歌，我便开始紧张了。就算利娅盯着我练了一整个星期，我似乎还是没办法把那一段跳好。

我的双眼紧盯着镜子。拜托，瑞秋。你可以的。

我的第一步踩的点还行，但当我们进入第二步时，我的身体告诉我往某个方向转，大脑则坚持要往另一边，而最后我便错过了整个节奏。可是美娜的舞步却看起来完美无瑕。我都不得不承认，她每一个动作都跳得非常好。我用眼角看着她，不可思议地看着她的腿带着她在房内移动，然后我才意识到自己又错过了下一步。

该死。我快速找回节奏，但我的体温快速飙高，而我的脑子里则充斥着成千上万只蚊子饥饿觅食的声音。我不知道要看哪里。俞真姐？摄影机？还是高层们？

我挣扎着度过最后一段歌曲，当音乐终于结束时，我不禁心怀感激。

一秒后，练习室的门被人推开，杰森拖着脚步走进来，手上拿着乐天利速食店的外带纸袋，另一手抓着吃到一半的鸡肉汉堡。他对高层们露出一抹微笑，沈小姐的眼睛便亮了起来，对他挥手致意，另外两名高层则跳起来和他握手。一轮如此。杰森在训练中迟到，吃着鸡肉汉堡，但高层还是对他溺爱至极。

"好了，"俞真姐说，"现在来听听歌声吧。我们需要决定，你们两个女生谁唱哪一个段落，所以你们一人唱一次整首吧。美娜，从你开始。"

我将汗水淋漓的身体滑进其中一张椅子里，听着音乐和美娜的歌声。就算没有麦克风，我也觉得她的声音可以直达 DB 总部的屋顶。杰森在我身边的椅子上坐下，对我举起汉堡的纸袋。

"要吃薯条吗？"他低声说。

我忽视他，试着专心听美娜唱歌。

"再更有感情一点，美娜，"沈小姐喊道，"你唱得很好，但我什么都感觉不到。"

杰森把纸袋直接贴在我脸上："我保证里面没有偷藏芝士香肠啦。快点，吃一根。"

我继续假装没听见，但我无法阻止自己的嘴角微微上扬。我立刻压抑住笑意，但是太晚了。他咧开嘴。

我的嘴巴居然背叛我。

"我们居然能合唱这首歌，也太酷了吧。"他说。

"呃，是蛮酷的吧。"我紧盯着美娜的表演。

"美娜，你的脸看起来像是有人杀死了你的小狗一样痛苦！成为 DB 的明星对你而言是这种感觉吗？笑一个！"另一个高层喊道。随着他的评论，我可以看见她的颈部紧绷起来。

"我知道我是很兴奋啦，你知道为什么吧？"杰森靠得我好近，我都可以闻到他呼吸里的薯条味了。嗯……闻起来倒是不差。我已经不记得自己上次吃薯条是什么时候了。

我没有回应。他期待地等待着，小狗般的棕色大眼盯着我，我叹了一口气。

"好吧，我放弃。你为什么要——"

"瑞秋！"一个声音低声喊道。其中一名教练正瞪着我，一只手指压在嘴唇上："专心。你怎么这么没礼貌？"

我的脸一阵绯红。俞真姐在练习室的另一端，一手遮着额头，看起来非常困窘。我从杰森身边转开，专心在歌曲上，但我的内心正在冒火。明明是杰森在跟我说话，为什么是我被教训啊？

一会儿之后，他又靠了过来，低声说："你还没听到我的答案耶。"

我直直看着前方，忽略他。我今天已经惹够多麻烦了。

"你一定会喜欢的啦，我保证。"

他把头靠在我的肩膀上，我则耸肩把他推开。

"你真的不想听吗？"

够了就是够了。我转过头去面对他，准备把他轰走，但我没想到我们之间的距离这么近。我们的鼻子几乎相碰，而他正直直看着我的眼睛。

"喔，"他的声音小得只有我能听见，"我一直以为你的眼睛是棕色的，但近看才知道，原来里面还有金色的细纹。我猜大部分人一定都没注意到这一点。"他微笑着："太可惜了。你的眼睛真的很美。但话说回来，我又蛮高兴我是少数几个知道的人之一。"

　　我目瞪口呆地看着他，一句话也说不出来。美娜终于把歌唱完了，然后杰森抬头看了一眼时钟。

　　"抱歉了，各位。"他对着整个房间里的人说道。他站起身，把速食店纸袋揉成一团。"我和卢先生有个会议，要讨论……呃，一些重要事项。我当然不想早退，但如果卢先生开口了……"

　　他心知肚明地瞥了大家一眼，而所有的教练和高层们便咯咯笑起来。他最后对我露齿一笑，然后走出了训练室，把门重重关上。

第十章——

我好像不值得冒这个险。

我又和杰森回到了练习室，但这次只有我们两个人。他手中抓着一包闻起来好油又好好吃的薯条，我们靠在镜子墙前，边吃边大笑着。突然间，他转向我，深深看进我的眼里："我一直以为你的眼睛是棕色的，但近看才知道，原来里面还有金色的细纹。我很高兴我是少数几个——"

　　"呼叫瑞秋！醒醒，瑞秋！"

　　啊？

　　我的眼睛倏地睁开，看见朱玄和慧利两双一样的深棕色眼睛正由上而下地俯视着我。

　　"我的天啊，瑞秋，你还好吗？"庆美说道，她的脸突然出现在双胞胎之间，"你完全被网球打晕了耶。"

　　我在上体育课吗？

　　我双手撑着泥土地面，小心翼翼地坐起身来，却听见像是从我的头里面发出来的喀喀怪声。

　　我的天啊。我的脑子受到永久性伤害了吗？

　　我转头，看见斯洛特教练从庆美手中抽走手机。"走开吧，庆美，去跑球场五圈。"她低下头检视着我额头上的肿块，一边咋舌，"你在球场上得更专心一点，瑞秋。你去保健室吧。"

"我可以带她去啊！"庆美在不远处喊道。

"庆美！该起跑了！现在！"教练喊回去。

"没关系，"朱玄防卫地站在我旁边，"我们可以带她去。"

慧利一手环住我的肩膀，我便让双胞胎把我带离了球场。

"谢了，两位。"穿过更衣室时，我对她们说道。我从一旁的镜中看见自己的模样。哇喔。我的眼睛看起来迷茫、恍惚，而我的额头上有一块暗色的瘀青。希望这不会维持太久，我可不想让美娜看见我紫色的额头。

"不敢相信，我刚刚居然在体育课昏倒了？"我缓缓摇着头。

朱玄和慧利交换了一个眼神。"但……我们不意外耶，"慧利说，"你整个星期思维都在放空啊。"

"像是园艺课的时候，你一边修剪盆栽一边唱歌，然后你太专心在想歌词，就把整棵树都剪光了。"朱玄说。

"还有在学校餐厅里，你一边排队一边练舞，然后把大镐的汤饺面直接打飞了。他后来整天都是猪肉水饺的味道。"慧利微笑起来，但她很快就收起笑容，关心地望着我。

"还有戏剧课的时候——"

"好啦、好啦，"我说，"我懂啦。只是最近我要担心的事情有点多。你知道，训练的事。"

还有杰森的事，我想着，一边回想起被网球打到时脑中的白日梦。但我不打算提起这部分。

"还好暑假快到了。你可以好好充电、休息，顺便锻炼你的园艺技巧。"慧利在取笑我，但我几乎没听到她说的话。

放假了。就算没课，我妈还是不会让我平日去训练的，但现在我并不在意。这就是我最需要的。没有学校、没有训练、没有承诺。我等不及要在家里耍废一整天了。

"姐，该起床了！"我感觉到一只手指戳着我的脸颊。

距离上次的对话已经过了一个星期，学校终于放假了。我计划要好好睡到自然醒，和朱玄跟慧利吃炸鸡，然后剩下的时间就在 Netflix 上看《唯一的恋曲》直到晚上睡觉时间。

那根手指又戳了我一次。

我呻吟一声，眼睛撑开一条缝。利娅穿着一件格子裙和奶油色的落肩毛衣，看起来像是我上个月买的那件，站在我的床边。她爬上床，坐在我身上。

"利娅，天啊，拜托，不要说话好吗？睡觉啦。嘘。"我边说边闭上眼睛。

"姐，拜托起来啦——这很重要耶！"

"利娅，放假的时候，没有什么事比睡觉更重要了。除非你的小妹在三小时之后带着早餐回来。"我闭着眼微笑着，然后翻过身，准备再度打瞌睡。

"好吧，姐，那就待会见了。"我感觉到利娅从我床上溜下去，但她声音里的某种情绪让我的心中产生一阵罪恶感。

我睁开眼，撑起身子坐起来："好吧，什么事情这么重要？"

拜托告诉我是《她的秘密生活》电视剧马拉松……

"嗯哼……"利娅咬着嘴唇，"我中奖了。所以要带你去一个地方。"

"真的吗？但你从来没提过啊——"

"我本来想要早点告诉你的，但是你最近训练好忙，我……"她的声音渐弱，我心中的罪恶感则油然而生。我叹了口气，然后露出最灿烂的微笑："嗯，所以我宣布，今天是金家姐妹日！看你要做什么都行！"利娅露齿而笑，我抓住她的脚，开始搔她的痒，她则挣扎着想要溜走。"好吧，别卖关子了，你要带我去哪里呀？"

"我参加了 NEXT BOYZ 的粉丝见面会抽奖，我抽中了！"她边被我搔痒边喊道，"你相信吗？我们要去参加签名会耶！就是今天！"

我的手（还有我的整个身体）僵住了。我直瞪着她，想要她告诉我这只是个玩笑。但是她从床上跳了下去，一边欢呼一边在我房间里跳着舞。我的天啊，她是认真的。她当然是认真的。这可是利娅，未来的李太太耶。

"不，"我说，"不行。绝对不行。我们不可以去。"

利娅停下脚步："为什么不行？你说我要去哪里都可以的！"

我摇着头："除了这个之外都可以。拜托，利娅。我不能去参加 NEXT BOYZ 的签名会啦！"

"为什么不行？"

我有千百个不行的理由，而第一个就是，我不确定我是不是该减少一点和他碰面的机会。每次只要他在旁边，我的肚子就会有一种奇怪的纠结，我见到他越多次，这种感觉就会越常出现。更糟的是，这感觉也许会变得更强烈。现在不行——我离出道就差这么一步了。杰森占据我脑中的分量，早已超越我愿意承认的范畴了。真要说的话，我可能还得进行一点记忆消除手术，把杰森的部分洗掉一点。但我可不能跟利娅这么说。我已经够有罪恶感了。我最近已经让她失望太多次，不能再加上一条抢人暗恋对象的罪名。

"因为这样很糗啊。"我最后说道，"我应该是杰森的合唱伙伴，而不是他的迷妹。"

"对啦，我就知道你会这么说，"利娅郁闷地说。她的嘴角扬起一抹恶作剧的微笑，"但我是不是忘了告诉你，这场签名会是办在'时尚之屋'呢?"

天。

时尚之屋是首尔新开的一间服装店，只有受邀者才能进入。这间店去年才开，但现在排队名单早已经排到一年后了。我听说就连姜吉娜都得排两个星期才预约得到。那里的服装，据说囊括了高级时装、精品和复古风格，价位由低至高应有尽有，所有风格的服装造型都能在那里找到。光是想到能踏足那间服装店，就让我手痒得想要画画了。

"我是说，如果你不想去的话，我就只好把我们的名额让给别人了……"利娅边说边从我的床边退开，脸上挂着作弄的笑容。

"你想都别想，小恶魔!"我喊道，把她一把拉回我的床上，"我想……我们只好去参加这场签名会啦。但那是因为我是全世界最棒的姐姐，听懂了吗?"

利娅尖叫着抱住我："耶，耶，耶! 你最棒了! 我就要亲眼见到杰森了耶!"

而我就要亲自踏进时尚之屋啦!

三小时后，我们两个人的兴奋感都已经消失殆尽了。

当我和利娅出门的时候，外面天还是黑的——当她凌晨四点叫我起床时，我还没有意识到这一点。但根据利娅的说法，就算已经有了签名会的保障名额，还是得要天没亮就起床。因为光是人到现场还是不够的，你得同时排队排在最前面才有意义。

当我们抵达时尚之屋时，已经有不少人在排队；我们排进队伍里，但利娅累得不断打瞌睡，还一直把自己的应援海报弄掉——那是一张巨大的手工海报，上面放满了杰森成名之路——从多伦多当地的网红歌手变成国际级巨星——的所有照片，并用闪亮的粉红色纸胶带做装饰，加上手写的笔记。

"好啦，我帮你拿啦。"我边说边把海报从她手中抽走。

"谢了，姐。"她说，压抑住一个哈欠，眼皮沉重地下垂。

队伍越排越长，一路排到我们后面的路口，我低头瞄了一眼手表。距离签名会开始还有一个小时。"我要去那边的咖啡厅买饮料。"我边说边指向对街，也许一点糖分可以让她精神好一点，"我马上回来喔。"

她半闭着眼点点头。

我手中抓着海报，冲过街道。在我进入咖啡厅之前，我还特别左右张望了一下。我可不希望邱庆美突然出现，然后拍下我拿着李杰森应援海报的照片。幸好四周并无异状。只有几个早起的人在喝咖啡，还有一名店员在拖地。

我帮自己点了一杯冰咖啡，帮利娅点了一杯草莓奶油冰沙。就当我要走到一旁等餐点时，一个穿着连帽衫的人跑了过来，不偏不倚地撞上我。我在刚拖好的潮湿地面上打滑，伸手想扶住最近的桌面保持平衡，海报就从我手中滑落。

"你还好吗?"一个声音在我身后响起。等等。这个声音是……

我转过头去,看见杰森正低头看着我。"瑞秋?"他不可置信地说,一边把连帽衫的帽兜拉了下来。

"嘿。"我微笑着,一边试着用脚把海报踢到身后,但他比我快了一步。

"我帮你拿吧。"他弯身捡起海报,翻到正面,脸上立刻露出一个骄傲的笑容。

"这是为我做的吗?"他愉快地说,"是金瑞秋亲手做的吗?"

天要亡我啊。

我把海报抢了回来,却注意到底部裂开了一条缝。"我……这不是——"我的舌头不知怎么的打结了,"这是我妹做的。她今天跟我一起来的!我是说,我是跟她来的。如果她不想来,我今天就不会来了。现在学校放假,所以我就答应要陪她了。"

我的天啊,我为什么就不能闭嘴?

"所以,这样懂了吗?我们再说一次重点,以免你误会。这个海报是我妹做的。我只是陪她来,而海报现在坏了,她一定会——"

"十七号的饮料好了!"咖啡师喊道。

感恩赞叹咖啡师。我背过身,拿起我的饮料,把海报夹在腋下。

杰森咧嘴一笑:"嗯,我得去签名会啦。我想待会就在队伍里见喽。"他眨眨眼,然后小跑离开了咖啡店。

我回到队伍旁,看见利娅被一群女孩包围着。我露出微笑,以为利娅在排队时交了些朋友，但当我再走近一点，却发现利娅的双臂在胸前交抱，表情看起来像是快哭了。"如果你的姐姐真的像你说的，是DB'首席练习生'，你为什么还要来粉丝见面会才见得到李杰森？"她身边的那群女孩咯咯笑了起来，利娅的脸则涨成了深红色。"你姐搞不好是那里最烂的——所以他们才让她离杰森这种真正的大明星这么远。"

我来到队伍旁，然后认出了其中一个女孩熟悉的心形脸。我的心一沉。是那群来过我家的小女孩。

我跑向利娅，一手拿着两杯饮料，一手推着利娅向前走。我微笑地转向心形脸女孩："队伍在移动喽。你们最好先回到后面的队伍里。"

她对我摆着臭脸，但开始向后退开。然后她突然转过身来，脸上露出一抹甜得要死的微笑："对了，利娅，多谢你告诉我们签名会的事。只是我们都不想跟你一起来——如果我知道你没有其他朋友可以邀请，只好拉你姐一起来的话，我搞不好还会重新考虑的！"她大笑着，然后小跑步追上她的朋友们。

我低头看着利娅和她被泪水沾湿的小脸。"利娅。"我犹豫地说，但她没有看我，而是大步跨过时尚之屋的双扇门。我跟在她身后，刚才发生的事沉甸甸地压在我的心头，像是一袋砖块。利娅在纽约时还太小，没有太多社交生活，但我知道搬来韩国之后，这对她来说更难了。学校里的每个人都知道利娅是谁，因为他们都知道我是谁——传说中的DB练习生，未来的明星。有一半的人因此而完全不想理她（流行乐坛的名气，或者任何一种名气对我们学校里的某些自大狂而言，简直就是眼中钉），而另一半的人只想利用她来打探最新的歌坛八卦，或编造关于我的阴谋论。

我被队伍推着进入时尚之屋里，几乎完全没有注意到我身在何处。但当我抬起头时，利娅和那群小太妹的冲突就飞到九霄云外去了。一座巨大的玻璃电梯装点着竹子装饰，坐落在店内的正中央，一路通往七楼的透明圆顶。每一层楼都装饰着不同颜色，一楼是白色，七楼是黑色。我们四周全是一排又一排的衣服，颜色完美地扩散出去，从米白、珍珠白到象牙白，还有亮眼得让我无法直视的荧光白。

我真想要直接飞进衣架里，把一切占为己有。

我的心思全在衣服上，完全没注意到我们已经来到队伍的最前面。一张长桌摆在电梯的正前方，铺着白色桌巾，上面摆着小彩球，后面则是透明的椅子。

敏俊先注意到我，他拍了拍杰森的肩膀："你怎么没说你女朋友要来啊？"

杰森也露出一样灿烂的笑容，对我们摇了摇手指打招呼："哎呀，真高兴见到我的忠实粉丝。"

利娅的整个身体都在发抖，用力肘击了我一下。她笑得合不拢嘴，我都可以看见她的喉咙了。看来刚刚的小太妹已经完全被遗忘啦。

"很痛耶。"我边说边搓了搓身侧。

她直接无视我。"姐，快点，快点，把海报给我！"她边说边抓着我的手臂。

"呃……关于那个海报嘛……"我把弄破的海报递给她，垂下头，"我在咖啡厅不小心把它弄破了，对不起，利娅。"

她的脸垮下了一秒钟。但她又露出微笑，捏了捏我的手。"没关系啦，姐。你又不是故意的。再说——"她从裙子的口袋里掏出一卷纸胶带，开始动手撕，"我早就准备好了。"

她神速修补好海报，并热切地把它摊在杰森面前的桌面上。"杰森哥，这是我做给你的。我想要让你知道，你是如何从一个网红变成现在的大明星，靠你的歌声和完美的发型俘获全世界！"她的双手合十，抵在下巴，面露笑容，"我是你的头号粉丝！"

杰森仔细看过海报的每一个角落。"我太喜欢了。"他赞叹地说，"你还有贴暴龙队的贴纸耶！我一定要跟这张海报合照。"

他拿出手机，拍了一张和海报的自拍。然后他微笑着对利娅招手："我们两个也自拍一张如何？"

利娅倒抽一口气，指着自己："自拍？跟我？"

她爬到签名桌的另一边，靠在杰森身边，用手指比出小爱心的形状，他则拍了一张又一张的照片。我在一旁看着这一幕，心头一阵暖流。最近开始排练和杰森的合唱之后，我一直没有时间好好陪利娅，而现在她看起来好开心——光是这一点就值回票价了。

当然，如果我能好好看看这些衣服，那就更好了。

我正打算从一旁溜走，但利娅转过身，对我说："姐，我可以跟你借手机吗？我今天早上忘记拿了，但我也想要照片！"

我把手机递给她，他们又拍了几张。利娅开始一一喊出各种表情的名称（"惊讶脸！女神脸！还有杰森头号粉丝脸！"），让我觉得丢脸至极，但杰森只是照着她的指示做，看起来玩得很愉快。然后他突然转向我："欸，你也过来啊。我们应该三个人合照才对。"

"我？喔，不用了。不了，谢谢。"我摇摇头，向后又退了一点，"今天是利娅的日子。"

"但我想要我们三个的合照！"利娅尖叫。

"你看吧，"杰森说，"利娅想要合照，而今天是利娅的日子嘛。"

她慎重地点点头："他说得对。今天是利娅的日子，而利娅就是我。"她跑过来抓住我的手臂，把我拖到她和杰森中间。杰森把手机还给我，然后用他的手机拍了一张照片。利娅整个人都快融化了，两手都比着爱心的手势。我尽可能露出灿烂的微笑，但离杰森这么近让我的心跳加速。我就是拼命想要避免这件事发生。

他的手臂压在我的手臂上，我瞥了他一眼，却正好看见他直视着我。他露出微笑，我的肚子便一阵紧缩。

可恶。别说什么心跳加速了；它现在都要从我的胸口飞出来了好吗？我的眼角余光看见敏俊对着我们偷笑，我便很快转开视线，不再看着杰森。

"好啦，自拍拍够了吧！"我有点太大声地说。

"我会传给你的，"杰森说，"我们来交换电话吧。"我犹豫着，他便扬起眉毛。"干吗，我们的确该有对方的电话不是吗？我们是一起工作的啊。"

这倒是。我翻了个白眼，把手机解锁递给他。

我们后方的队伍里，一个染着绿色头发的女孩提高了音量。"你们不是这里唯一的粉丝，记得吗？"她听起来超不爽的。

"对啊，我们也想看杰森啊！"另一个穿着 NEXT BOYZ 演唱会黑色 T 恤的粉丝附和道。

她的朋友穿着白色版的演唱会 T 恤，眯起眼看着我的脸："等等，这不是金瑞秋吗……视频里的那个？她就是和杰森合唱的女生啊！"

"我的天啊，对耶！"穿黑 T 恤的女生说道，"瑞秋，我超爱你的歌声的！"

我受宠若惊地红了脸。我第一次在公开场合被人认出来！"谢谢——"

"我可以和你跟杰森一起合照吗？"穿白 T 恤的女孩问。

"等等，我也想拍！"绿头发的女孩喊道。

"瑞秋，瑞秋！我们爱你！"群众开始往前挤，人们从四面八方喊着我的名字。我紧张地微笑着，从签名桌后方退开，一手环住利娅。

"那个贱人真的是杰森的女朋友吗？"另一个人喊道。

"她还没漂亮到可以跟他交往啦！"又一个人尖叫。

哇喔。有两秒钟，成名的滋味还是不错的，但一下子就有点超出负荷了。人群挤得离签名桌更近了，伸出双手想要碰触我们，杰森立刻跳了起来："嘿，大家冷静点！退后！"

他的声音被这阵混乱吞没了。一个女孩的距离太近，一伸手就从利娅手中抢走了利娅的海报。"嘿！"我大叫着，试图把它抢回来——但是太迟了。四处都是人。

突然间，NEXT BOYZ 的保全团队跑了过来，包围住我和利娅，带着我们穿越仍在尖叫的粉丝们。我回头看着杰森，尽管一整群的女孩尖叫着他的名字，他的脸色依然难看而紧绷。我们被护送出了时尚之屋的大门。

"刚刚超猛的啦，"事后，当我们往地铁站走去时，利娅这么说道，她的脸上闪烁着兴奋的光芒，"不敢相信有人抢走我的杰森海报！"

"你不会难过吗？"

"什么？当然不会！超酷的！我们刚刚在签名会引起粉丝暴动耶！"

更像是群魔乱舞吧。我牵住她的手："快走吧，利娅，我们回家。"

那天稍晚，我躺在床上，试图专心读园艺学的书，却一直失败——我们有一趟去济州岛的校外教学，但只有成绩高于九十分的人才可以去——接着我的手机通讯应用上出现了一则消息。消息来自一位名为"甜咖男孩"的人。

是杰森。

一部分的我想要把消息删除，然后把手机丢到一边，但我的手好像不受我控制。我发现自己脸上挂着愚蠢的微笑，一边滑着手机，看他刚刚发来的所有自拍照。有一大堆他和利娅自拍的照片，还有一系列我们三个的自拍照。

这些让利娅当下一张海报的素材吧：）

我暗自微笑，等不及天亮时给她看照片了。

然后我的消息又响了。

喔，还有这个……

又一张照片跳了出来。我屏住呼吸。照片上的我们两人填满了屏幕。那一定是我们对看时他偷拍的照片，他的嘴唇扬起一个微笑的弧度，我的嘴则因为发现他看着我而惊讶地张开。我的手指在删除键上游移。我知道我不该保留这张照片的——有什么意义？如果有人看见了，以为我跟杰森之间有什么，但其实我们之间什么也没有的呢！我好像不值得冒这个险。但接着，最后一则消息出现屏幕上。

这张是专属于你的。晚安啦，狼人女孩。

在我意识到之前，我的嘴唇也勾起了一丝微笑。

第十一章

我们也许是闪电，但我觉得表演完后，我们要面对的可能是另一波暴风雨。

右踏，摆臀，滑步，然后……不对。摆臀，滑步，然后右踏……还是左踏？

我把落到脸上的发丝吹开，怒视着我自己在训练室镜子中的身影。这是整套舞步中最简单的脚步之一了，所以我到底为什么跳得这么崩溃？

在每周五下午，这间训练室会有一段时间开放给所有人来自由练舞。平常时候，我都会在学校待到很晚，来不及到 DB 练习，但今天双胞胎的司机在送朱玄和慧利去江南区逛街的时候，顺道载我来了一趟。现在这里挤满了练习生，包括正躲在后方休息的美娜，此刻和恩地及莉齐起劲地聊着八卦。我听见美娜的大笑声，回头看了一眼，却和她正眼对上，便立刻转开了头。我今天不想和任何人互动。我只想把这段舞练好。

我又一次从头开始。我检视着自己在镜中的影像，却只在脑海中看见我们的舞蹈总教练在玹对我板着脸的模样。

"全错了！"我们最后一次练舞时，他这样对我尖叫。"这么简单的舞步你居然还会搞砸？我真不懂俞真到底看上你哪一点。再来一次！"

　　我让自己的表情保持冷静，拒绝让他的声音进入我脑中早已不断回荡的各种批评声浪中，并再度集中我身上所剩的力量。但音乐几乎才刚开始，他就立刻又切掉了。

　　"不对。又错了。光是你踏步之前，我就知道你又开始想太多了。再一次。"

　　我深吸一口气，试着不要咬牙切齿。但是在玹还是注意到我脸上的挫败感。

　　"听着，如果这对你来说真的太难，那就打包回家，"他把音乐关掉，然后大步朝我走来，"你觉得对我摆脸色会让你跳得比较好吗？别再耍公主脾气了，努力一点。如果你连这个都跳不好，其他的你想都别想。"

　　直到现在，我还是没办法摆脱他的那些评论。那些话语就像某种可怕的旋转木马，在我脑中转个不停——我越专注在那些声音上，我就跳得越糟，而我跳得越糟，我就越被那些声音影响。我跌坐在地上，对镜中大汗淋漓的自己恼怒不已。我看见美娜在后方看着我，但不知道为什么，她的表情不像平常那么嘲弄。她看起来比较像是不爽，也许还有一点……同情？

　　我用双手捂住脸。如果连美娜都在可怜我，我大概看起来真的很可悲。当练习室的门被人一把推开时，她看起来甚至像是要朝我走过来了。

　　所有的练习生都同时转头看着走进来的韩先生，然后窃窃私语的声音立刻在房间中炸开。

　　"现在是自由练习时间，高层进来练习室干什么啊？"

　　"我觉得一定是卢先生派他来做什么肮脏事。"

"你觉得他会把谁踢出去吗？"

"秀敏最近看起来是有点太放松了⋯⋯"

莉齐坐直身子，一只手指缠绕着自己的头发，一边对着他的方向眨着自己又大又深的双眼皮。我不怪她。和高层其他人比起来，韩先生就像是韩国版的克里斯·海姆斯沃斯。如果我不是亲眼看过，我真的会很难想象他和一群长着皱纹、穿着西装的老人坐在一起开会。

他大步走过房间——完全无视一半的人在讨论他，另一半人则垂涎三尺地看着他的事实——然后在我面前停了下来。我的身子一僵。等等——他是因为我才过来的吗？所有人看着我们，耳语声趋于寂静，全都光明正大地偷听着我们的对话。

"哈喽，瑞秋。"韩先生愉快地说。他弯下身，压低声音："你妈打电话到办公室来了。"

我犹豫着："没事吧？"

"喔，当然，一切都很好。她好像只是想看看你的状况，然后问你什么时候会回家吃晚餐。"

房里爆出一阵低声窃笑。

我不知道现在哪一种感觉比较强烈：是我得离开训练室，永远不要回来的感觉；还是跑去总机那里把电话给砸烂的感觉。在DB 培训中心时，练习生是禁止使用手机的，所以当我们的父母真的需要找人时，他们就会打到办公室。

但是从来没有人的爸妈真的打来过。这就像是跟整个 DB 的人宣告爸妈还是把你当小孩。我住在家里，还去上学，而其他人都住在练习生宿舍、全职受训，这样已经够糟了。现在这样，更是给了美娜和她的跟班在周末欺负我的题材。

我拖着脚步跟在韩先生后面，试着不要看任何一个人的脸。在我经过时，听见恩地低声说："拜托，大家，这样很可爱耶。她妈妈可能只是想确认她今天有去尿尿吧。"我的脸一阵灼烧。

来到门边时，韩先生顿了顿，对美娜露出微笑，后者也快速地对他报以笑容。莉齐对她扬起眉毛，美娜则摆了摆手。"他是我爸朋友啦。上星期他才来我们家吃饭的。"美娜在我们离开练习室时说。

"呃，谢谢你来带我，韩先生，"我跟着他走过走廊，"希望我没有打断你处理重要的事。"

"一点也不，瑞秋，"韩先生说，"我只是刚好在办公室里，接到你妈的电话，所以我想说刚好来看看你。别担心，我懂的。"他补充道，一边对练习室点了点头："我妈也是个紧张大师。她一天大概要打给我五次吧。我一直告诉她发短信就好，但她说手机键盘的字母太小了很难打。"他边说边挽起袖子看了一眼手表："其实呢，我应该刚好错过她的电话了。"他对我微笑，而我微笑以对，看着他手上的表——它看起来很有历史了，皮表带已经有些磨损，但看起来相当柔软，方形的金色表面闪烁着恰到好处的锈蚀痕迹。

"你的表好美啊，韩先生。"我说。

他低头看着表，笑了笑。"谢了。这是我爷爷的。我接下他在DB管理层的位置时，他就把这只表传给我了，"他把手腕转向我，"看到表面边缘的红宝石吗？"我点点头。"这些是他特别请人镶上去的，好展现我们家族的座右铭——'韩家无可匹敌'。他一直都这么说。但我跟你说一个秘密，"他对我打了个手势，我便靠了过去，"我觉得他只是个超级足球迷而已。"他仰头大笑，而我跟着咯咯笑了起来。像韩先生这样的高层，我想我可以接受。

"所以星期天的正装彩排，你有把握吗？"我们继续走时，他问道。他意味深长地扬起眉毛："所有的练习生、教练，还有高层，都会来看你们三个的进展喔。你准备好了吗？"

我回想起在玹责备的面孔。"应该还没。"我承认道。在这种情况下，我真的不知道我有没有准备好的那一天。我打了个寒战。

"继续练习吧，"他鼓励道，"你很快就会了。"

我虚弱地微笑了一下。我真的很希望他说得对。

隔天早上，我打起精神去和美娜一起进行舞蹈训练。我其实没有很想再见到杰森，但如果我真的想把这支舞跳好，我迟早还是要面对他的。

在练习开始之前，我在门口徘徊着，不是真的很想踏进去，但当我探头看向练习室里时，我发现里头除了美娜之外没有其他人，她正在镜子前拉筋。她转头看向我，将手叉在腰上。

"你也差不多该到了，"她说，"快点，我们开始吧。"

我把包包丢在地上，皱起眉头："在玹在哪里？还有其他教练呢？"

"他们现在正在附近的高档温泉澡堂做按摩和泡汤啦。"美娜说。我扬起眉毛，她则打发地摆了摆手："我想我说我们可以单独训练一下，所以我请我爸给了他们一点奖励，说他们'给了他宝贝女儿满满的支持'。他们完全买账耶。"

"可是……为什么？"我完全不想掩饰口气里的怀疑。我朝门边退了一步："我不懂耶。"

美娜叹了口气："你就非要让事情变得这么困难吗？听着，我们都知道你跳不好某些舞步，这首歌我也有一些部分唱得很挣扎，所以我就这么想了。"她朝我这边走来，我们现在是面对面站着。我一手抓着门把，以免她又要耍什么烂招，但当她再度开口时，她的声音很诚恳，而且似乎还有点兴奋："我们何不交换一下彼此负责的部分呢？像是你帮我唱那段我唱不好的歌词，然后我就在你跳不好的舞蹈段落领舞。这样是双赢。"

"嗯，是啊，只不过训练师和高层知道我们要反对他们的决定之后，绝对会气到炸毛的，"我说，"拜托，美娜，你真的觉得我会让你用这么明显的手段陷害我吗？你对我下药，想要毁了我的选秀。而且你还把派对的视频传给我妈！我们都知道我没办法证明你做了什么，但你别以为我会天真到再被你骗一次。我要是傻傻照你的话做，你是不是就会跑去告诉高层，说我对你下药，然后逼你帮我跳我的桥段？所以……离我远一点。"

她翻了个白眼，但她的脸颊变得有点红："好啦，是我做的。你说得对。我不会道歉的——"

我吹了一口气："真是意外啊。"

"但我保证我这次不是在耍你。我知道一开始大家一定都会生气，但他们看到我们彩排之后，他们就会懂了。我们都训练得这么努力了，为什么不能稍微做一点小改变，好让我们都能发挥自己的长处呢？"

她说得对。

"拜托啦，"美娜双手合十，"我们至少可以试试看？"

我犹豫着。这是我第一次注意到她看起来有多累。她以往眼中的光芒，已经被浮肿的眼袋所代替，而且她不断按摩着自己的肩膀，好像和我的肩膀一样疼痛。她看起来……就和我一样。充满决心、却疲惫至极。我想，不只是我一个人的训练行程排得跟疯子一样。我在付出一切，她也是。

"好吧，"我缓缓地说，"好，我们就试试看——但就只有这场练习。然后我们看着办。"

美娜深深吐出一口气，肩膀放松了下来："好。太好了。来吧，我们先来解决你有问题的那段舞步。练习的时候我一直在看你，我觉得我知道问题在哪里……"

我曾经很喜欢星期天——星期天意味着睡到自然醒，以及和利娅看一整天的动画。但这个星期天来得太快了，在我勉强挤出的写作业时间、和美娜一起的额外训练时间之后，还有一场正装彩排将在下午开始时，我已经累到不行了。又累又紧张——因为我和美娜做出的调整，我真的觉得还不错。问题是，高层会认同吗？还是会杀了我们？

我从舞台侧翼，偷看着礼堂里的练习生、教练和所有的高层。所有人都在等着杰森、美娜和我上台表演。我看见卢先生穿着他的银色条纹西装，还有闪亮的黑色懒人鞋，正热烈地和坐在他旁边的一个男人说着话。是朱先生。就算过去这几周不用每天都看着她的脸好几小时，其他人大概也不难看出美娜遗传了多少她爸爸的基因。他们的额头都很宽阔，还有锐利的五官。

　　"你准备好了吗?"美娜出现在我身边。她的洋装是惊人的荧光粉红,中段以银色的束腹收紧。她的脖子上戴着一条镶钻的黑缎带颈链,钻石排列成"Summer"(夏日)的字样。这几乎和我戴的那条一样,只是我的上面拼的是"Heat"(热情)。

　　我点点头,一边踩了踩脚上的白色麂皮厚底靴,但我已经开始觉得口干舌燥了。台下也许没有任何摄影机,但是这里满是 DB 的练习生和高层,感觉还是有点可怕。突然间,我听见一个兴奋的声音高呼:"瑞秋!"我转过身,看见明里站在那里,脸上挂着灿烂的微笑。她朝我跑了过来,"美梦成真了!我好骄傲!你这么努力,一切都开始有回报了——"

　　"真是不好意思,必须打断你的真情告白,"美娜插嘴,挤到我们之间,"但瑞秋现在要走了。"她看着明里,露出轻蔑的微笑:"我们之中有几个人是有明星梦要追的……但你可能不会懂。"她瞄了我一眼,然后转过身背对明里:"杰森要开场了。"她说,然后走到舞台右侧属于她的进场位置。明里目瞪口呆地站在那里,看着美娜离去的身影,眼中燃烧着怒火。我觉我已经好几个星期没跟明里见面或说话了,而现在我只想留在这里,跟她一起说美娜的坏话,但我随即听见歌曲的开头几个音。"我得走了!"我露出抱歉的微笑,然后跑向我的进场位置。我很快向后看了一眼,只看到明里往观众席走去,脸上的笑容似乎枯萎了一些。

　　我把这件事压了下来,告诉自己以后我还有很多时间和朋友闲话家常,但此刻光线突然调暗了,而当我往舞台上看去,并看见杰森的身影时,明里便成了我的清单上要担心的最后一件事。整个礼堂一片沉默,我拼命阻止自己想要咬嘴唇的冲动。我现在可不能把妆给吃掉。接着，舞台的聚光灯打开，音乐就开始了。

杰森转过身来，开始唱出第一段主歌。他穿着合身的条纹西装，头上戴着一顶绅士帽，看起来帅到令我无法直视。观众们开始跟着节奏拍手。听着他的声音，跟着快节奏的旋律唱出歌词，每一个音都和呼吸一样自然，我突然觉得自己好像复活了。我的紧张之情似乎开始渐渐淡去，被血管里窜流的电流与期待给取代。我想要上台去和他一起唱。只要再等几秒钟……

就在第二段主歌开始时，礼堂里的光线再度转暗，而我和美娜便大步走上舞台。有那么一瞬间，观众席鸦雀无声。我知道他们在看我。我可以听见他们脑中的想法，认为我不属于这里，我不属于这个舞台。我的身子僵住，但当聚光灯再度打亮时，观众便沸腾了——练习生欢呼着，几个人甚至跺着脚吹起口哨，我露出微笑。我做得到。我对上俞真姐的视线，而她对我眨了眨眼睛。希望在这场表演后，她还愿意跟我说话……

第二段开始，我便踩着编排好的台步来到杰森身边，脚随着音乐的节奏而动，并唱出我的歌词。

我的新歌词。对教练和高层来说，这句应该是属于美娜的。我几乎可以感觉到他们愣在座位上，试着理解舞台上发生了什么事。我听见几个人在座位上动了动，交头接耳。

"现在是怎么回事？"

"卢先生，这是你认可过的吗？"

几句歌词之后，美娜加入我们，然后便来到我这几周最担心的舞步了。我滑到后排，她则往前来到舞台中央，加入杰森，两人毫不费力地在舞台上踩着舞步。第二段歌词继续进行，我和美娜再度交换位置，我高声唱出原本应该属于美娜的歌词，我的声音完美地与杰森的声音融合在一起，形成完美的合音，也是毫不费力。

我们唱起副歌，三人对彼此露出微笑。我们感觉到台上的能量像闪电般散发出去，充满了礼堂。观众席的某处，我听见明里高声欢呼。就连一些教练也很享受我们的表演，一边唱着、一边跟着节奏打拍子。但坐在第一排的卢先生，脸色却涨得和我的口红一样红了。

我咽了一口口水。我们也许是闪电，但我觉得表演完后，我们要面对的可能是另一波暴风雨。

歌曲结束之后，观众席爆出一阵掌声。俞真姐对我摇着头，但就连她脸上都挂着一抹无法抹灭的微笑。卢先生站起身，头也不回地往后台走去，高层们一个个跟在他身后。朱先生也和他们同行，表情深不可测。

杰森、美娜和我一鞠躬，然后跑回后台。我的肾上腺素让我放声尖叫，杰森也加入我，大叫着伸手环住我跟美娜。

"你们两个在台上超棒的啦！"他紧紧抱着我们，对我们咧开嘴，"多谢你们有先提醒我你们有小改动喔。"

"抱歉，"美娜说，"我们不想让你跑去跟高层告密呀。"她翻了个白眼，但从她脸上的微笑来判断，我知道她只是在逗他。

杰森的手臂环着我的感觉让我红了脸，我便很快抽开身。"你也很棒啊！"我说，"你们两个都超——"

"不自重。完全无视了公司的主导权。"

卢先生大步朝我们走来，朱先生和其他高层们走在他身后，表情凝重而愤怒。他看起来像是要爆炸了，但在他来得及开口说下一句话之前，韩先生挤进我们之间，张开双臂，给了我和美娜一个大大的拥抱。

"精彩绝伦的演出！太不可思议了！我们就知道让你们三个组团是正确的决定。韩国最闪亮的明日之星就在这里。当然，还有最优秀的李杰森喽。"他和我们热情地握手，然后转向其他高层："他们超有火花的，对不对？"

"的确是……很有趣。"沈小姐犹豫地承认道，一边瞄了卢先生一眼。

"我只看到这两个女孩随意改变角色，违反我们的指导，"林先生说道，耸起眉毛，指控地看着我们，"这样有什么好称赞的？"

"当然，如果他们搞砸了演出，那就不值得支持，"韩先生说，"但硬要说的话，他们只是让表演变得更出色。这就是我所谓的创新！韩国流行乐坛的新生代！"

几个人喃喃附和，但大多数人只是对韩先生皱起眉头。我瞥了卢先生一眼，屏住气息。他的脸颊已经退回正常的颜色，但他的双眼仍因为愤怒而眯起。他来回看着我们和韩先生，既想对着我们尖叫又无法否认韩先生说的任何一个字。

最后，他直视着我和美娜。"继续练习下去。在练到完美之前，我不想再看到这首歌的表演。"他说，然后转身就走，其他高层也鱼贯离开。

在和其他人一起走出去之前，韩先生对我们俩竖起了大拇指。

我吐出一口气。不敢相信我们真的成功了。

"合作愉快，女孩们，"杰森对我们俩微笑道，"晚点见喽？我想到我还有事情要跟卢先生说。"

他挥了挥手，然后小跑着离开。我盯着他离开的身影看了一会，他身上那股薄荷和枫糖的气味在我脑中盘旋。但我突然意识到美娜在和我说话，便立刻清醒了过来："抱歉，你说什么？"

美娜耸耸肩："没，我只是说杰森太勇敢了。我现在一点都不想靠近卢先生。"

"喔，对啊，"我拼命想转移话题，"总之，我们该去换衣服了。也许去餐厅拿一点刨冰来庆祝？"

"呃，我觉得我应该没办法庆祝。"

"拜托，这是我们应得的。我们在台上大概消耗掉一万大卡了吧。"

"你先去吧，"美娜说，一边瞄了一眼幕布，"我等一下过去。"

我随着她的视线，看到朱先生站在那里，双臂交叠在胸前。我向他一鞠躬，不自在地快步朝更衣室前进。直到我终于独处之后，我又小小地尖叫了一声。

这场演出是我的一切。

这么长一段时间以来，我终于觉得自己走上正确的路了。

当我脱下黑白格纹的裙子，套回我最喜欢的绿色飞行夹克和黑牛仔裤时，我的心脏仍因肾上腺素而快速跳动着。我朝礼堂走去，一边回想着刚才自己是怎么邀请美娜一起去吃刨冰。我暗自偷笑着。两天前，想象和美娜一起庆祝任何事情，感觉都像是一场噩梦。但是，嘿，也许这会是一个新阶段的开端。

我把头发绑成一束马尾，回到后台去找她。她一直都没有来更衣室，所以也许她还在后台那里。我听见舞台的另一端传来一个声音。

"……让我丢脸至极。你怎么敢这样不尊重高层和教练？"

我愣了愣，然后躲到一个大型音箱后方。几米之外，朱先生正对着美娜大吼大叫，他的脸色甚至比刚才的卢先生还要红。

"你觉得这样他们会怎么看我？如果你要像这样表演，就最好不要回家，也不要在我旁边露脸。"

美娜低垂着头，一句话也没说。我从来没有看过她的这一面。我一直觉得她下一秒就会回嘴，或是抬起头，用那种恶魔般的眼神看着他，但她都没有。她只是站在那里接受爸爸的教训，肩膀因羞愧而弓起。

"我不知道我是做错什么事，才会有你这么一个不自重的女儿，"朱先生说，"如果你再这样让我失望，我就不会给你第二次机会了。你就不再是我的女儿，听懂了吗？"

"是的，爸爸。"美娜低声说。

朱先生嫌恶地摇着头，大步走出后台，把美娜留在原地。她像是生根般站在那里，浑身颤抖。

"美娜。"我试探性地说道，一边从我躲藏的地方走了出来。她的身子立刻紧绷起来，转过身，眼睛眯成一条细缝。"嘿。你还好吗？"

"不管你听到什么，都别以为你这样就比我优秀了，"美娜说着，声音里满是愤怒。她的双眼盛着盛怒的泪水，"我不需要你的同情。"

"我没有这样想。我只想要确认你还——"

"这不干你屁事！"她用力抹了抹眼睛，推开我，朝更衣室走了过去。然后她停下脚步，转过身来，臭着脸继续说道："喔对了，我们不是朋友。所以不要表现得一副好像我跟你很熟的样子。我们合唱一首歌，不代表我就会开始在乎你。或是我会想要跟你去餐厅吃什么刨冰。这不是迪士尼的电影，瑞秋公主。快长大好吗？"

她愤恨地吐出最后几个字，大步离开舞台，我则眼睁睁地看着我们的新阶段，在开始之前就死去了。

第十二章

和他交换表情包
或是讲橘子的笑话是一回事；
和他讨论在我心中留下永恒印记的事物，
或是展露自己脆弱的那一面，
又是另外一回事了。

"大家快抱紧你最爱的人喽！接下来会很颠簸喔！"

吉普车在济州山区的泥土路上飞驰，我差点就被抛出了车外。这一带崎岖而粗糙的地表，几乎就和我最近的人生一样高潮迭起。

在 NEXT BOYZ 粉丝见面会的暴动和星期天的正装彩排之后，我连想到训练都觉得累。不过靠着几个晚上熬夜苦读，我奇迹似的获得了和朱玄与慧利一起参加园艺课校外教学的资格。所以我把训练的一切抛诸脑后，让自己来到美丽的济州岛，好好享受这里的自然美景……

显然，还有为自己的性命担忧的恐惧感。

"呃，真的。刚刚是……呃……蛮颠簸的。"我边说边紧张地对着我身边的司机笑了几声。朱玄、大镐和慧利坐在后座，紧抓着车子的把手。

司机由衷地大笑出声："喔，真正颠簸的地方还没来咧。准备好喽！"

好吧，也许这趟车程比我的人生还要再高潮迭起了一点。事实上，相比之下，我的人生好像比较像是游乐园里的儿童飞车，在经过人为计算的小圈圈上打转。车子向前驶去，我放声尖叫。

后座的双胞胎兴奋地高呼着。大镐看起来快要吐了。

车子向左急转，朱玄整个人从座位上飞了起来，双腿在半空中飞舞，然后落在大镐的大腿上。我从后视镜里看见，慧利的脸垮了下来，大镐则脸红得像是快要爆开了。朱玄咯咯笑着，把腿放回自己的座位上。

"刚才超猛的啦！"她大叫着。

"真的很猛。"大镐同意道，连耳尖都红了。

慧利向前对着司机说："大哥，你可以开慢一点吧。"

"别担心啦。我可是个资深司机，"他愉快地回应道，"现在请各位往左看，窗外有马喔！"

我在镜中和慧利对视，并给了她一个理解的微笑。她叹了口气，视线飘向车外，用手掌撑着下巴。我的手机在口袋里震动了一下，我把它捞了出来，却看见一条杰森发来的信息。我的脸也变得和大镐一样红。

杰森：享受你的小岛生活吗？

他用了那只没有鬃毛的狮子"莱恩"的表情包，坐在海滩椅上戴着一副爱心形状的太阳眼镜。我咧开嘴。我头上现在就戴着这么一副一样的太阳眼镜。

我拍了一张刚才经过的野马照片。它们看起来心满意足，在一片长满野花的草原上吃着草，尾巴不时颤动着。

我：当然，爱死了。见见我的新朋友吧。

杰森：真羡慕。你朋友比我的酷多了。

他传了一张敏俊一边咬着汉堡一边对着镜头比 V 的照片给我。我大笑。在我们交换过号码之后，杰森和我就一直在传消息。我一直告诉自己我得停止、我得保持距离、我不该成为 DB 以后拿来警告菜鸟不准谈恋爱的教材，而我最不该做的，就是现在回给他一个桃子装可爱的表情⋯⋯

但没办法，这个表情实在太贴切了，我不得不传。再说了，发消息又不是交往。这没什么大不了的。这没什么特别的意义。

我把手机贴在胸口，微笑着，在崎岖的路面上继续前进。

杰森：说来好笑，我在世界各地当空中飞人，但我从来没去过济州岛。

我：骗人。所以你从来没有吃过神奇的丑橘喽？

杰森：有吃过，只是不是在原产地济州岛吃的。吃起来不一样，对不对？

我：对。你得在岛上吃才对。

杰森：你现在在吃吗？如果是的话，我需要文字直播。我说的是"我现在正在剥皮、一次吃一瓣"这种形式的文字直播。懂吗？

我：还没吃到，但我们要准备去和海女们碰面了。这几乎跟吃橘子一样酷了，对吧？

杰森：勉强啦。

照首尔国际学校的惯例，学生总会逼他们的家长对学校施压，让我们校外教学时能住岛上最奢华的饭店。这是我这辈子住过的最高级的饭店，屋顶上有一座热带花园和至少五个海水池，还有每天在饭店私人海滩上的烤肉派对，海滩上架着水边小屋，还有舒服的椅子，让客人们能优雅地吃着他们完美的烤肉。我的同学们在饭店里的位置上坐立难安，等不及大玩特玩他们附设的

PlayStation 游戏机，或是去逛饭店大厅里的高级面包店，但整趟校外教学中，我最期待的部分，就是和这些海女们见面。

现在岛上只剩下几名传说中的女性深潜员了——人们称她们为济州岛的美人鱼，每天进行深潜，在海洋中寻找鲍鱼、牡蛎和海草——而我们今天要和其中三人见面。当她们走进来时，我仔细观察着她们，看着她们灰白的头发，以及脸上深刻的线条。她们都是七十几岁或八十出头的年纪，但她们却散发出某种独特的能量。她们开始演讲，我则倾身向前，仔细聆听每一个字。

"这个工作很艰难，"一名海女说道，双臂张开，眼神扫过我们所有人，声音在房间里回荡，"但我们为了家庭、为了生活、为了传承，会一直做下去。我们是最后一代的深潜员，而我们引以为傲。"

"在酷寒的海水中，扛着刺痛骨头的疲惫感，最重要的是，时时刻刻记住我们足够强壮。"第二名海女说道。我觉得自己起了鸡皮疙瘩。"我们充满勇气。我们有力量。当我们觉得自己再也走不下去时，我们会记得我们已经走到这里，我们还能继续前进。"

第三名海女抬起下巴。她的个子娇小，背脊弓起，但她说的每一字每一句都展现了她的主权："我们每个人都该提醒自己，我们是有能力的，尤其是作为韩国女性，这点更是重要。谁还会这样告诉我们呢？没有人的。我们要靠自己独立，告诉自己，我们的能耐到哪里，并做到自己能力范围可及的一切。"

意外的泪水在我的眼眶聚集。我用手背抹去眼泪，并把她们说的话珍藏在心底。

杰森：有从海女那里得到什么智慧的珍珠吗？

杰森：有双关到吗？珍珠？呵呵呵。

我翻了个白眼，却仍然被他的话逗笑，然后我顿了顿，手指在屏幕上犹豫着。截至目前，我们的对话大部分都还是比较轻松的。我不知道要怎么和他讨论比较深入的话题，而且认真说，我也不觉得我想这么做。和他交换表情包或是讲橘子的笑话是一回事；和他讨论在我心中留下永恒印记的事物，或是展露自己脆弱的那一面，又是另外一回事了。尤其这些话就像是针对我的人生近况所说的一样。

我把手机关上，没有回复他的消息，然后转向坐在我旁边另一张海滩椅上的慧利。她正打量着我们四周度蜜月的新婚夫妻。

"他们看起来都好快乐，对不对？"她边说边叹着气，"你觉得朱玄和大镐度蜜月的时候会来这里吗？"

"喔，拜托。"我说，试着让自己的声音保持轻松。我开玩笑地推了一下她的肩膀："你知道朱玄对他的喜欢不是那种喜欢啊。"

"但是大镐是啊。而且以他的魅力，朱玄喜欢上他也只是迟早的事。"慧利从椅背上滑了下去，用宽檐帽挡住自己的脸："我对他来说只是个影子而已。"

"是有顶尖计算机编程能力的影子啊！"我说，捏着她的脸想要让她微笑一下。我想着大镐长长的刘海和总是皱巴巴的长裤，还有他总是在口袋里放着的激光笔——他今天早餐的时候还用它帮我们上了一堂即席花卉课。看到那朵花了吗？他像个剑士一样抽出他的激光笔，然后指向饭店花园的另一端。那是杜鹃花，是济州岛的官方岛花。很美，对吧？我不会说这是魅力，因为朱玄甚至连头也没抬，依然继续滑着她的手机，查看她前一晚贴出的岛屿系彩妆视频的 YouTube 数据。

"说真的，"我继续打着圆场，"我真的不觉得他是朱玄的菜。"

"谁不是我的菜？"

我抬头看见朱玄朝我们走来，穿着一件露背上衣和一条七分工作裤，长长的马尾在脑后摇摆，看起来惊为天人。只有朱玄能把工作裤穿得这么时尚了。我穿起来大概只会像是某人的妈妈。

"呃，《甜蜜梦乡》里的金灿宇啊，"我很快地说道，"完全不是你的菜吧？"

"对啊，他太白马王子了。"朱玄边说边皱起鼻子。她瞥了一眼慧利用帽子遮住的脸："慧利？是你吗？"

"对。"慧利说，她的声音听起来既模糊又悲惨。

"嗯，终于，我到处在找你们两个耶，"朱玄把慧利的帽子从脸上摘掉，然后一把将她从海滩椅上拉起，"我快饿死了！我们去吃自助餐吧！"

饭店的大餐厅里，自助餐台一路沿着墙壁延伸出去，我们便纵身栽了进去，盘子里堆满新鲜的三文鱼、芦笋、炒小白菜和冒着热气的栗子饭。我一眼看见角落有一个专门做韩式拌饭的吧台，便在心中提醒自己，留一点胃吃第二轮。朱玄、慧利和我在一张桌边坐下，一旁则是一对年轻情侣，正用一瓶红酒搭配着他们桌上的三文鱼。朱玄瞄了一眼他们的酒瓶，便轻轻吹了一声口哨。

"真浪漫耶。"她说。

"对啊，"慧利同意道，向往地看了情侣的方向一眼，"真的很浪漫。"

我也偷偷看了一眼，那画面简直是最完美的电影场景。情侣双方都穿得相当随性，身着柔软的休闲裤和 T 恤。我知道女生藏在香奈儿墨镜后方的脸上没有任何化妆品，但就算是素颜，她的皮肤看起来也是完美无瑕。我内心暗自赞叹。她身上散发出一种名人才会有的，轻松自在却又高尚不已的氛围。

我惊恐地发现自己正明目张胆地瞪着她的脸看，所以我便立刻转开视线，但她其实没有注意到我——或许是因为她正忙着跟坐在她对面的男人争执。哎呀，也许这画面并没有我们想象得这么浪漫。

"我们就不能好好吃一顿饭吗？你非得要每次吃饭都聊这个？"她说，声音里充满了怒气，尽管她现在是以耳语的音量在说话。

"因为你从来不跟我谈啊。我们什么时候才有机会真正谈一次我们的未来？"男孩追问道。他穿着一件铁灰色 T 恤，剃着平头，这发型在别的男生身上或许会显得有点凶悍，却不知怎的使他看起来温柔了一些。或者说，让他的后脑勺看起来柔和了些，因为从我坐的位置看，那是我唯一可见的部分。

他们的声音扬了起来，而朱玄和慧利担心地蹙起眉，往他们的方向看去。突然，朱玄倒抽一口气，用手遮住嘴。她转回来看着我们，把自己的声音压低。

"动作别太明显，但看看那女孩的指甲。看到那个海螺纹和法式顶端的设计了吗？那是珊米的设计。"

慧利和我眨眨眼，回望着她，朱玄叹了口气："你们在开玩笑吗？珊米耶。全首尔最红的美甲师啊！她采用预约制，只有最大咖的明星才能约到她做指甲！我到哪都认得出她的风格。"

慧利探出头去，想要好好看看她的指甲，朱玄便戳了一下她的肋骨："叫你不要那么明显啦！"

随着情侣的声音逐渐升高，我小心翼翼地回头看了他们一眼。

"现在是谈这件事的最佳时机,"男生坚持道,"已经七年了。你的合约快跑完,谈判的时间很快就要来了。你不用继续这样过下去——长工时、大量消耗体力,还有没完没了的压力。现在你终于有机会提出你想要的东西了。你'值得'的东西。拜托!他们根本是压榨你。这有什么好犹豫的?"

"你知道我们的合约不是这样运作的。再说,流行歌坛是我唯一知道的东西。若我提出这种要求,我不知道我要冒什么风险。再说,我也不能只考虑我自己!粉丝怎么办?我不能让他们失望啊。"

我的耳朵竖了起来。流行歌坛?

"所以你宁可让自己失望,也要满足粉丝?"男生摇着头。

"你不要说得那么简单,"她激动地回应道,"我不能就这样离开 Electric Flower,好像完全不当一回事。你怎么能要我这么做?我以为你应该是最理解我的人。"

Electric Flower?突然间,我脑中灵光一闪。

哇。是姜吉娜,Electric Flower 的主唱。难怪她能看起来像是轻松自在的名人——因为她就是啊!我立刻把注意力转向男生。他的声音听起来很耳熟,但我说不出他的名字。有那么一瞬间,我以为他是她的经纪人,但我看着他朝她伸出的手,还有他们手指交缠的模样。等等……他是她男朋友吗?我皱起眉头。

姜吉娜有男朋友?

我回想着几个月前,我和利娅一起看的 Electric Flower 采访。作为禁恋令的一部分,DB 给了我们很多的官方说辞:忙到没时间约会;在我们能把人生交给我们的丈夫之前,不考虑结婚——而我们所有人,练习生和明星们都一样,姜吉娜也配合公司演出。我闭上眼睛，试着在脑中忆起她的回答。

"你有觉得自己错过了什么吗？"主持人问。

"完全不会啊。"我很确定当时吉娜是这么说的。"我觉得单身很棒！我只需要 Electric Flower 的姐妹们就好了。有她们在身边，我怎么会孤单呢？"

吉娜把餐巾纸扔在已经吃完的盘子里，将椅子向后推："走吧，我们到外面去。我需要一点新鲜空气。"平头男说他要去付账，然后便站起身，往餐厅入口的柜台走去。

吉娜坐在那里看着他的背影，接着站了起来。当她经过我们的桌子旁时，她低头瞥了一眼，便瞪大眼睛。她停下脚步，对我翘起下巴。

"嘿。你是金瑞秋，对吧？"

慧利目瞪口呆地看着她。一片白菜从朱玄的叉子上掉了下来。

"呃……对，是我。哈喽。"我咽了一口口水，强迫自己微笑。

她也咧开嘴，把太阳眼镜抬了起来，眨眨眼睛："我是姜吉娜。"

当然。

"我看过你的那支视频。很聪明，"她大笑，一手覆盖住我放在桌上的手，"真希望我能亲眼看见那些高层的表情。"

我的肩膀放松下来，脸上的微笑变得由衷："他们的表情超经典的，但也很可怕。请告诉我这么多年来，你是怎么在 DB 生存下来的？"

吉娜转过来面对我们，脸上的笑容立刻退去。她倾身，压低声音，直直看着我的双眼："你想要听我的意见吗？"

我靠近她，也注意到朱玄和慧利下意识地一起靠向了吉娜。

吉娜的视线瞥向逐渐远去的平头男的身影。

"永远不要交男友。"

我愣愣地看着她。"我无法不想李杰森"这件事，在我脸上有这么明显吗？

"你是指什么？"我问。

"相信我。你不能同时当一个偶像歌手，又谈恋爱。交男朋友不只是很难而已；对我们来说也很危险。朱先生把卢先生掌握于股掌之间，而他们永远不会花钱在一个不完美的女性明星上。我们得单身又完美。"

朱先生？美娜的爸爸？这和他有什么关系？

在我来得及问更多之前，平头男便朝我们桌边走来，一手搭在吉娜的肩膀上："来吧，亲爱的。你的飞机快要飞了。"

她对他笑了笑："来了。"吉娜阴郁地对我点点头，然后戴回太阳眼镜，跟他一起走出餐厅。

在他们离开之后，我看向朱玄和慧利的脸。她们看起来头晕目眩，好像坐在太阳下一整天了一样。慧利转向我们，咧开嘴："不敢相信我们刚才在跟姜吉娜说话！"

朱玄吐出一口气，大笑起来："姜吉娜？我才不敢相信我们居然看到了宋奎旻！"

"宋奎旻？"我不可置信地说，"'Ten Stars'的主唱宋奎旻？据传最近好像要去美国跟阿里安娜·格兰德合唱的宋奎旻？你在说什么？"

"瑞秋，"朱玄摇着头，"你没看到跟吉娜走在一起的那个男的吗？"

那天稍晚，我还是没有完全从意外的邂逅中恢复过来。太阳下山时，我的同学们都在饭店前的沙滩上打着排球，他们的笑声在沙地上回荡。我坐在距离他们不远处的一张条纹长椅上，一眼看着慧利和大镐踏浪，一眼看着自己的手机。

杰森：我还在等吃橘子的文字转播耶……

我：我吃太快了啦。对不起！我只有吃一个而已。好吧，大概有三个。好啦，四个，我吃了四个。

杰森：哇喔，我可能要把你的昵称从狼人女孩改成橘子怪了。

我停下打字的动作，想着吉娜说的话。流行歌手谈恋爱真的有这么危险吗？她把交男朋友这件事形容得好像某部巨石强森的电影……再说，她如果现在正在这里和她男朋友度假，那男朋友到底是能多危险？而且她男友也同样是个国际巨星耶？呃啊。我觉得头昏脑涨，不知道要怎么看待这些事才对。

我的手机震动了一下，让我差点跳了起来，打断了我的思绪。

杰森：哈喽？橘子怪，你还在吗？

我：还在啦，只是在想事情。最近事有点多，真的超忙的。

杰森：嗯。知道你现在最需要什么吗？自我疗愈日。

我：自我疗愈日？

杰森：对啊！就是给自己放个假，不要思考你现在正在思考的那些事。拜托，你是美国人耶！这是美国现在最热门的东西吧。

我笑了出来。

我：这好像是我现在最需要的假日。

他的消息隔了一小段时间才跳出来。

杰森：那就放假吧。我们一起。

等等……他也想要放个自我疗愈假？和我一起？

他接着丢出一张莱恩跟桃子在草地上无忧无虑打滚的表情。我咬了咬嘴唇。我知道我该拒绝的。我已经和他传消息传过头了。现在吉娜的话不断在我脑海里打转。不只是很难而已，对我们来说也很危险。我准备回复他"不了，谢谢"，但他接着又发了另一则消息过来。

杰森：而且，如果没有利娅，这样就不疗愈了。

我顿了顿。他想要邀请利娅？如果她发现我拒绝了让她和杰森相处一整天的机会，她永远不会原谅我的。我回想着粉丝见面会那天，利娅是多么急切地希望有人能陪她一起去。还有以往其他时候，她希望我能陪她，我却因为需要睡觉或练习而拒她于门外。而现在我终于能给她一样东西了，这是我的培训唯一能够给她的礼物。再说，如果她在的话，我也不需要担心我和杰森之间会有什么了。我是为了她去的，不是为了他。我不断对自己重复这句话，直到我真的开始相信之后，我便很快地打了一个"好"字，并在我来得及改变心意之前就传了出去。

"欸，爆红小姐！"朱玄在我身边一屁股坐下，递给我一个插着吸管的椰子。"这个校外教学不会持续一辈子的，好吗？过来跟我们玩啦。"

她把手机从我手中抽走，我则大笑了起来，让她把我拉起。我喝了一大口椰子水，跟着她走上沙滩。她说得对。我人生的这部分不会持续一辈子的，而我要在还有机会的时候和我的朋友好好享受济州岛的海浪。

第十三章——

我突然有股冲动，很想给他一个拥抱，但我阻止了自己。

"姐，抓住我！现在好晃啊！"

"利娅，我们都还没离开停机坪耶……"

"噢，对啦，是我在晃啦。"利娅终于停下在我一旁的座位上蹦蹦跳跳的动作。我们身下的座椅有着蓬松的米色坐垫，她的眼神则四处游走，贪婪地将这架私人飞机上的一切尽收眼底。今天是我们和杰森一起的自我疗愈日。他打死不肯告诉我们今天要做什么，只是让一名司机在早上八点来接我们，然后下一刻，我们就置身在这架飞机上，还有空服员把我们服侍得服服帖帖的，不断拿出一瓶瓶的气泡水、柔软的毛毯，还有堆满新鲜水果与芝士的冷盘。

"这是我人生中最酷的一天了，没有之一。"在飞机起飞后，利娅一边往嘴里丢了一颗葡萄，一边说道。

我大笑着，却觉得肠胃一阵紧缩。我现在当然觉得自己很幸运（更别提虚荣心了），但我们在空中飞得越久，我就越紧张。和杰森相处一整天。过去这几天，我一直在说服自己，这没什么大不了的、我只是陪利娅同行而已，但我在骗谁啊？我的内心很清楚那是另外一回事。

几小时后，机长的声音从对讲机里传来："各位尊贵的乘客，您好。我们再有二十分钟就要准备降落了。"利娅看向我，兴奋地尖叫出声，机长则继续说下去。

"外面的天气是百分之百的晴天。谢谢您的搭乘，欢迎光临东京。"

呃，他刚刚说的是……东京吗？

我们一下飞机就看见杰森在等我们，一如往常的帅气，戴着太阳眼镜，穿着一件黑色 T 恤。利娅迈开脚步朝他奔去，张开双臂用力抱住他："杰森！我一定是在做梦！"她喊道。他大笑着回抱她。

我慢慢走了过去，脸上挂着小心翼翼的微笑："这里真的是东京吗？"

他咧开嘴，打开车门："你自己看看吧。快上车。"

我们爬上车，司机便轻车熟路地带着我们离开了机场，驶上高速公路。利娅摇下车窗，把头探出车外。我们快速穿越一栋栋挂着霓虹招牌的高耸建筑，还有安静住宅区里那些极简风格的方块建筑。我真的不敢相信，我现在在东京耶。

我拿出手机，想要发消息给明里，告诉她我现在在哪里，但杰森一把从我指尖把手机抢走："欸，欸，自我疗愈日不能用手机。今天的目标是放松。"

我有点罪恶感，但还是让他把我的手机收了起来。在上次的正装彩排之后，培训和济州的校外教学占去了我大部分的时间，我还是没有机会和她好好聊聊，但我决定要在内心记录我所见的一切，这样当我们终于有时间坐下来大聊特聊的时候，我就可以通通告诉她。

杰森像只兴奋的小狗般对着我微笑，我便不由自主地回应了他的笑容："好吧，自我疗愈大师。今天的行程是什么？"

"还能有什么？当然是先吃午餐啊！"

车子停了下来。杰森率先下车，为我和利娅拉开车门："你们以前来过日本吗？"

我们摇摇头，他便咧嘴笑开："嗯，那你们运气真好。欢迎来到原宿！"

我一句话也说不出来。这里的一切都带着炫目的色彩，包括路边光彩夺目的招牌，以及路人手上拿着的彩虹棉花糖，还有那些穿着！我突然觉得自己的黄色洋装非常简陋。这里的人们穿着粉红色的蛋糕裙、复古膝上袜，或是身上别满珐琅别针。我欣赏着一个女孩的浅紫色头发和金属色运动外套，以及她可口可乐造型的侧背包。

我得承认，我爱死这里了。

杰森牵起利娅的手，把她拉进一间餐厅，我则跟在他们身后。一进到室内，我就觉得我们好像踏进了一盒彩色笔之中。一名女服务生戴着又长又闪亮的假睫毛，头上顶着浅绿色的假发，以开朗的笑容和张开的手臂招呼着我们："欢迎光临可爱怪物咖啡馆！"她领着我们进入一间有着糖果色吊灯和粉黄相间壁纸的房间。我们四周摆着许多巨大的塑胶马卡龙装饰，还有蓝色和紫色的毛茸茸台灯。

利娅握住我的手："姐，我觉得我们好像在天堂喔。"

　　我们滑着触控屏幕上的菜单，然后点了一大堆食物：彩虹意大利面、巧克力炸鸡、彩色蘸酱三明治、撒满可食用亮片的饮料，还有一大杯冰激凌圣代，上面摆着一大块彩色蛋糕卷，还有一个倒过来的冰激凌甜筒。我瞥向杰森，一面大笑着，一面继续点着食物，但我觉得他随时都有发疯的可能。

　　"我觉得我好像在吃独角兽，"利娅一边说，一边把每样食物都挖了一口，"我该有罪恶感吗？"

　　"别担心。这里的东西感觉比较像是独角兽下厨做的，而不是它们的肉做的。"杰森向她保证道。我微笑地看着他们两个，很意外他对她这么好。不是很多男生愿意把一整天的时间都花在一个十三岁的女孩身上。

　　我身边的利娅已经吃完了一个三明治，正在进攻第二个。"吃慢一点啦，"我推了推她，"小心肚子痛喔。"

　　她听话地放下三明治，转而拿起几根粉红色的薯条。

　　初次造访原宿，我的兴奋之情让我完全忘记了紧张。但现在坐在这里，杰森的手肘距离我只有几寸远，我的整个身体便开始坐立难安——就像你的脚麻了之后开始恢复知觉时，那种刺痒的感觉。或是当你在做一些你知道不该做，但又无法阻止自己时的感觉。

　　"所以，你觉得这里怎么样？"杰森问。我没有马上回答，他便佯装受伤的模样："别告诉我纽约也有这间咖啡厅。我很努力要找个特别的地方耶。"

　　我用开玩笑来掩饰自己颤抖的声音："喔，对啊。我以前每周末都去耶。我基本上是吃彩色淀粉长大的。"

"你知道这代表你是什么吗?"他靠了过来,像是在密谋什么东西般压低声音。

"半人半独角兽吗?"我低声回答。

"其实我本来想说的是小精灵啦。"

我笑了出来,紧张的情绪慢慢淡去。也许是我担心过头了。也许 DB 的确是掌握了我大部分的人生,但和杰森一起看着我妹大唥看起来像独角兽大便的食物,就连他们都不能说这算是约会吧。今天只是和杰森一起放松出去玩的日子。我喜欢这个人的陪伴。这个人吃起亮片通心粉的样子看起来真的很可爱……

醒醒啊,瑞秋。

"我们接下来要去哪里啊?"午餐过后,杰森带着我们走过繁忙的街道,利娅这么问道。

"玩过马里奥赛车吗?"杰森问。

利娅和我对看一眼。"玩过几次吧,"我说,"怎么了? 我们现在要去电动游乐场吗?"

十五分钟之后,我们穿戴着装备,准备驾驶卡丁车,在城市里进行真实版的马里奥赛车之旅。杰森还准备好了造型帽子:恐龙耀西的头、蘑菇帽,还有戴着皇冠的蜜桃公主假发。

"公主殿下。"他边说边把假发戴在利娅头上,然后对她低下头。她咯咯笑着,跑到一旁去研究卡丁车。我把耀西的帽子从他手中抢走。

"嘿!"杰森喊道,伸手想要抢回来。

"对不起,但那个蘑菇造型真的不适合我。"我说。

他叹了口气，把蘑菇帽戴在头上。"喔，所以我就适合喽？"他瞥了一眼自己在旁边窗户里的倒影。"其实呢……我看起来很不错嘛。"他说，一边左右转着头，调整帽子的位置。

"就算头顶上顶着一只塑胶蟾蜍，你也还是有办法这么自恋喔。"我取笑道，一边拍了一下他的头。杰森跑向自己的卡丁车："看看金家姐妹有没有办法追上我喽！"他边说边重重踩下油门。

利娅和我手忙脚乱地爬进我们的车里，我让利娅坐在我的前座，帮她系上安全带。就在我准备驱车追赶杰森时，利娅揉着肚子，转过头来看着我，表情痛苦不已："姐，我不太舒服。"

"真的吗？"我解开自己的安全带，倾身向前关心道，担心地皱起眉，"我们要不要停下来，去——"

但在我把建议说完之前，利娅的脸颊就鼓了起来，然后——我的天啊，我知道那个表情——她便将一大坨彩虹色的呕吐物，一股脑地喷在我的裙子上。

她的脸色变得非常苍白，透着一点青色，我立刻把她拉出车子，来到人行道上，无视那些粘在我皮肤上，几乎还没消化的通心粉和薯条残渣。几个路人同情地看了我们一眼，而我想象着他们看见的画面：一个戴着耀西帽的女孩，拿着一顶金色假发，蹲在东京大街上，身上全是呕吐物。真是经典啊。

"你们还好吗？"杰森的车在我们身边停下来，"我发现你们没有跟上来，所以我就回来了！"他的眼神从我的裙子来到利娅身上，评估着整个场面。有那么一秒钟，我不知道他会不会提起我吐得一塌糊涂的事，但他只是摘下帽子，一手揽住利娅，轻轻拍着她的背。

"我没事。"利娅声音沙哑地说道。她的双手贴在脸上,靠近我,用只有我听得见的声音说话。

"我真的在杰森面前吐了吗?"她惊恐地隔着手指低语。

"别担心,"我对她眨眨眼,"你不是第一个。"

"来吧,利娅。"杰森边说边用双手温柔地帮助她站起来。这大概是今天的第一千次,我的心脏再度跳到喉头。杰森转向我,露出微笑,然后低头看向利娅,他的眼神中带着无比的关怀与保护,那是我一直以为只存在于某种韩剧宇宙中的表情。"我让他们在飞机上准备了巨石强森最新的电影,我们回程的时候可以看喔。"

我大概需要另一个自我疗愈日,好让我能从自我疗愈日的经历中恢复过来。

一小时之后,我们再度回到飞机上,我们俩身上穿着路边买来的劣质米老鼠睡衣。利娅裹着毛茸茸的毯子,喝着姜茶,用飞机上的蓝光播放器看着巨石强森打遍曼哈顿市区。

不久之后,利娅拿下耳机,转过来看着我们。她顿了顿,手指缠绕着耳机的电线,看起来有点难为情。"卡丁车的事情对不起啦,杰森。还让你看见我吐,更对不起。"

他给了她一个温暖的微笑,拨了拨她的头发:"别担心啦,不然要哥哥干什么呢?"利娅的脸绽出开心的笑容,然后缩进毛毯里。我拿起面前的蓝光播放器,开始滑起里头的电视频单。

"喔,《魔女宅急便》!"我说,"我以前超爱吉卜力的动画。在纽约时,我和我最好的朋友都会一起边看动画边吃巧克力蝴蝶饼。"我微笑地回想起当时的场景。

杰森咧开嘴:"我朋友和我也都超喜欢吉卜力的。我们以前还会吵哪一部比较优秀——《千与千寻》或是《哈尔的移动城堡》。"

"绝对是《哈尔》啊。"我笑着回答。

"没错,"他同意道,"卡西法最棒了。"

我试着想象杰森变成韩国巨星之前的样子,那个还会在卧室里翻唱歌曲上传到 YouTube,和朋友在周五晚上看电影的男孩。

"你希望能回到过去吗?"我问。

他偏了偏头,扬起眉毛:"就某方面来说,会。我是说,我是在多伦多出生的。不管我在韩国住了多久,我心中还是有某个部分,觉得自己不完全属于这里,你懂吗?我不是个韩国人,我是韩裔加拿大人。"他顿了顿,看着我,好像在犹豫自己要不要继续说下去。我轻轻笑了一下。"还有,你知道,身为半个白人,这又是另外一回事了。"我理解地点点头。他继续说下去,语速很快,好像这些念头已经在他脑子里存在了很久,而他必须要找个出口宣泄。"我觉得我一直都是横跨在两个世界中。白得不像亚洲人,但是又亚洲得不像白人。我好像一直都在蒙混这两边的人,不断在说服他们我属于他们,但事实上,我又不知道我该在哪里立足。"他笑了笑,一手抚过自己的后脑勺:"抱歉,我说的话有逻辑吗?"

"完全合理,"我说,"我没有白人血统,但我身为韩裔美国人,也有同样的感觉。有时候觉得韩国不会真正接纳我,因为我是从美国来的;但另一方面,美国也不接纳我是美国人,因为我是韩国血统。这感觉很奇怪,好像我被卡在中间一样。"

　　我好像从来没有把这些想法说出口过。一开始我觉得有点尴尬，但杰森看着我，缓缓点着头，像是他懂我在说什么。而他也有一样的感觉。

　　"我不后悔，"他说，"来韩国发展演艺事业什么的。"他顿了顿，然后对我咧开嘴："但我的确希望我至少有一次机会去参加夏令营。"

　　"我的话，我是希望能公路旅行。"我说。

　　"还有夏天晚上去露天电影院看电影。"

　　"看球赛。"

　　"或是和朋友一起去购物中心打工。"

　　"还有高中毕业舞会。"

　　他大笑起来："对！还有舞会！为什么韩国人都不办高中舞会啊？"

　　"对啊，我也觉得！在美国，所有人都会使尽浑身解数。你手机借我一下。"

　　他照做了。我在 Instagram 上搜寻舞会邀约的标签，然后滑给他看。利娅超爱看这些照片和视频，我们好几次在晚上看着人们邀请喜欢的人去舞会的视频，像是用快闪舞蹈、在别人的置物柜里塞满气球，或是故意设计解谜寻宝之类的。

　　"这个是我最爱的。"我给他看了一张照片，上面是用甜甜圈做成"舞会"一词的字母，然后排在一起。光是看着那张照片，就让我觉得心情愉快。"超经典。大家都会期待甜甜圈盒子里装的是普通的甜甜圈吧？我超吃这套的。"

　　"真的假的？"杰森大笑起来，皱起鼻子，"所有浮夸的浪漫邀约之中，你偏偏就喜欢甜甜圈这招？"

"干吗？它就是因为简单所以才显得真诚啊！而且，如果对方拒绝了，还有一整盒甜甜圈可以安慰自己。"

他咧开嘴，摇摇头："我妈一定超爱出点子的。她大概还会聘一个婚礼秘书来帮我设计邀约桥段，然后自己到现场来录影吧。她就是这么浮夸。"

听见他这么说，我的心脏揪了一下。大家都知道，杰森的妈妈在他十二岁的时候就过世了。我看向利娅，她正在我旁边的座位上沉睡着，轻声打着鼾，我则把头发从她脸庞上拨开。十二岁，那几乎和现在的她同个年纪。我不能想象利娅如果现在失去妈妈，会是什么状况——更别提这个消息还在全世界宣扬。我突然有股冲动，很想给他一个拥抱，但我阻止了自己。

"她现在一定会以你为傲，我知道的。"我说。

他顿了顿，转向我，脸上挂着忧伤的微笑："你知道吗？我觉得我妈应该会非常喜欢你。"他说。他的话让我错愕了一下，我眨眨眼睛，试图找出正确的字眼回应。

"为什么这么说呢？"这一刻的气氛似乎有些脆弱，但很温柔，和前几秒的感觉完全不同。我在脑海中寻找着可说的话——任何话都好——来转移话题，不要对杰森表现得太认真、太脆弱。但我什么也找不到。我只是屏住呼吸，不想要打破我们中间的这股氛围。

他思索了一下："记得那天在练习室里，我说很期待和你一起唱歌吗？我当时问你想不想知道原因？"

我点点头，却一个字也说不出口。我的心跳快得无法解释，而我不想说出任何会让明天的自己后悔的话。

"我觉得当我和你在一起的时候，我可以只做自己，"他看着我，然后在我意识到之前，他就握住了我的手，"不管是唱歌的时候，或只是像现在这样说话的时候。"我感受到他手掌的温度扩散到我全身。他的大拇指轻柔地抚过我的指节，"我不需要在你面前装模作样……在你身边我就是感到很开心。"

此时此刻，我的心已经跳得太快，我的思考追不上了。杰森说的话深深刻在我的脑海里：我不需要在你面前装模作样。我心头一惊，发现这对我来说也是事实。我在身边的所有人面前总是有某种形象要维持——双胞胎、利娅、俞真姐、我的父母，还有DB 的高层。我总是要当那个完美的瑞秋、乖宝宝瑞秋、天赋异禀的瑞秋，或是大姐，或是乖女儿。但是在杰森面前，这是我这几个月来第一次意识到，我只是我自己。金瑞秋。而这样的感觉真的很好。

我想要把这一切都告诉杰森，但有一股力量阻止了我。说出这些话，我觉得好像就没有回头的机会了。那是一条不归路，会将我过去这六年所努力的一切都推入危险之中。我在 DB 的人生也许不那么完美（尤其是现在），但那是我的人生，我家人的人生。而我不能冒这个风险，那是他们牺牲了这么多之后换来的。那是我自己想要的一切。我还不能冒险。

"你妈也许会喜欢我，但你爸呢？"我故作轻松地回答，将气氛又带回开玩笑的范畴里，"我希望我的形象可以一口气收买你全家人啊。"

他笑了起来，但一丝紧绷的表情短暂地划过了他的脸庞："他就比较没有那么好摆平了，但如果有人做得到的话，那一定会是你。"他的面孔再度温柔起来。"瑞秋，我想要跟你说一件事。我想——"他顿了顿，摇摇头，然后拉了拉衬衫的领子，"我在想……我是说，你是——"

利娅突然醒了过来，打着哈欠，伸了个懒腰，手臂跨过我的身体："姐，我们到了吗？"

"还没呢。"我很感激她的打岔。不管杰森想要问我什么，我知道我现在都还不能回答。"继续睡吧。"

她再度进入梦乡，而我瞥了杰森一眼，露出微笑："我们也睡一下好了，今天好累。"

"也是，"他浅浅一笑，"嗯，好好睡吧。"

我可以在他眼中看见失望之情，还有一些我说不清的情绪。我将身体背向杰森，心中有点希望他会抓住我的手，把利娅醒来之前的问题问完——但他没有。在接下来的旅途中，他一句话都没有说。

第
十
四
章
—

过去这六年来，
成为一名歌手，是我唯一的梦想，
是我唯一的希望！

叮！

我的手机收到一条利娅发来的消息：祝好运！后面还跟了一串角色挥舞着旗帜的表情包。

我咧开嘴，拍了一张我坐在后台化妆间里的自拍，我的头发因定型喷雾而光滑闪亮。更衣室里挤满了造型师、服装师，还有教练，来回奔忙着，为 DB 的夏季快闪演唱会做准备。这次连 Electric Flower 都在演出名单上。美娜、杰森和我也会在这场演唱会上，录制我们单曲的现场演出视频。挤满人的更衣室很热，但我却全身起了鸡皮疙瘩。当俞真跟我说我们会拍音乐视频时，我不知道那会是现场录影的。这代表如果我搞砸了，这支视频就会在网络上流传一辈子。没有喊卡重来，也没有补救的机会。我咽了一口口水。不，我不会搞砸的。我不会让自己搞砸的。

但有一点祝福还是好的。

"快好了，"发型师对着镜中的我微笑，一边把我的花环头饰别好，"很紧张吗？"

"不会啦，"我笑了起来，"嗯，也许有一点点？"

她鼓励地笑了笑。"你的表现一定会很棒的。毕竟你要跟李杰森合唱呢！你超幸运的。"

我又咽了一口口水。"呃，是啦。对了。你有办法把这个加到我的头发上吗？"我把一条闪亮的红色布发圈从手腕上退了下来，举到发型师面前，"这算是我的幸运符吧。"

我觉得自己提出的要求很愚蠢，但是发型师笑了起来，觉得很有趣似的说："我想应该可以把它变成造型的一部分。"

上星期，朱玄和慧利找我去明洞时，送了这个发圈给我。我们当时正走过忙碌的街道，夹在成千上万的店家和路边摊之间。朱玄的任务是为她的频道找一个完美的发饰，好让她的关注量超过三百万。

"我还是不敢相信杰森用私人飞机带你和利娅去东京玩，"朱玄边说边摇着头，"这把妹招数真的很神。"

"那不是把妹，"我的脸一红，"我们是去自我疗愈的。"

"你打算要跟他暧昧到什么时候？"慧利问道，一边吃着一支绿白相间，和她手臂差不多长的冰激凌甜筒，"你跟他之间超有火花，这没什么好否认的。"

"并没有好吗？"我坚持道，但就连我自己都知道，我说的不是全然的实话。自我们从东京回来后，我就无法不去想杰森了。我在园艺课又剪坏了四棵小树，而每一堂体育课，朱玄都自愿当我的双打队友，意味着我只需要站在那里，而她负责满场跑，打中对手挥来的每一颗球。我整个人心不在焉。但说实话，就算我在想着杰森，我真正想到的人也不是他。

而是姜吉娜。

更准确地说，我想的是她在济州岛时和我说的每一句话。交男朋友不只是很困难而已；对我们来说，也很危险。从来没有人能证明，崔苏西真的是因为交了男友才被踢出去。（事实上，上星期，一名妈妈在 DB 招生中心上班的新练习生说，苏西会被淘汰，是因为割双眼皮的手术失败了。）还有宋奎旻。我是说，吉娜和他当时可是手牵着手耶。而且在大庭广众之下！所以交男友究竟"危险"到什么程度？我不是不相信她。应该说，我是相信的。我只是……不知道作何感想。就算我知道了，我也还是不知道该怎么看待杰森。而就算我知道怎么看待杰森了，我也还是不知道要怎么办。一个对利娅这么好，又觉得在我身边很自在的可爱男孩，究竟会有多"危险"？但话又说回来，我怎么能把我的整个职业生涯——我想要成为流行歌手的整个未来——赌在一个男生身上？

简单来说，一切就是一团混乱。

"我现在根本不应该想这个，"我边说边对着双胞胎挥舞着双手，"这周末就要拍我的单曲视频了耶，我快紧张死了。你知道会有多少台摄影机同时对着我吗？"

朱玄顿了顿，从我们正在逛的一间饰品店架子上，拿下一个闪亮的布发圈。"来，这是我们送你的幸运符。"

她把发圈戴到我手上，慧利则掏出自己的钱包。她一边结账一边对我眨眨眼。"我们最好看到你戴上台喔！"

我看着现在在我头发上的发圈。它其实和我造型的其他部分还挺搭的。它和我的口红颜色完美配合，并为我的格纹长裤和黑色短版上衣增添了一抹色彩。我现在是流行歌坛界的红心皇后。

我拍了另一张自拍，刻意歪着头露出我的发圈，然后传给双胞胎。接着我也把这张照片传给明里，消息里写道：准备上台啦！赵家姐妹送的小礼物。你觉得如何？

公司要求所有的练习生都要来演唱会的现场，但我还没有看到明里。事实上，从东京回来之后，我到现在都还没有见到她过。这么多天没有和她说到话的感觉好怪——她不知道我上个星期第一次去日本的感觉更怪。

我看着手机，上面显示了已读，但是明里并没有回应。我叹了口气，咬着下嘴唇。也许她是在生气我最近都没有时间陪她，我要想办法弥补才行。

"瑞秋，这是给你的。"韩先生出现在我身边，拿着一个粉红色、绑着闪亮缎带的纸盒。他心知肚明地微笑着。"有人特别送到更衣室来的喔。"

给我的？

我接过盒子，小心翼翼地拉开缎带，打开盖子。里面躺着一排淋满浅粉红糖霜的英文字母甜甜圈，排出了"祝好运"的字样，最后面则是一颗爱心形状的甜甜圈。

我忍不住笑了一声。是杰森。这是我提过的舞会邀请招数，真不敢相信他居然还记得。

"谁送的？"

美娜看了过来，我立刻把盒子抱得更紧一点。

"我也不知道。"我说谎。

她怀疑地眯起眼睛。几名教练和高层也质疑地看着我。我们的舞蹈训练师在玹扬起眉毛说："真是可爱。"他走了过来，瞥了一眼我的盒子："那是一颗……爱心吗？"

过去这几周，姜吉娜的话一直在我脑子里盘旋，现在更是跳了出来。尽管我脑中有许多冲突的想法，我现在感到更多的却是紧张。我正要准备上台和杰森合唱。我就要和韩国最出名的歌手合拍音乐视频了。我现在不能给任何教练——或任何公司里的人——机会来质疑我。不能在我离目标这么近的时候。我的鸡皮疙瘩渐渐退去，被自脸庞蔓延到全身的泛红所代替。

糟了、糟了、糟了。我要说什么？

"是我送的。"一个声音说道。我转过头，看见明里走进更衣室里，脸上带着轻松的微笑。"这是给我最好的朋友的祝福。"

高层和教练们松了一口气，笑容再度灿烂起来，怀疑的表情也从他们的脸上淡去。美娜耸耸肩，转开头。我感激地看着明里，朝她奔去，一把抱住她。

"明里，看到你太好了！我好想你！"

"真的，好久不见了。"她紧紧抱住我，然后向后退开一步，好奇地微笑着。她对着甜甜圈盒点点头，然后压低声音。"你说，这是谁送的呀？"她问。

我犹豫了一下，这问题让我有点措手不及。"呃，我也不确定。"我结巴地回答。

我还不想要公开谈杰森的事。至少在我能把心中纠结的情绪给解开之前，我不想谈，但最近只要想到他，我的感觉就变得越纠结。

"了解。"她说。我们之间的气氛有点尴尬。她的一条手臂垂在身侧，一只手抱着自己的手肘，转开视线。然后她再度看向我，口气又变得轻松。"盒子上有一张卡片，"她指着盒子说道，"也许里面有解答喔。"她的手指动了动，像是要伸手去拿，但我抢先一步抓住了卡片。当我打开时，手指有些颤抖。卡片里没有署名，只有一段短短的话：后台见。

他想见我。此时此刻。我的肚子一阵翻搅，而我知道我也想见他。

"抱歉，明里。我得……去看看利娅。"我说着，然后对她露出抱歉的微笑。她的微笑消失了，而我心中涌起一股罪恶感。我快速离开更衣室。我又多了一件要弥补她的事。

当我跑过后台时，Electric Flower 正在表演。我从幕布后面看见观众挥舞着荧光棒，利娅则在最前排，跟着高唱，用手机录着表演。我看见姜吉娜站在舞台中间，身穿一件金属光泽的蓝色连身裤，看起来完美无瑕。她在济州岛时说的话再度浮现在我脑海，但我强迫自己压下。

然后我就看见他了。是杰森。

他站在安排好的后台区域，看着表演。他身穿表演服，一条宽松的黑运动裤，搭上完美合身的浅灰色大学 T。在我接近时，他像是感应到我的出现般转过头来。他露出微笑，而他脸上带着我从来没见过的紧张神情。

"嗨。"我说。

"嗨，"他双手握拳，敲了敲自己的手，看着地面，然后再度抬头看着我，脸上挂着一个害羞的微笑，"你喜欢我的礼物吗？"

他的不安让我的心脏一阵狂跳。我的内心在尖叫：废话！但我只是点点头："嗯，我很喜欢。"

他的表情变得明亮："太好了。"他深吸一口气，然后向前走来，轻轻碰了碰我的手。我没有把手抽开，他的手指便勾住我的，将我俩的手掌贴在一起。"听着。如果你还没有准备好，我不会逼你谈这件事的，谈我们的事。只是在飞机上，我觉得……我觉得你好像知道我想说什么，只是你不希望我说。"

这一刻，伴随着他的碰触，我觉得一切担忧都逐渐消融。我好想要选择他。有那么一瞬间，这个选项感觉是可行的，我的千头万绪也像是就要疏解开来，但它们并没有让我的选择变得更简单，而是分头往不同的方向前进，可我不知道该选哪条路。我看向舞台的方向，看向姜吉娜和她的团体，看向观众席的利娅，然后回到杰森身上。过去这六年来，成为一名歌手，是我唯一的梦想，是我唯一的希望！

但是如果这不再是全部了呢？如果这些无穷无尽的培训和牺牲、爸爸眼下疲惫的眼袋、妈妈声音里紧绷的情绪，还有利娅的悲伤表情，一点都不值得呢？如果我希望我的人生不只有舞台和歌曲呢？我看着杰森，然后我知道答案了。"你说得对。当时我还没准备好，但我现在准备好了。"我的声音有点沙哑。他握了握我的手，眼神中带着毫不掩饰地期待。"我想要选择你看看。"

但是不能是这样。当 Electric Flower 开始唱起她们今年最红的那首单曲《星河》时，我从杰森身边退开。也许我准备冒险和杰森开始交往，但我可不打算公开这么做。"只是……不是在这里，不要在这些人面前。"

他向前踏了一步，缩短我们之间的距离。他离得我好近，我可以感觉到他的胸口随着不规则的呼吸起起伏伏。"你在害怕什么？"

突然间，一片巨大的黑色遮罩覆盖住整个体育馆，让一切陷入黑暗，像是黑夜来临般。随着 Electric Flower 舞台上的歌声，LED 灯制造的星光，在黑色幕布上绽开。观众倒抽一口气，赞叹地举起荧光棒，看着整个演唱会场被点点星光所包围。

杰森的视线自始至终都在我身上。除了落在他颧骨上的一点星光，我们沉浸在黑暗之中。他一手温柔地捧起我的脸，我则在靠向他时，让自己闭上眼睛。

他的嘴唇轻柔地贴上我。一阵暖流流经我的全身，他的手来到我的后颈，让我的腹部像是有一阵电流穿过，直达指尖。

如果我之前觉得能和他合唱就是奇迹了，现在这完全是另一个层次的感觉。

他的手滑到我的腰际，把我拉得更近，我的呼吸变得急促，张开双臂环住他的脖子。他的嘴唇微微张开，我也跟着张开嘴，吸入他的气息，刻在心里。枫糖和薄荷的味道。

当 Electric Flower 的表演结束时，我几乎没有听见观众席的尖叫与掌声。星光遮罩升了起来，阳光再度洒落在体育馆内。我从杰森身边退开，让光线填补我们之间的空间。他看起来似乎和我一样头晕目眩。

"我们等一下就要上场了。"我低声说。

"好。"他说，声音沙哑。

"你们两个在这里啊！"我们转过身，看见美娜大步朝我们走来，她的细跟鞋敲打着舞台地面，"快点，快点，我们先做准备吧。"

当我快速朝美娜走去时，嘴唇仍然微微发麻着。我把注意力放到表演上，但我的心神仍然在惦记着刚才那个吻。

接吻。要死，我和杰森接吻了。

主持人的声音在体育馆中炸响："接下来，我要介绍一个最新的组合所带来的新单曲《夏日热情》。让我们掌声欢迎李杰森、金瑞秋和朱美娜！"我可以听见最前排的利娅，和其他的观众们一起欢呼、鼓掌着。美娜大步走上台，沉浸在他们的崇拜之中，而就在我准备跟上的时候，一只手握住了我的手。我转过去一看，杰森正对着我微笑，用力握了握我的手指。我回握他，并在我们走上洒满阳光的舞台时，快速放开他。

在这一刻，我觉得我能面对无数台摄影机。

第
十
五
章
——

我来回徘徊，

如潮起潮落，如自由落体，又如鹰翱翔。

我是半满的玻璃杯，

被困在两个宇宙之间。

对大多数家庭而言，韩国的夏日意味着去汉江划船、在釜山的海云台海水浴场看烟火，还有在大佛诞辰时看灯会。但对我的家人来说，夏天只代表一件事：冷面。

四大碗冰凉的面条摆在餐桌上，上面撒着切成细丝的梨、小黄瓜、牛肉，还有半颗水煮蛋。但我的除外，我那碗没有小黄瓜。妈妈按铃招来服务生，为利娅点了额外的梨丝，就像往常一样。爸爸则从他的汤汁里捞出多余的碎冰，加进我的碗里，也像往常一样。那些冰会让他牙齿酸痛，但我就偏偏喜欢特别冰凉的。

"瑞秋，你最近看起来心情很好喔。"爸爸说，一边对着对桌的我露出微笑。

"不意外啊，她上星期的表演超棒的。"利娅说。她在碗里挤了一大堆的醋，然后一口气吸起面条。"那是整场演唱会的精华耶！而且我不是因为她是姐姐才这么说的。姐注定就是要在舞台上表演的。"

我咧开嘴："谢了，利娅。"

妈妈什么也没说，只是用剪刀剪着她碗里的面。事实上，自从美娜把我喝醉的视频传给她之后，她就几乎没有跟我说过话了。我想起演唱会结束后，利娅冲进家门，尖叫着说刚才的表演有多棒——我们完全没走音、没落拍、整个观众席的人都站着拍手打拍子。但是妈妈甚至连微笑都没有，也没有恭喜我。她只是看着我说："我想 DB 很快就要宣布家族巡回的事了吧。"

我用力咽了一口口水，吞下一点点蛋白。

就在此时，我的手机震动了一下，我在桌面下瞥了一眼屏幕。

欸，你累不累啊？因为你已经在我脑海里跑了一整天了。他的消息旁边还伴随着一个爱心爆炸的动态表情。

我哼了一声。我后来很不意外地发现，杰森堪称老套撩妹话术小王子。他一天至少会发三条这样的消息给我，但如果我说我不喜欢，那一定是骗人的。

爸爸扬起眉毛："没事吧，瑞秋？你笑得好像自己中了乐透一样。"

"没事啦。"我说。但他说得对，我笑得脸颊都有点痛了。我把手机收起来，试着专注在我的家人身上。我爸已经很久没有在晚餐时间回家和我们吃饭了。在训练馆加班以及夜间苦读之下，他的黑眼圈已经达到了熊猫的等级。从妈妈一边吃面一边皱着眉头看他的神情，我知道她也很担心他。好像怕他会吃着吃着就飘走一样。

但尽管他们都扛着疲惫和压力，还是一边听着利娅的话一边微笑着点头。她不知怎的开发出一个技能，就是一边说话一边滑手机，同时在 Instagram 上面点赞或是看她最喜欢的演艺圈八卦网站。这个技能真是厉害到有点讨人厌。

利娅絮絮叨叨地说着金灿宇在《甜蜜梦乡》中最新的失忆症进展，我的心思则来到前几天，我和杰森练习后在他租来的电影院里偷偷来了一场电影小约会。（在韩国文化中，要维持秘密关系其实挺容易的——大部分餐厅里都有私人电影包厢、私人 KTV 包厢，或是私人用餐的包厢。）我们可以随意选择想看什么电影，杰森考虑要看《釜山行》，但我一直都不是特别喜欢丧尸末日这种主题的电影，所以最后我说服他陪我看了《情到深处》。这是在我出生之前的老电影，是我妈妈的最爱，我们以前在纽约一起看的。我至少看过三十遍了。现在和杰森再看一次，就是第三十一次了——而且我还是很吃约翰·丘萨克拿着手提音响、站在约内·斯凯窗外的那一套。

"你会希望我也这样对你唱情歌吗？"杰森问道，我们并肩坐在沙发上，他的手臂环着我，弯下身来吻我的鼻尖。

"当然了，"我深沉地说道，试着展现出自己最严肃的表情，"但是你觉得我们办得到吗？我是说，拿着一台音响，站在那里一动也不动。那可不是件易事，那是高于流行舞蹈的另一个层次。"

他也用同样的表情厉声说："你质疑我唱情歌的能力吗？你真的很懂激将法，金瑞秋。走吧，我们现在就出发——我会在街上对你唱的。"

我大笑起来，以为他在开玩笑，但他已经站了起来，拉着我往门边走去。"杰森，等等！"我几乎大喊出声，"我们不能一起出去啦！不然你以为我干吗要坚持在这里偷偷见面啊？你知道 DB 的禁恋令有多严格！"

杰森敷衍地笑了笑。"那些规定没有强制力啦。他们只是说说来吓我们的，让我们乖乖听话而已，相信我，"他捏了捏我的肩膀。"我们不会有事的。"

我怀疑地扬起眉毛。一部分的我很想要相信他，也很想要把姜吉娜的警告抛诸脑后，但我过去六年在 DB 做了无数的媒体训练、舞蹈训练，还有数不尽的空气椅子。和杰森一起待在这里就已经很冒险了，我没办法再做更多。

"杰森，"我说，"我不确定你是住在哪个宇宙，但我真的不觉得 DB 是——"

"瑞秋，"杰森打断我，给了一个让我差点站不住脚的笑容，"我不想离开这里。为什么要走？我现在可是和你在这里独处耶。"他朝我走来，我们跌回皮沙发上，杰森的手指缠绕着我的头发，低下头吻着我……

"姐，哈喽？你有在听我说话吗？"

"啊？"我的意识回到冷面餐厅里，利娅正瞪大眼睛看着我，面孔惨白，好像她活见鬼了一般。"我说，你知道这件事吗？"她举起她的手机，"姜吉娜要退出 Electric Flower 了！"

我脸上的傻笑消失了："什么？"

我从利娅的手中接过手机，滑过她正在阅读的几篇文章。每一条标题都写着一样的东西：

姜吉娜和 Electric Flower 永别了。

姜吉娜离开 DB 娱乐。

女神吉娜的下一步是什么？

利娅把手机抢了回去，然后清了清喉咙："姐，你听这段。"她开始读起其中一篇文章："姜吉娜做了最艰困却也是最必要的决定。在她的七年合约结束后，将不再与传奇女团 Electric Flower 续约。这是在韩国娱乐圈中合法的契约最长的年份。据报道，她的其他团员们已经签下了新的三年约，但吉娜则决定要永远离开流行歌坛。

'那些奢华、服装和财富，'一名吉娜的好友这样表示，'这些对她的大脑已经造成了影响，而她发现自己得在太失控之前就先退出。她说，她已经不认识自己了。她已经成了流行歌坛的怪物。'"

"你能相信吗？"利娅说，一边放下手机，"少了姜吉娜，Electric Flower 会变成什么样子？"

我摇着头，无话可说。我回想着在济州岛和她的初次见面。她看起来不像个失控的大小姐。真要说的话，她看起来很内敛，只是一个普通的女孩，想要在度假的时候享受一杯美酒而已。但谁知道呢？也许那一瓶喝完之后，她又接着买了五十瓶啊。

但在利娅继续读着吉娜和 Electric Flower 的文章时，我只觉得嘴里有一股酸涩的感觉，而且不是因为冷面的缘故。

嗨，狼人女孩，如果我没记错，你现在应该开始自修的时间了。○或 × ？

我靠在置物柜上，咧开嘴，很快地回复他的消息。杰森几乎把我的课表背了下来，这样我们就可以在我下课的时候讲电话。这比去年学校在期末考周带小狗进来陪我们玩有用多了。

○。想要视频一下吗？

我其实想的是另一种见面啦。

我的手机又震动了一下，我期待收到另一条杰森的消息，却发现那是慧利发来的。

你可以到玫瑰园来一下吗？

玫瑰园？好啊。我回复道，有点担心自己会看到慧利在那里为大镐的事情大哭。

我跑过学校的露天学生休息区，越过足球场，然后来到校园边缘的小花园，在空无一人的园区中寻找慧利的身影。我的手机又震动了一下。这次是杰森。

转过来。

我旋过身，看见他站在攀满玫瑰花的拱门之下。他看见我，便把手机举到半空中，用双手横拿，像是在抓着一个音响。

我咧开嘴。"杰森，"我朝他走过去，"你在干吗？"

"对你唱情歌啊。"他说，然后点了一下手机上的播放键。《眼底情深》的音乐开始响起，然后在那一瞬间，他成了约翰·丘萨克，我则是约内·斯凯，而现在则是我人生中最美好的一刻。

他咧开嘴："我这样很梦幻吧？"

我笑了，心跳乱了几拍。但接着我听见了钟声响起，然后我才意识到杰森和我现在正站在完全公开的公共场合。任何人都可以看见我们的地方。我的脖子后方开始凝结起冷汗，我抓住杰森的手，拉着他躲到玫瑰花丛后方。

"杰森！这样太危险了。如果被人看到怎么办？"我用耳语尖叫，冷汗一路流到背脊。

"别担心啦！慧利在门口把风，跟大家说花园被人私人包场了。"他对我挤眉弄眼着。

我压抑住自己笑出来的冲动，翻了个白眼："好吧，但那不代表外面就没人啊，也不代表他们没办法从二楼或三楼的窗户看到我们。快点。"我边说边拉着他站起来："跟我来。"

我带着他进入学校，一边小心翼翼地打量着每个走廊的转角。一切安全，于是我便把他推进了音乐练习室。每天这个时候，这

222

间教室总是空的。

等到我确实关上门，也把对外窗的窗帘拉上之后，我才终于走向他张开的手臂，把脸贴在他的胸口，几乎要在他身上融化。这真的比视频好多了。

"不敢相信你在这里。"我说。

"嗯，我的确是从来没有上过高中。"他微笑着，帮我把一绺头发塞到耳后，然后看见教室角落的一把吉他。

"完美。我现在真的可以对你唱情歌了。"他边说边抓起吉他，把背带挂在肩上。"欢迎使用杰森点唱机。想听什么歌曲呢？"

我摇了摇头，笑了起来："喔，那就来一首《因你而写的情书》好了。"我作弄地点了 NEXT BOYZ 的经典出道曲。我坐在钢琴椅上，双腿交叠，期待地等着他把吉他的音调好。

他刷了几下和弦，然后唱了起来："写一封情书，宝贝，并用吻封缄。以你作为开头，以你作为结束，因为在我心上的人是你，喔喔……"

他一边哼唱着，一边做着夸张又愚蠢的表情，但他的歌声还是好得不可思议，尤其是只有吉他伴奏的时候。我几乎都忘了他会弹吉他。他以前在 YouTube 上面贴翻唱视频的时候，都是用吉他自弹自唱的，但现在他几乎只和 NEXT BOYZ 一起唱歌跳舞了，再也不碰吉他。他看起来完全不费吹灰之力，好像连想都不用想就能按出正确的和弦。

"杰森点唱机，下一首！"我说，"我想点甜蜜又经典的歌。"

他不着痕迹地转成下一首歌的和弦："我是你的梦想，我是你的愿望，我是你的童话，我是你的希望，我是你的爱恋，我是你想要的一切。"

我笑了起来。当然了，还有什么比"野人花园"乐队的歌更经典呢？

"应该没有比这首更赞的了。"我边笑边说道。

他的眼中闪过一丝光芒："好喔。不然试试这首？"

他慢了下来，刷出一首我以前从没听过的歌，但立刻就吸引了我的注意。

"我来回徘徊，如潮起潮落，如自由落体，又如鹰翱翔。我是半满的玻璃杯，被困在两个宇宙之间。"

音乐本身温和又沉稳，歌词则比他前面唱的这几首都更偏独立音乐一些。

"我是沙滩城堡的国王，或是海上迷失的男孩？我谁也不是，我什么都是，我只是一个普通的我。我就是海岸。"

他刷完最后一组和弦，我则吐出一口气。我觉得我好像刚从某种魔咒中解脱出来。"这首真的好美，是谁的歌？"我问。

他害羞地微笑起来，把吉他放回架上："其实呢，这首是我写的。哈哈。这是李杰森原创曲。"

我的下巴掉了下来："我不知道你会写歌。"话一出口，我就想起在光泽咖啡馆，我拿韩国流行歌手自己写歌的事来取笑他时，他脸上的表情。"我怎么会不知道？"

"这类的歌不是 DB 的风格，"他耸耸肩，好像云淡风轻，但他紧绷的微笑出卖了他真正的心情，"说实话，这才是我真正想要唱的歌。这种歌对我才有意义，反映了我在真实人生中的困境。像这首歌，就是在唱我在两种自我认同中的挣扎。"他顿了顿，瞥了我一眼："我不是不感激 NEXT BOYZ 或 DB，还有他们为我所做的一切。只是这是不一样的两回事，你知道吗？"

"杰森，你不用解释——"

但在我把话说完之前，门就被人飞速打开了。杰森和我跳了起来，看见赵家双胞胎冲了进来，喘着气，手中捏着她们的手机。

"看吧，我就说她会在这里。"慧利胜利地说，一边试着调整自己的呼吸。

"你们是怎么找到我的？"我错愕地问。

"嗯，你们不在玫瑰花园里了，所以我们就想说，你们这种歌手，一定是溜到这里来了。"慧利咧开嘴："还有，不客气喔。"她微微一鞠躬："杰森，我们帮你当打手，随时等待吩咐。"

杰森回了她一个微笑。

"好了，好了，现在那不是重点。"朱玄说，一边推开慧利。她把她的手机塞到我手中，脸上写满兴奋之情："DB 一小时前刚在网络上公开了《夏日热情》的视频，现在已经有两千万点击啦。大家爱死你们的歌了。"

要命。

我完全不知道视频的公开日是今天。而从杰森的表情来判断，他应该也不知道。我们围着朱玄的手机一起看着。杰森身上穿着那件大学 T。美娜穿着粉红色的洋装。还有我。

我！在高画质视频里！（"那个发圈在你头上看起来超赞的，"慧利说，"又一次，不客气喔！"）

就连我们在看视频的同时，点击率也在持续升高。我真的不敢相信，这不是做梦吧？

"这首歌已经进到百大排行榜里了。"朱玄说。

"屁啦。"我低声说道，不可置信。

"真的！"她回答。

我僵在原位，我身边的双胞胎则开始随着音乐起舞。杰森抱住我，把我举了起来，在原地转圈。

大家都喜欢这支视频。他们喜欢我们。我耶。我努力了六年，而现在终于、终于，有了回报。杰森把我放回地面上时，我无法克制地微笑了起来。

"我们一定要庆祝！"杰森说，一边抓住我的肩膀，直直望着我的眼睛，"就你跟我，来一场真正的约会。"

双胞胎停了下来，瞪视着我们，像是在看韩剧一样。

我犹豫了一下，我的快乐之情开始像肥皂泡泡般破灭。我当然想要和杰森一起庆祝，但是……要怎么做？不可能的。我缓缓摇着头："杰森，我们聊过这件事吧。不行啦。如果我们一起出现在公开场合，路人一定会认出我们的。尤其是现在。"我对着朱玄的手机点点头。

"好吧，"杰森说，对我的疑虑妥协了，"所以只要我们不被人认出来，就可以去约会喽？"

"杰森，"我气急败坏地叹了一口气，"你现在是全韩国最出名的人之一，要怎么不让别人认出来？"

他对朱玄咧开嘴，后者的脸则心知肚明地一亮。她抓住我的肩膀，把我摁倒在一张椅子上，然后开始在她的包包里摸索。"交给我吧，"她露出一抹邪恶的微笑，"等我完工，绝对连你们自己都认不出来。"

第十六章———

她们有什么资格批评我？

我们在乐天世界的第一站就是卖玩具的小摊，摊位上有气球、吹泡泡，还有拿来敲人时会发出尖叫声的充气槌子。我现在已经完全认不出杰森的脸，正如朱玄所说的那样，当杰森从摊贩不疑有他的女员工手中接过两把槌子时，我又多看了他化着大浓妆的脸两眼。

"碰，"他说，"现在伪装做好了，也有纪念品了，可以开始玩了吗？"

我顶着自己的妆容，咧开嘴——一道道彩虹色的闪电，从我的下巴一路延伸到额头上，上面点缀着金属光泽的星星和亮片："可以。"

我闻着弥漫在空气中翻糖的气味，以及旋转木马上投射下来的点点光线，享受着音响中不断放送的欢快音乐，然后暗自微笑着。自小时候暑假回韩国探亲时来过几次后，我就没有再进过乐天世界了。利娅和我，以前都觉得这是世界上最棒的地方。我们可以一整天玩云霄飞车，在室内主题乐园和室外的梦幻岛园区之间来回游玩，怎么样都不会腻。

我牵起杰森的手，觉得能和他像普通情侣一样，在公开场合约会的感觉真的很好。我感到自己开始逐渐放松，当我们沿着石子步道漫步时，我便把身子靠向他。我们朝我最爱的云霄飞车"亚特兰提斯大冒险"走去。

"嘿，"排队时，杰森说道，"你听见了吗？"

我竖起耳朵，突然听见游乐园的音响，播放起《夏日热情》的旋律。我微笑起来，哑口无言地转向杰森。

"瑞秋？"

我笑出声，发现自己正嘴巴张开地瞪着他看。"嗯。我没事——我很好！只是这感觉好不真实啊。"

杰森大笑，轻轻跟着旋律哼唱。他突然抓住我的肩膀："你知道怎样会更好玩吗？"

"什么？"

"等着瞧。"

他转过身，面向在我们后面排队的一群女孩："欸，你们觉得这首歌怎么样？最近超红的。"

我咯咯笑着，打了他的手臂一拳。

女孩们看起来和我们的年纪差不多，每个人的头上都戴着一个可爱的乐天世界头带，上面各有一个巨大蝴蝶结，像米妮的一样有着点点花纹。

"超棒啊，我超爱的，"紫色蝴蝶结女孩说，"我已经把歌词都记起来了。"

"你们有看到视频吧？"红色蝴蝶结女孩说着，一面假装自己要晕倒了，一只手盖着自己的额头，"杰森帅爆了。"

粉红蝴蝶结女孩用手机把视频打开，然后把杰森的脸放大：

"认真说，谁不想跟他生小孩啊？为什么有人可以长这么帅又这么有才华？"

"想想每天晚上都可以听见这个声音跟你说晚安。"紫色蝴蝶结女孩说。三个女孩笑了起来。她们好像完全忘了我跟杰森还站在旁边，一边放着视频，一边自顾自地聊了起来。

"他应该是单身吧？"

"你觉得他会喜欢怎样的女生？"

"一定很正啊，然后可能又有才华又成熟。"

杰森笑了起来，照单全收。我也勉强笑了一声，但我已经开始觉得不舒服了。这个对话的方向让我不太喜欢。

"但绝对不是跟他合唱的那两个女生那种型，她们不知道在干吗的。"粉红蝴蝶女孩结哼了一声说道。

"对啊，看起来超浪的，"红色蝴蝶女孩结翻了个白眼，"看看她们的造型。根本都看光了啊，恶心死了。她们不知道小小孩也会看这个视频吗？"

什么？我的脸颊在妆容下一阵灼热。我们的造型根本就不露好吗？而且我们也没有选择自己造型的权利。就算是好了，她们有什么资格批评我？

"这个女的根本就没有那个身材穿这种洋装，"紫色蝴蝶结女孩边说边指着美娜，"哈喽，把那两条萝卜腿收回去好吗？没有人想看它们出来呼吸啦。"

"还有这个唱和音的女生。"当我的脸出现在屏幕上时，粉红蝴蝶结女孩说道。她笑了一声："她看起来就超倒贴的。搞不好她私底下就一直想要色诱杰森呢。看看她盯着杰森看的表情，有没有这么明显啊？"

"她们也太幸运，能跟杰森站这么近，"红色蝴蝶结女孩摇着头说，"但认真说，我真的觉得 DB 应该要挑别人，这两个女生要当花瓶还不够漂亮咧。"

我已经听够了。"我觉得我不想玩这个了。"我说。泪水威胁着要流下脸颊、毁灭我的妆容。女孩们完全沉浸在自己的对话里，甚至没有注意到我离开了队伍，杰森则追在我身后。

"嘿，嘿，嘿！"他说。我走得太快，他得用小跑的才跟得上我。他抓住我的手肘："发生什么事了？"

他认真的吗？

"你还要问吗？你没有听到那些女生说的话吗？"

他同情地点点头："嗯。听到别人批评你的表演，一开始真的不是很容易。但我们永远都不会真正习惯的。"他一手环住我的肩膀，把我往小吃摊的方向带过去："我知道什么可以让你开心起来哟，焦糖爆米花！"

啊？我眨了眨眼，对于他这么快就能把那些女生说的话抛到脑后感到难以置信。他不懂吗——这不只是批评表演而已。她们有性别歧视和偏见，大力吹捧杰森，同时把我跟美娜嫌得体无完肤。我张开嘴，正要说话，却发现他是如此努力要让我再度开心起来，于是我又把话吞了回去。他兴奋地说着话，一边点了最大桶的焦糖爆米花。截至目前，今天都还非常完美，而我不想毁了它。毕竟，这是我们第一场正式的约会。

所以我什么也没说，只是接过了爆米花。

"我得介绍人生中另一个女人给你认识。"

"抱歉，你说什么？"

那天稍晚，杰森带着我在一个从未见过的安静社区里漫步——就算在我们把脸上的化妆品洗掉之后，他还是信誓旦旦地说不会有人认出我们。他带我来到一辆帐篷餐车旁，老板娘身穿着红色的围裙和发网，正在为客人端上鱼板汤、辣炒年糕、迷你海苔饭卷和烧酒。小小的红色餐车内部，空气弥漫着传统韩式小吃的可口气味，我深吸一口气，突然觉得饥肠辘辘。

"啊，我最喜欢的客人，"大婶愉快地说着，跑过来捏了捏杰森的脸颊，"你好几个星期没来啦！你看起来太瘦了。"

"你好。"他敬了个礼，顿了顿，然后不可置信地看着她的脸，"大姐，怎么每次看到你都觉得你变年轻啊？到底是怎么做到的？如果继续这样下去，这里很快就要挤满约你出去的小鲜肉啦。"

她笑了起来，招呼我们坐到塑胶椅上，并为我们端上一盘辣炒年糕和冒着热气的鱼板汤："又在拍马屁啦，和你的漂亮女朋友快吃吧。"

杰森对我眨眨眼，然后转向她："女朋友？你以为她是我女朋友？喔，大姐，你太伤我的心了！你知道我明明眼中只有你啊。"

她翻了个白眼："啊呀，傻小子。我知道你想干嘛。"她伸手拿过一盘鲔鱼饭卷——整个饭卷快要被辣鲔鱼馅、紫苏叶、蟹肉棒、腌萝卜、红萝卜、玉子烧、菠菜和牛蒡丝给塞爆——郑重地放在我们的桌上。"吃吧，两位。"她给了杰森一个温暖的微笑，然后再度回到她的吧台后方。

我吃了一大口鱼板汤，鱼板让我从头暖到脚趾。杰森咧开嘴：

"你觉得如何？很棒吧？等一下吃一点年糕。这是全首尔最好吃的地方。"

我微笑着点点头。但就算吃着温暖的鱼板汤，我还是没办法忘记在乐天世界发生的事。不只是因为那些女生们说的话，也是因为杰森的反应。或者说，是因为他的"没有反应"。我摇摇头，又咬了一口面条。算了吧，瑞秋。好好享受这一天就好。别把事情搞得太复杂。

"大婶！"隔壁桌的一个声音喊道，"再来一瓶烧酒！"

杰森和我瞥向声音传来的方向。三个女孩坐在桌边，吃着一大盘鸡爪和煎蛋卷，但其中一人显然醉得彻底，正直接从瓶子大口灌着烧酒，她精致的海螺纹美甲紧紧抠着绿色的玻璃瓶。

我愣住了。我以前是在哪里见过这种指甲的？

第十七章——

对女生来说，标准向来就跟男生不一样。

我记得，在我们搬来首尔之前，我带着利娅到我们家附近的一间冰激凌店去。那时是冬天，妈妈以为我们是去对街的图书馆，但利娅拜托我让她"吃最后一球纪念纽约的冰激凌"，所以我一如往常地让步了。我们距离妈妈期望我们到家的时间只有几分钟的空当，但利娅点了最大的甜筒，然后一口气吃光，草莓冰激凌沾得满脸都是。

　　当我看着姜吉娜往嘴里塞了一块鸡蛋卷，辣酱一路流过她的下巴时，那就是我脑中联想到的画面。她狠狠咬着嘴里的食物，我几乎可以听到无骨鸡爪——比纽约的任何鸡翅都要好吃一百倍——在她嘴里断掉的声音。她用一口烧酒将它冲下喉咙，然后用手背擦了擦嘴。坐在对面的两个朋友试着阻止她，但她拍开她们的手。我无法置信，但那绝对是她。

　　"那是……？"杰森的声音渐弱，他脸上的表情和我的如出一辙。

　　就在那一刻，吉娜转过头来，直直看向我。或者说，看穿了我——她被烧酒模糊的视线似乎无法聚焦在身边的任何东西上。她的其中一个朋友试图把酒瓶从她手中抢走，但她啐道："这是我的！你不准拿！"她的眼神疯狂，扫视着四周，然后落在杰森身上。她站起身，酒瓶当的一声从她手中掉落，她的视线晃回我身上，并像头喝醉的老虎般朝我们摇摇晃晃地走来。

"你，"她伸出一只手指指着我，声音含糊不清，"我认识你，金瑞秋。你看起来像在约会呢。我不是警告过你不要约会吗？"

她用大拇指朝着杰森的方向比画了一下。他困惑地扬起眉毛，眼神来回看着我和吉娜。我无话可说，所以我只做了脑中闪过的第一个动作——拉出一张椅子。

"请坐下吧，"我说，"你还好吗？最近……新闻很多。"

她大笑一声："喔拜托，不要在那边假惺惺了。我知道，你们都知道我被 DB 踢出去了。全世界都知道了。或者，不，我很抱歉。"她跌坐在椅子上，跷起脚，差点从椅子上摔了下去，但她很快调整好坐姿，然后露出灿烂的微笑："是我'选择不要续约'的。"她在空中做了一个上下引号的手势："这是他们告诉大家的故事，对不对？"

我皱起眉："你说这是他们说的故事？"

"拜托，瑞秋。"吉娜说着，笑容从她脸上退去："所有人里面，就应该数你最了解这个圈子有多双标。DB 控制了我们的人生，然后突然间，他们说我没办法承受这种生活方式？我穿的衣服、说的话、做的所有事，全都是他们要求的！这些鬼东西——"她亮出她的指甲，声音扬了起来："——那些贵得要死的衣服、那些妆容、所有的产品线，全都是因为 DB 要把我变成他们想要的人，让我成为大众的消费品。而他们说我有公主病？"

她把椅子朝我这里挪过来，距离近得足以让我闻到她嘴里的烧酒味。"听着，瑞秋。想清楚你在蹚什么浑水。只要签了那张合约，你就是把十年的人生交给了魔鬼——"

"等等，我以为艺人合约都只有七年？那不是法律规定的吗？"

吉娜瞪大眼睛，嘴角露出一个疯狂的笑容："喔，天真的孩子。在法律面前，你觉得 DB 没有办法绕道吗？在瑞士的某一间银行，某一个秘密保险箱里，收着一堆他们逼我和其他团员签的三年延长合约，都是在我们签下七年约的同时签订的。当然押的是未来的日期，所以在法律上他们才站得住脚。"她的双眼定在我身上，她酒后的怒火现在掺杂了一点同情在其中："没有人告诉过你吗？这些荣耀、这些名气？这都是唱片公司为他们打造的幻觉。那些高层们一手操作的。而他们会不惜一切代价，把你塑造成一个不负责任、难搞又过气的女艺人，好让其他公司连靠近你都不愿意，遑论签约。"她笑了起来，但声音听起来几乎像是啜泣："他们会把你给毁掉，然后搞得像是你自毁身价。看看我，我的职业生涯已经结束了。"

"但是为什么？"我说。我试着理解她所说的话，却只觉得一阵头晕："他们为什么要这样对你？"

"我是怎么跟你说的，瑞秋？"吉娜把一根牙签戳进我们的辣炒年糕里，直视着我的眼睛，"作为歌手，交男朋友太危险了。"

我的心一沉："和你在济州岛的那个男生？宋奎旻？"

她点点头，声音变得温柔："伟大的宋奎旻。他的七年约跑完的时候，回去和公司交涉，签了更好的合约，拿了更多的钱。他以为对我来说也是一样的。他说他要带我来一趟'秘密之旅'，好谈谈我们的事。还真是个好秘密啊，是不是？什么地方不去，偏要去全国首屈一指的蜜月天堂？然后……嗯哼。秘密曝光了。DB撇得一干二净，他也是。"她颤抖地深吸一口气，我则思索着她的话。

"你是说……等等。你是说他跟你分手了？"

吉娜用双手捂住脸。然后她发出一声尖叫，拳头重重捶在年糕的盘子上，辣酱四处飞溅，我的脸也无法幸免。

"他当然跟我分手了！这类故事只会有一种结局。我们交男朋友，让他们毁了我们的人生，然后他们可以全身而退，没有人说三道四。你觉得你的唱片公司会在乎他跟谁交往吗？干他们屁事。他们有一套自己的规则，我们则是另一套。DB口口声声说我们是一个家族。但他们根本不在乎。他们不在乎我，或是你，或是任何人。他们只在乎能不能把我们变成完美的赚钱机器，帮他们赚进大把钞票。但叫DB去吃屎吧。卢先生、朱先生、所有人。叫他们去死！我知道的秘密可是足以把歌坛整个毁掉！"

吉娜的朋友们出现在她身侧，一人抓住她的一只手臂，把她从椅子上拉了起来。"吉娜，亲爱的，我们该走了。"其中一人说道。

当她们把她带出餐车时，吉娜再度回头看着我，大声喊道："小心朱先生，瑞秋！不要和他或他的宝贝女儿扯上更多关系。你听到了吗？"

她消失在帐篷外，声音被黑夜吞噬。直到此时，我才意识到自己浑身颤抖。她说她知道的秘密可以毁了整个歌坛？她为什么要一直提到朱先生？我想要忘记一切，连同这场糟糕的约会记忆一起洗去，但吉娜脸上的表情，还有她的尖叫声——这些东西已经永久烙印在我的脑海里。突然，我觉得全身都不舒服了起来，刚吃下去的饭卷和年糕在我的腹部纠结成一团。

我看向对面的杰森，他正在把桌面上的辣酱给擦掉。"可怜的吉娜，"他边说边摇头。"她的经历真的很惨，看起来压力超大的。"

他的口气让我忍不住锐利地盯着他看。"当然了。你有听到她说的话吧？她压力怎么可能不大？"

他点点头："我有听到呀。但我也不知道。每个故事都是一体两面的。DB 给我们的钱的确不多，但就像吉娜说的，他们也的确给了我们衣服和公寓。如果够小心的话，要保持收支平衡其实没那么难。"他耸耸肩："我是说，他们对我一直都还不错。"

"那是因为你是李杰森，"我说，而当我想起吉娜口中所说的宋奎旻时，挫折感便在我心中越积越多，"他们当然会对你好！你做过最糟糕的事情，就是偷用罗密欧特制的橘色发色！"

"什么？"杰森困惑地看着我。

我叹了口气。现在不是谈 DB 八卦的时候。"算了，不重要。但你不要告诉我，你没有注意到这个产业里的双重标准。对女生来说，标准向来就跟男生不一样。"

他皱起眉头，而我眨眨眼，稍早的那些怀疑现在如排山倒海般袭来。

"你应该有注意到吧？"我说，一边回想起几周前，杰森一边拿着速食走进练习室，一边跟高层们轻松打招呼的画面。

"说实话，还真的没有，"他皱着眉，"到头来，DB 是在商言商。他们对男女差别待遇，并不会让他们赚比较多钱啊。"

我的喉咙一紧。他是认真的吗？"那乐天世界的那些女生呢？你自己也有听到她们称赞你，又用那些难听字眼形容我跟美娜吧？"

"瑞秋，那只是几个人的观点而已。每个人都要面对这种事的——就连我也是。这不代表整个产业就是性别歧视或有偏见或怎样的。"

我深吸一口气。

喔，哇喔。他是认真的。我不可置信地笑了起来，用手抹了抹脸，摇摇头："作为一个活在歌坛里的人，你看到的东西还真是少得惊人。"

他眉间的皱褶变得更深："这是什么意思？"

红色的帐篷布再度被掀开，我转过头，看着刚走进餐车里的那对情侣，他们正用好奇的表情看着我跟杰森。我心中涌起一股惊恐之情。他们认出我们了吗？

我突然觉得自己像是溺水了一样，而我同时意识到，原来这股感觉从那天和我家人一起吃冷面的时候就存在了。自从利娅告诉我吉娜不和 Electric Flower 续约之后。

我错了。

但吉娜也是。她告诉我，和杰森在一起不只是很困难而已，同时也很危险。确实，但这也很不公平。我把我的人生给了 DB，而最终，这个决定——这个我们两人都做出的决定——将会毁了我，而且只有我。最终，只有我一个人不得不放弃我所努力的一切——我的粉丝、我的音乐、所有的魔法。这么长一段时间以来，我第一次感到，我人生中所有的支线全部串了起来，完美而清晰。而它们全部指向同一个结论：我也许想要跟杰森在一起，但我必须出道。而和杰森在一起，也许会让我在事业甚至还没起步之前就赔上一切。

压力在我胸口堆积，让我难以呼吸："不敢相信我竟然让我们的事进展到这个地步。这会毁了我的。"

杰森的表情缓和下来。他的手越过桌子，抓住我的手："嘿，别这么说。不管姜吉娜和她男友发生了什么事，我们跟他们是不一样的。我们可以跟卢先生说，我们是真心的，他就会理解了。事实上，他可能还会为我们高兴呢。"

"为我们高兴？"我劈头说道，把手抽了回来，"睁大眼看看，杰森。他们也许会为了你和宋奎旻妥协，但绝不会为了我。我只要踏错一步，就要跟 DB 永远说拜拜了。姜吉娜曾经是他们的掌上明珠，但他们不只是把她踢出去而已——他们毁了她。而且他们一点都不在乎。想想，我身为练习生，根本就可有可无的好吗！"

"拜托，瑞秋，你知道他们不是那种人，"杰森恳求道，"他们不会因为你只是跟我交往就这样对你。"

我瞪视着他，意识到不论我怎么说，他都没有办法理解事情对我们两个来说，是完全不同的两回事。杰森也许是 DB 的"金童"，但反观我，我一路奋斗，却始终觉得自己只是在 DB 勉强吊车尾而已。一旦他们发现我可能会毁了他们完美干净招牌的任何微小失误，他们绝对会毫不犹豫地甩掉我。而和杰森谈恋爱，肯定是一个无法逆转的错误。

"结束了，杰森，"我说，一边从桌边站了起来，"我没办法继续下去了。我为了梦想努力太久了，我不能让任何东西拦阻我。就算是你也不行。"

杰森看着我，一脸错愕："我不敢相信你居然这么反应过度。"

他的话让我心都碎了。不管我期待他说什么，都不该是这一句。我头也不回地走出餐车。我可以听见杰森在后面喊着我的名字，但我不在乎。我一走到外面，便开始拔腿狂奔。直到冲上地铁之后，我才停下脚步，气喘吁吁，心如刀割。

我想着俞真姐是如何拿自己的事业来冒险，帮我拍那支爆红的视频，她是如何在让自己惹上麻烦的前提之下依然愿意支持我。我想着我的家人。我差点就要再度让他们失望了，而我为此感到羞愧不已。过去六年所有的努力，差点就要毁于一旦。

我先前完全被感性给征服，但现在这必须告一段落了。只剩下几周，DB 就要宣布家族巡回的细节，而我得回到正轨上。从现在开始，我会比以往都更专注。

我只要好好当练习生，完全避开李杰森就好。

第十八章──

此时此刻，我看见的不是家乡。

我只看见这个流行歌坛

对我提出的另一个要求。

我回避杰森的计划其实非常简单：只要看到他在走廊上，我就转弯。在训练的时候不要和他眼神接触。还有最重要的，在爸爸的训练馆里，把沙包想象成他的脸。

　　这真的有效。五天后，我在拳击训练馆打卡的时间，比过去六个月加起来还多。"噢！"我重重挥了一拳，沙包撞进爸爸的肚子里，让他低哼了一声。"小心——你老爸可不像以前那么勇了。"

　　"对不起啦。"我说。我停了下来，用手抹去脸上的汗，但很快又恢复了我准备出拳的站姿。

　　"我们休息一下如何？我怕你会把肋骨打断。"

　　"我的肋骨没事。"我说。

　　"我又不是说你的。"爸爸咧开嘴，一屁股坐在地上，然后拍拍身旁的地面，疲惫地呻吟了一声。"所以，"我在他身边坐下之后，他说，"你有心事吗？"

　　我叹了口气。我心中有很多烦恼，但我什么都不想说。也不想跟任何人说。"没有，爸。我很好。"

　　爸爸眯起眼，看着我疲惫的脸庞和我勉强的微笑。但一会儿之后，他似乎终于接受了我的回答："好吧，如果你坚持的话。"

"真的啊。不过……不如说说你最近怎么样吧？"

"其实呢，我的确有些事情要告诉你。"爸爸从连帽衫的口袋里拿出一张皱巴巴的白色卡片，递给我，脸上带着一个害羞的微笑。我好奇地接过，缓缓地摊开它。随着我往下读，我的眼睛亮了起来。

"爸！这是给你的法学院毕业典礼邀请函！就是下个星期耶！"

"没错。而且我希望你来参加。"

我点点头，泪水逐渐在眼角成形。爸爸伸出手，把我拉到他怀里："我们会没事的，瑞秋。一切都会没事的。"而有那么一刻，我让自己相信他的话。

一周后，毕业典礼上，我微笑地看着爸爸走上台，接下他法学院的毕业证书。他对我挥挥手，我也回应了他——但不幸的是，他看不到我。他只能看到直播着整场典礼的摄影机，那是为了让我在飞机上用无线网络看的。因为——大惊喜——在我爸邀请我去他的毕业典礼之后，DB就宣布，要送我们前往多伦多，为单曲《夏日热情》临时宣传。

没错。我、杰森和美娜。三个人一起。整整五天。

光是想到要和杰森在一起这么长的时间，就让我的心一路沉到谷底。但我不可能在拒绝了DB的要求之后还期待他们让我出道。

所以我就来了。

美娜坚持要我们搭她爸爸的私人喷射机，而这甚至比利娅和我搭去东京的飞机更奢华。我们都坐在丝绒长沙发上，而且每个人都有绣了自己名字字母的厚拖鞋，还有丝质眼罩和无线耳机。

美娜正在飞机后方的瑜伽室里，和她的私人教练上课，和我们同行的韩先生，则坐在酒吧区，手中拿着一杯葡萄酒，耳机紧贴着耳朵，正在他的iPad上打字。而我则坐在沙发上，面前的桌子上堆着一大沓加分用的作业（除此之外，也因为我们学校现在正在放两周的暑假，我妈才答应让我加入这趟旅程）。我通常都可以轻松做完我的英文作业，但这一次真的有点挑战性——

"你就非得带着莎士比亚一起旅行吗？"杰森边说，边在我身边的位子上坐下，手中挖起一大口巧克力舒芙蕾。在路边摊的惨剧发生后，杰森显然不像我一样采取"零接触"的计划。真要说的话，他比较像是失去了一直在我身边打转的能力——很不幸的是，那个甜蜜、感性，会拿着音响唱歌，又会用把妹招数的男孩已经消失了，而我则是被迫和这个几个月前在练习生宿舍外见过，骄傲自大、伶牙俐齿的家伙关在一起。

我忽略他，把我的视线定在麦克白的大段独白上。

"我想你的确很喜欢戏剧化的叙事手法，"他说，"不过我觉得他的剧都有点拖戏。你真的懂他们在说什么吗？还是你只是在假装自己看得懂，等一下再查维基百科写作业？"

"你可以让我专心吗？"我无法继续无视他了，忍不住回嘴。

他故意慢吞吞地舔着汤匙里的巧克力酱，然后又当的一声把汤匙丢回空碗里。"喔，对不起，"他扬起眉毛，佯装惊讶，"你刚刚很认真在看书吗？"

我压下把课本往他头上丢的冲动。

突然，杰森看着我，他的表情变得心虚："瑞秋，我真的很抱歉——"

我的手机因为收到消息而震动了一下，杰森便很快转开头，我则拿起手机，很高兴又有另一个借口可以不要跟他说话。我垂下眼，看见爸爸发来一张自拍，画面中的他拿着自己的学位证明，脸上挂着灿烂的笑容。

你的老爸终于毕业啦！

我的心脏一揪，并快速回复他。

我超骄傲的！恭喜！

我叹了口气，向后靠在椅背上，真心希望我人能在现场。不过我决定把所有我能找到的爱心表情都传给他。他值得，努力了这么久——在加班之后还上夜校，想办法瞒着妈妈和利娅，以免让她们有太多期待。现在他终于毕业了，我不知道他打算现在告诉她们，还是等他真的找到工作之后再说。根据我对爸爸的了解，我觉得应该会是后者。

我反射性地又想拿手机传消息给明里，跟她分享这个好消息——但在我开始打字之前，我的手指就揪成了一个拳头。在训练、上学和杰森的事之外，我已经好几周没有和她说话了。

我是说，最后一次见到她时，我觉得自己好像在跟一个陌生人说话。

那是上个周末，俞真姐把我叫进她的办公室。明里已经在那里了，正在帮窗台上的盆栽浇水。在那一刻，我只想坐在俞真姐的沙发上，吃着点心、喝香蕉牛奶，然后和她聊上几小时的话，就像我们还小的时候一样。我想跟她说东京、济州岛和姜吉娜的事，还有杰森，以及乐天世界的那些女孩们。但在我来得及开口之前，俞真姐就抓住了我。

"你们三个的那首歌红遍半边天了，DB 要送你们去多伦多宣传！"俞真姐宣布道，"你们要走向国际舞台啦！"

"哇喔，真是好消息，"明里说，嘴上挂着微笑，眼神里却毫无笑意，"你一定很开心吧。"

"嗯，超开心的，"我勉强笑了一声，举起一只拳头，"超开心的，哇呼！"我不可能跟俞真姐说我真正的感觉。最好的情况是，她会叫我吞下去，不要让杰森阻挡我的事业之路。最糟的状况是，她会跑去告诉卢先生，把我从培训计划开除。所以我露出让我的脸颊疼痛不已的微笑，让俞真姐敬我一杯覆盆子气泡饮。

直到稍晚，我和明里离开俞真姐的办公室后，我的微笑才淡去。我转向她，咬着自己的嘴唇："明里，听着，我有事要跟你说。"

她在门外犹豫着。"我应该要回去训练了……"她边说边转头看着走廊。

"拜托，"我哀求道，"我得和我最好的朋友聊聊。也许你还有免费大餐可以吃喔。"

她转向我，嘴角露出一点微笑："我怎么可能拒绝免费大餐呢，傻瓜。"

我的双手合十，抵在下巴，用最无辜的眼神看着她。

"好啦，好啦，"她笑了起来，"十分钟。你知道，我也有事想要告诉你……"

"金瑞秋!"一个声音在走廊上回荡,我们转过头去,看见格蕾丝朝我们大步走来。"你最好让自己的大腿缝再开一点!现在去有氧教室!路上顺便做几组交互蹲跳。"

我转向明里。"对不起。我想我……我得走了。"我说,声音交织着罪恶感。

"好喔。"她回答。但她的声音听起来很扁平、很空洞,"当然了。我们都有重要的事要做嘛。"

"我今晚发消息给你好吗?"我犹豫地问,但她已经走开了,似乎完全没听到我说的话。

在那之后,我们就没再说过话了。

我滑着手机,看着过去几天我发给她的消息,但她一条都没回。眼泪出乎我意料地在眼眶汇集。自从明里加入 DB 那天开始,我们就一直都是最好的朋友。我们的人生总是匆忙混乱,但我们一直都能在训练之间的空当找到时间谈天,每天晚上也都会发消息到半夜。我知道我最近史无前例地忙,但明里应该是所有人中最该体谅我的人。这就是作为练习生的日常啊。但自从我加入这个合唱组合之后,我们之间就像升起了一堵墙,而我不知道为什么。

我的手机又响了一声,我垂下视线。

我爱你,女儿。

"还好吗?"杰森看着我,表情变得柔和。他似乎注意到了我情绪里的转变。有那么一刻,我考虑把爸爸的照片给他看。"你知道,"他在我把手机拿起来之前说道,"《麦克白》其实没有那么复杂啦。他只是一个无辜的男生,被一个漂亮女生给骗了。"我看见他眼中闪过一丝受伤的神色，但很快就被他招牌的高傲笑容给取代了。他跳了起来，往飞机另一端的 PlayStation 游戏机走去。

我眨眨眼睛。那个瞬间就这样消失了。

我翻了个白眼，把耳机戴上，调大音量，让碧昂丝的《柠檬特调》专辑陪我度过剩下的旅程，以免我自己发疯。

我们才在多伦多降落，就被卷进一连串的发型、妆容和服装的补救动作中。"我们有满满的记者会和表演要进行，然后我们就要往北，去参与一场音乐节，"韩先生一边看着我们的行程一边说，"等到这场旅程的尾声，全国的人就都会知道你们的名字了。"

"我觉得大部分人应该都已经知道我们的名字，"杰森说，一股自信的微笑在他脸上绽开，"现在他们只是永远也忘不掉了。"

今天是旅行的第四天，我们三人在一个光线明亮的摄影棚中，为当地的晨间谈话节目录制采访。主持人是一个中年男人，让我想起了 DB 媒体训练课的教练。他们都一样既油腻又下流，只是这个的牙齿更白，还有不均匀的日晒肤色。我和美娜坐在高脚椅上，穿着皮夹克和灯芯绒短裙，杰森则坐在我们中间的一张扶手椅上，穿着灯芯绒长裤和一件黑色 T 恤。好像一天二十四小时都有摄影机对着我们，但认真说，我无法注意它们的存在。也许这是因为我把所有的精力都拿来回避杰森了，而在韩先生几乎是下令将我们绑在一起的安排下，这点更是格外困难，但也有可能是因为主持人问我和美娜的问题实在太讨人厌了。

"美娜和瑞秋。"脱口秀的主持人对着我们假惺惺地笑着，我得紧咬牙关，才能阻止自己面露嫌恶之色。"你们两个，谁在上节目之前花的准备时间比较多啊？"

我阻止自己翻白眼的冲动，而我感觉到一旁的美娜身子一僵。这一周每天都像这样。昨天在一个广播节目上，一个粉丝打电话进来和我们对话。

"瑞秋，你的英文说得好棒，"他说，"你一定很骄傲吧！"

"呃……我是美国人。"我带着礼貌的笑意回答道，但我内心已经快要核爆了。如果这趟旅程中，只要有人说"你的英文很好"，我就能获得一块钱的话，我大概已经有钱买一架自己的私人飞机了。

不过这至少比那个花痴的杂志记者好多了。第一天，我们在多伦多市区的四季酒店套房里接受杂志采访，而那个记者完全不掩饰自己对着杰森流口水的窘样，问题一个接一个地问着他的成名过程，还有他是如何在表演方面不断挑战自我的。韩先生终于开口介入，希望她也问我和美娜一些问题，她才心不甘情不愿地把视线从杰森身上转开，然后问我们有没有为了获得他的注意力而明争暗斗。

现在我张开嘴，准备用 DB 核准的回答回应主持人的问题（我们当然是一起准备的喽，就像好朋友一样！），但杰森一手按在我的腿上，并很快地对我咧了一下嘴。

"我想这个问题还是让我回答好了，"杰森说，一边转向主持人，"答案是……我！"主持人赞赏地笑了起来，露出美白过头的牙齿，杰森则继续说下去："我显然是这个团体里最需要维持外表的人啊，尤其是我的皮肤保养。"

杰森做出对着镜子搓脸的动作，主持人又笑了起来，但很快就恢复正常的表情。"杰森,"他问道,"回到家乡的感觉怎么样?"他的脸上降下一抹阴郁的神色:"这会比其他地方更让你想念母亲吗?"

我可以听见一旁的杰森急速地吸了一口气,这个问题让他措手不及。采访的记者和主持人鲜少提起他的母亲。我看向他,然后心中便涌起一股怜惜之情。他的表情看起来坦承又无比脆弱——这是在音乐教室里弹奏原创歌曲给我听的杰森,也是从东京回来时,在飞机上握着我的手的杰森。

但他一瞬间就恢复了正常,清了清喉咙,露出开朗的微笑。我的心立刻关了起来。"回家的感觉很好呀,"他专业地避开了这个问题,"没有地方比多伦多更好了!我只希望我们能在这里停留更久。我们很快就要去纽约了,那会是我们这趟旅行的第二站。"他意味深长地瞥了我一眼:"纽约对我们来说也是个特别的地方,因为那是瑞秋的故乡。"

美娜和我转过头,盯着他看,试图掩饰住脸上的惊讶表情。纽约?没有人说过我们要去纽约呀。

"真是太兴奋了!"主持人说,"纽约的粉丝一定等不及想要见你们了,真是个完美的惊喜!"

的确是个惊喜,不过不只是对粉丝而已。

等采访结束之后,韩先生便朝我们走来。"瑞秋,美娜,我需要你们的护照,在去美国之前还有一些文件要办。"他公事公办地说。

我站在原地,动弹不得。"我们的护照?"我缓缓说道,"但是没有人说过——噢!"美娜偷偷用高跟鞋踩了我一脚,让我大叫出声。

"喔，当然！看你们的歌这么成功，我们决定在旅程中加上另一个城市，"韩先生双手合十，"粉丝们真的都很喜欢你们。所以明天，等你们在布瑞特伍德的音乐节表演完之后，我们就要飞去纽约啦！"

杰森咧开嘴，和韩先生互击了一下拳头："我超期待的，我已经几百年没去纽约了。"

韩先生也回应了他一个笑容，但我和美娜没有马上做出反应，他便看向我们，脸上闪过一丝嫌恶的神色。练习生不能抱怨公司要求我们做的事，这是不成文的规定。不仅如此，他们也期待我们能对一切都心怀感激——例如过长的训练时间、在走廊上祭出的惩罚，或是逼我们实施的饮食管理，还有去纽约的意外之旅。"你们不开心吗？这是好消息啊。"

美娜张开嘴，好像正准备要说什么，但立刻又闭上嘴，吞了回去。她露出大大的微笑，说道："当然开心啊！我一直都想去纽约！"

她大笑着，双手合十。

"我就知道你们会喜欢。"韩先生说，他的表情放松下来，加入她的笑声。

纽约。我应该要跟美娜和杰森一样兴奋才对。但此刻我只能想到 DB 从我身上剥夺的东西：搬到另一个国家、错过爸爸的毕业典礼、没日没夜的训练、永远不能停止的微笑、和男友分手。只有他懂，只有他知道这个世界的生活是什么样子。他的梦想曾经也是我的梦想。我想着回家已经想了好几年——但此时此刻，我看见的不是家乡。我只看见这个流行歌坛对我提出的另一个要求。在没有任何事先知会的情况下，前往另一个城市。我应该要兴奋地跳上跳下，但我此刻的感觉和我想象的并不一样。什么都不一样。

他们三人转过来看着我，而我快速露出灿烂的笑容，好像他们都是我最好的朋友，就像全世界的人以为的那样。

"真的是好消息，"我说，"简直是美梦成真呢。"

第十九章——

他们到底要我们牺牲多少

才愿意让我们出道？

"谷歌上说，布瑞特伍德是一个小小的高端度假小镇，在多伦多北部，以夏日的蓝山音乐节闻名。"视频时，利娅这么读道。

我一边刷牙一边呻吟。昨晚我睡不着，所以在凌晨五点左右时，我放弃了，然后打给利娅，过去这一小时里，她已经絮絮叨叨地说着韩剧的进度和布瑞特伍德的一些网络消息。

"从你们的旅馆过去应该要三个小时的车程，"她快乐地说着，"和杰森一起搭车！你真是太幸运了。"

"嗯哼，就是我。"我还没有告诉利娅我和杰森的事。就她目前所知，我们还是和她一起去日本的超级好朋友。

我抓起手机，朝行李箱走去，拿出一条宽松的棉裤和一件宽大的橘色 T 恤。"姐，我的天啊！"利娅的声音在电话另一边大叫。

"干吗？"

"那不是我们熬夜看电视的时候穿的吗？你得穿得更好看一点啊！"

"什么？闭嘴啦！没关系的。韩先生说我们搭车可以穿得随便一点，"我自我防卫地说，"再说，这套很舒服啊，而且我已经连续四天穿高跟鞋跟窄裙了。"

"好吧。"利娅怀疑地说着，耸起眉毛。

她看起来又准备要对我发表一番整理仪容的高谈阔论，所以我很快地转移话题："欸，你今天不是要去爱宝乐园吗？妈妈说学校有些女生约你去啊。"

利娅的眼神看向一边："喔，呃。我本来是要去啦，但……我……后来就没有了。"

我对她皱眉："什么意思？"

"嗯，"她缓缓地说，"大家本来是计划玩完之后，要来我们家过夜的。但后来，她们发现你不会在家，所以……"她的声音渐弱。"没关系！等你回来之后，也许我们可以一起去玩？"

我的喉咙一阵紧缩，而我不得不把眼睛闭上，好让眼泪乖乖听话，然后才继续说下去："当然啦！我一落地，我们就直冲爱宝乐园。"

这当然让利娅又开心了起来，开始念起自己最喜欢的几座云霄飞车，几分钟后，我便听见妈妈在另一边叫她挂掉电话、去做功课。我把通话结束，快速把两块留在枕头上的巧克力塞进包包里，想着晚点搭车可以吃，然后走下楼。

靠近大厅的时候，我看见杰森就在几尺远的地方，在一扇窗户旁来回踱步，用手机说着话。我暗自哀号一声。我本来期望他不会那么早出现的，但显然我不是唯一一个睡不着的人。我正准备从旁边溜走，以免他注意到我，但我突然听见他的声音，紧绷而愤怒，手紧紧抓着手机贴在耳边。我快速躲到一旁的大盆栽后方。

"我就是不懂。我们最后一次见面是两年前，而且我几乎没办法在多伦多待多久。你后来甚至不愿意来首尔，就算我赢了——
不，我知道你要工作……我知道……但今天是我在这里的最后
一晚。"

我犹豫着。我知道我不该偷听的，但如果现在动了，他就
会看见我。他停在距离我几寸远的地方，一手扒过头发，继续
说着。

"什么叫作你绝对不会踏进布瑞特伍德？你不是应该是我们两
人中的大人吗？你知道，算了，别回答这个问题……好，我知道
了。懂了。好。拜拜。"

他挂上电话，然后发出一声简短挫败的哼声。不管他刚才是
和谁说话，都听起来很紧绷。以早上六点半而言，这对话的确是
太凶了一点。一片巨大的香蕉叶戳中了我的脸，我才意识到我还
躲在盆栽后面。我快速绕过它，希望可以溜进电梯，回到我的房
间里，但杰森突然转过身，差点直接撞上我。

他错愕地瞪大眼睛："瑞秋。嘿，你在这里多久了。"

我咽了咽口水："呃……没有很久啦。我只是……睡不着。"

他怀疑地看着我："是喔。"我无辜地看着他，而他耸耸肩，
身体姿态缓和了一点。"嗯，我也是。我是说，我也睡不着。"他
的声音很温柔，但口气里有一股我从没听过的紧绷感。他张开嘴，
但又闭了起来，欲言又止。最后他只是向后退开一步，把手插进
口袋里。

就在此时，美娜如一阵旋风般走进大厅，头发梳成了一个完
美的闪亮高马尾。她穿着玫瑰金的短版上衣、戴着琥珀色的耳钉，
看起来像是准备要去巴黎血拼，而不是准备搭三小时的车出城。

我叹了口气，低头看了一眼自己的运动服。也许利娅说得有道理。

"喔，太好了，你们都下来啦，"她说，"我已经准备好了，我要在路上吃早餐。这些美式饭店的早餐让我超反胃的。"她打量了一圈大厅："韩先生呢？"

"他在柜台那边。"我边说边指向韩先生和其他 DB 人员所站的位置，他们正在讨论今天的表演事宜。

"嗯，让他知道我已经准备好了，"她边说边看向我，"不然我们就又要吃炒蛋当早餐了。认真说，好像这间饭店的工作人员只知道一种料理蛋的方法一样。"

"我有个更好的主意，"杰森说，"我们租一辆车，三个人自己开上去吧。我会跟韩先生说，我们在那里跟他们会合。"

美娜和我瞪视着他。"你在说什么？"我说。

"我得释放一下压力。"杰森边说边摇头晃脑，好像随时准备爆炸一样。

"呃，你在开玩笑吗？"美娜说，"你觉得我们可以就这样自己乱跑吗？再说，韩先生已经帮我们安排好车了。"

"我们没有乱跑啊，只是到那边才跟他会合，"他靠在柜台上，翻了个白眼，"你担心得太多了，没事啦。"

我到底听杰森讲过这句话几次了？"那我们的表演服装怎么办？"我问。我们昨晚才把它们送到饭店干洗，还要再过半小时才会洗好。

"听着，我现在就去问韩先生。"他大步走过大厅。美娜和我看着韩先生一手搭住杰森的肩膀，同情地点点头。几分钟之后，杰森回来了，脸上挂着胜利的笑容："好啦。韩先生说没问题，然后表演服他会负责的。我要去租车，你们要来吗？"

美娜瘪了瘪嘴："好吧。如果韩先生说没关系，我就跟。"

大厅的另外一边，韩先生朝我们的方向大喊："瑞秋，美娜！如果你们想的话，DB 的车也还有位子。在玹另外给了我一些简单的舞蹈练习，让你们两个在车上也可以做。"

我闭上眼睛，评估了一下我的选项。三小时和杰森跟美娜挤在一起，杰森开车和说干话，美娜取笑我的衣服；或是三小时和韩先生挤在一辆拥挤的车上，做腿部训练。

"瑞秋？"我可以听见杰森声音里的急迫。这是他所需要的。不管他那通电话的对象是谁，都显然对他造成了不小的影响。也许一点私人时间，可以让他在表演之前恢复状态。

"好吧，我加入，"我睁开眼，"走吧。"

"可以开空调吗？我快热疯了。"美娜抹着额头上的汗珠，嫌恶地皱起鼻子。

"当然不行。"杰森说着，一边大笑，一边把手伸到我们租来的丰田凯美瑞车窗外。这是饭店在临时通知之下唯一能选的车辆。坐在驾驶座上的他看起来悠然自得，我知道他很想念这个感觉。就像所有的 DB 明星一样，不是出入都有人接送，就是搭地铁，我们实在没有什么机会自己开车。"没有比开车时呼吸新鲜空气更舒服的事了。"

"就是有，"美娜恨恨地说，"有种东西叫作冷气，好吗？"她从后视镜看着我："拜托，瑞秋小公主。我知道你也在爆汗。"

通常情况下，美娜不断地抱怨只会让我觉得比天气更烦，但我的手臂现在几乎是粘在后座的座位上了。我小心翼翼地把自己从椅面上剥下来，坐直身子："是有点热。"

杰森叹了口气，摇上车窗，把冷气调大："开心了吗？"

"如果我知道我们接下来要去哪里，就更好了，"美娜边说边盯着自己的手机看，"现在看起来不像是正确的路线。"

"放心啦，"杰森说，"我以前常常在这附近开，我知道我在哪里。"

越往北开，路况就越糟——我们绝对已经不在城里了。突然，杰森从大路上转开，进入一条泥泞的小路。美娜在座位上坐得更挺，抓住杰森的手臂。

"你在干吗？"她大喊。

"跟你说我知道路啦，"杰森说，"这是捷径，相信我。"我保持安静，不想卷入他们的斗嘴中。只要我们能顺利到达布瑞特伍德，过程怎么样都不重要。我只要专心想着今晚的表演就好了。我闭上眼，开始在脑中回想着舞步。

车子突然一阵晃动，我的背撞上椅背，车子猛然停了下来。

我睁开双眼："怎么停了？"

轮胎尖叫着，泥土四溅，但车子纹丝不动。

喔不。

"噢，"杰森说，"看来是卡住了。"

喔不、不、不。

"废话，大天才，"美娜说，她的声音带着浓浓的厌恶感，"没关系，我爸的人手是国际级的，他们会过来帮我们拖车。"她拿出手机。"我的天啊，"她的声音从不爽变成了惊恐，"我连手机信号都没有。"

我坐了起来："什么？我看看我的。"我从包里拿出我的手机，然后惊慌地发现我也没有信号。

我们没办法叫道路救援，也没有办法发消息给韩先生。

我觉得我要吐了。

杰森再度催动引擎，但是没有用。他的手指轻点着方向盘，思索着。"好吧，"他最后说道，把车熄火，"保持冷静，在这等着。我去找人帮忙。"

"什么叫作去找人帮忙？这附近现在什么都没有耶！"

"几里之前有一座加油站。我觉得那里一定有人会帮忙的。"

"杰森，"我试着保持冷静，"没有时间跑回去了。我们现在就应该要继续上路的。"

"所以我最好现在离开。"他对我眨了眨眼，"别担心，小姐们。你们的白马王子很快就会回来了！"

"你在说什么啊？是你害我们卡在这里的！"在杰森往大路走去时，美娜对着他的身影喊道。

美娜和我一起坐在车内令人窒息的热空气中。"我就知道一定没好事，"她边说边咬牙，"这简直就是一场大灾难。"她爬下车，重重甩上车门。我又坐了一会儿，犹豫着我该继续闷在车里，还是跟她一起下车。最后，美娜还是赢过了闷死的选项。虽然没赢过多少。

我们站在车外，一同看着路的方向等杰森回来，一句话也没说。

我的肚子发出一阵叫声，毕竟我们一直都没有吃到早餐。我伸手进去包包里，拿出饭店的巧克力。虽然已经有点融化了，但还是很好吃。我就知道这可以派上用场。

就在我拆开包装时，美娜紧盯着我。我回望她。

"你要吗？"我问。

"不，"她说，"只是我们两个都饿着肚子的时候，你没有给我一块，这样实在很没礼貌。"

"所以我才问你要不要啊，"我气急败坏地说，"拿去。"我把另一块巧克力抛向她，她便反射性地接住。

"融化了耶。"她扮了个鬼脸。

"那就别吃，还我。"

她犹豫了一下，手指握紧巧克力的包装。"你要给杰森吗？如果是的话，那我宁可吃掉。"她臭着脸碎念道，"这都是他的错，但他们永远都不会怪他的。他一点都不值得这块巧克力。"

我笑了起来。她的臭脸让我想起利娅，每次看韩剧时，如果她喜欢的角色死掉了，她就会露出这种表情。

"干吗？"她僵硬地问道。

"没事，"我忍住笑意，"只是，你知道，你说得对。他不会惹上麻烦的。真要说的话，人们搞不好还会给他拍拍手，因为他至少还愿意载我们。"

"哈，"美娜哼了一声，"还真的咧。如果别人知道这件事，大概也会说是我们不经大脑，然后给他一辆免费的车，让他当加拿大新的观光大使。"她顿了顿，好像她不敢相信自己居然有办法在我面前说这么长的一番话，却不是在侮辱我。

"对，他们对待他和我们的方式，简直就是天壤之别，"我翻了个白眼，"就像那些主持人，居然问我们要花多久做表演准备。"

在她来得及拦住自己之前，她的话就脱口而出。"我还以为只有我注意到呢！"美娜瞪大眼睛，"为什么他们就不能问我们一些有趣一点的问题？"

"对吧？还有说要送我们去纽约？我是说，我当然不介意去纽约，但他们至少可以告诉我们吧。然后呢？大惊喜，下一站是南极喔！"

"还必须穿高跟鞋喔！"

"而且你们最好全程都保持微笑喔！"

我们大笑起来，然后她叹了一口气，靠在车身上，双手交抱在胸前："说实话，我早就应该习惯了。"

我顿了顿，想着彩排结束之后朱先生气得通红的脸："你是说你家吗？"

"对啊，"她耸耸肩，没有直接看着我，"你永远都不需要自己做决定；只要微笑、照着别人说的话做就好，这基本上是我家的座右铭。我不知道我为什么还会被吓到。一直以来都是这样。"美娜的脸颊有点泛红，她吐了一口长气："有时候我真的不知道我为什么还在努力。"

"嗯，我懂你意思。"我说，一边回想着过去几周，我是如何让挫败与悲伤的情绪在我心中堆砌。失去杰森、错过我爸的毕业典礼、失去明里、让利娅没办法去爱宝乐园。"他们到底要我们牺牲多少才愿意让我们出道？我家人放弃了纽约的生活，就为了我，但已经过了六年，还是一点动静都没有。现在我妈一直在逼我去念大学，好像我再怎么努力，我做的一切对她来说还是不够好。"

我的声音渐弱，看着地面，避开和美娜的眼神接触。

美娜清了清喉咙："听起来跟我爸蛮像的。"

我发出一声轻笑，突然发现我和美娜的共通点比我想象的还多："对。你不会想要让她失望的。就连我爸也怕到不敢让她知道，过去这两年他都在念法律学院。他刚毕业，还逼我一定要保密到他找到工作为止。"

美娜低声吹了一声口哨："哇喔，我觉得他应该很快就会找到工作了啦。如果他的工作态度跟瑞秋公主一样的话，很快就会变成全首尔最棒的律师了。"她对我露出一抹淘气的微笑。

我意外地笑了一声。我从来没想过美娜会用不是嘲弄我的口气说出我的绰号。

"你觉得杰森是死了，还是被人绑架了？"美娜问道，半是开玩笑、半是无奈。她举起手腕看着表，表面上的红宝石在阳光下闪闪发亮："如果他不赶快回来，我们绝对赶不上了。"

就在此时，道路另一边传来一声喇叭声，我们抬起眼，看见杰森坐在一辆脏兮兮的白色拖车副驾驶座。"嘿！"他大喊着，把头探出窗外，"找到人啦！"

"终于！"美娜喊回去，"我还以为我们要死在这里了。"

我们三人看着车子被挂在拖车上，我的肚子又叫了起来。我想一块巧克力还是不足以填肚子。"我们上路之后可以去买东西吃吗？"我问。

杰森笑了起来："不用！"他朝拖车走去，叫驾驶员停下来，然后伸手从前座拿出两个盒子："我带了粮食来！"

"太好了，"美娜说，"我现在超想吃面包卷和浓缩咖啡。"她伸手进红黄相间的盒子里，但微笑却瞬间变成惊恐。"这跟我想的不一样，"她边说边把盒子里的东西拿出来给我看，"这是……甜甜圈球吗？"

"当然不是，"杰森愉快地微笑着，"这叫作'天趣球'。"

"那是什么鬼东西？"她的表情因为恶心而扭曲着。

"这是加拿大点心呀。"

美娜又摆了个怪表情，我笑了起来，把粘着蜂蜜的天趣球塞进嘴里。"吃起来还可以啦，来。"我把加了两倍奶油、两倍糖的咖啡推给她。

"你会喜欢的。"

"我可不认为。"

"喔，喝完记得不要把杯子丢掉喔，"杰森兴奋地说，"可以把杯缘掀起来看有没有中奖！"

美娜翻了个白眼，但她的肚子叫了起来，便伸手拿过杯子。"喝起来超廉价的。"她一阵寒战。

"来，用这个盖盖味道吧。"杰森把天趣球的盒子递过去，怂恿她吃。

她用两根手指拿起一颗粘着糖粉的球，咬了一小口："真不敢相信我现在在吃这种东西。"

"我也不敢相信，我们应该要拍视频的。"我说。

"你敢！"她边说边把剩下的小球一口吃掉。

我们的车再度回到大路上，我们把喝完的杯子丢进拖车驾驶员给的一个垃圾袋里。

"美娜，"我问，"你想要把剩下的天趣球吃完吗？"

　　她走过来瞄了一眼盒子。"可能再吃一两颗吧，"她很快地说，然后把剩下撒着糖霜的小球倒在她手上的纸巾中，"你知道，留在路上吃。搞不好我们会再卡住一次。"

　　我咧开嘴："当然了，在路上吃。"

第二十章——

我人生中
已经有太多无法预测的事物，
我不想再多加一样上去。

当我们被困在安大略附近的荒野时，那些大量的糖分和咖啡感觉像是个好主意，但等我们来到布瑞特伍德的时候，我的心脏已经心悸到快要跳出我的胸腔了。坐在我旁边的美娜，也看起来坐立难安的样子，我们才刚下车，韩先生就朝我们冲了过来。

　　"终于到了！你们知道我打了多少通电话吗？"

　　"我们才刚恢复信号耶。"杰森抱歉地说。

　　"好吧，该准备了，动作快。你们一小时之后上场！服装有带吗？"

　　我们的服装？我对杰森皱起眉头，他则对韩先生皱起眉头。"你不是说你们会负责服装的部分吗？"他问。

　　韩先生愣愣地看着他，好像不知道他到底是不是在开玩笑。"不，"他缓缓地说，"我是说，你们可以自己开上来，只要你们等到服装干洗完成之后。"

　　我们之间降下一阵错愕的沉默。美娜来回看着他两人，面色变得无比惨白："这代表没有人有我们的舞台装喽？"

　　韩先生不悦地摇着头："显然如此。"

　　"不可能！"她朝杰森大步走去，面孔因惊慌和愤怒而变得扭曲，"我们的表演就这样被你给毁了！你就只顾着在加拿大开心公路旅行，完全忘记我们的服装！你那颗脑袋到底还有装什么东西？"杰森的嘴张了开来，但他一个字都没说。至少他还有点理智，知道自己该面露羞愧。

美娜双手捂住脸，语调变得越来越高："我们的表演毁了。我的天啊，我爸会怎么说？"

"没关系，我们会想到办法的。"韩先生说，但他的声音听起来也很不确定。惊慌的眼泪开始在美娜的眼中堆积，她用颤抖的双手把泪水抹去。"但我爸会怎么说？"她半耳语半哭泣地说。

我咬着嘴唇。也许是因为这是在认识她之后的第一次，我终于知道她为什么会变成这样的人，又或者是因为我得尽我所能地来拯救这场表演，总之，我转向美娜说道："别担心，我有准备。"

我伸手进入包包里，从中捞出一双绑带高跟鞋和闪亮的橘色迷你裙。"自从练习生宿舍的那件事之后，我就一直都有带备用服装。"我开玩笑地说道。她的脸一阵泛红，真的看起来很惭愧，不过我把洋装递给她："来，拿去吧。"

"那你穿什么？"她问。

我咧开嘴，转了一圈。"当然就是身上这套喽，"我大笑，一边拉了拉我的落肩 T 恤，"至少我们的颜色还是一致的。这才重要，对吧？"

韩先生瞄了身穿全黑服装的杰森一眼。杰森把裤管向上卷了起来，露出橘色的袜子。"看来这是命中注定的喽。"他说。

美娜朝他的方向哼了一声："帮我个忙，不要跟我说话。"

韩先生阴郁地朝我们点点头："这样也行。我们走吧。"

等到妆发都完成之后，我走出更衣室，准备呼吸一些新鲜空气，好好看看周遭围绕我们的高山，以及面对演唱会场的那些大湖。来这里的路上是有些周折，但这个小镇真的美得让人屏息。

"哎呀，在那里他们都没让你好好吃饭吧！"我被身后讲韩文的声音吓了一跳，立刻转向声音的方向。但她们并不是在和我说话。

她们是在跟杰森说话。

他正和三个年龄稍长的女人站在一起，三人都烫着大婶的卷卷头，轮流拥抱着他，一边拍着他的脸。她们好像感受到我的视线，其中一个女人转过头来，直直看着我。她穿着一件轻量的荧光夹克和背心，腿上穿着登山裤，看起来像是刚慢跑回来。我很快地转开视线，但已经来不及了。她招手叫我过去。我向后退了一步，像是在说：不，没关系，我不想打扰你们。但在我反应过来之前，她就已经来到我身边，抓住我的手。"哈喽，杰森的朋友！看过你们的视频之后，我一眼就认出你啦！来，来，过来打招呼！"她说着，一边领着我朝其他人走过去。

杰森露出心虚的微笑："瑞秋，这些是我的阿姨们。这是彩琳阿姨、莎琳阿姨和雅琳阿姨。阿姨，这位是瑞秋，她是我的……"

他的声音渐弱，而我的脸颊发烫。我们之间落下一阵不舒服的沉默，然后他终于决定好了说辞："合作歌手。她是我的合作歌手，是我们三人组的其中一个。"

杰森的阿姨们互看一眼，扬起眉毛，我们两个则尴尬地笑着。我暗自瑟缩着。

"表演完之后，你会跟我们一起吃饭吧？"彩琳阿姨说，一边再度抓住我的手。

我正准备礼貌地拒绝，韩先生却在这时出现了："杰森、瑞秋！你们要准备上场了。"

杰森和他的阿姨们拥抱道别，然后她们便离开了，准备去找自己的座位。

"你知道，你不一定要来晚餐的。"当我们朝舞台走去时，杰森这么说道。

"喔，好喔。"

"我的阿姨们只是很开心见到我而已。不过她们有时候真的有点……太过了。"

"我知道。"我说。我胸口有股纠结的感觉，但当我们来到后台区域时，我便决定把这感觉压下来。美娜穿着我的橘色洋装和高跟鞋，转了一圈。她对我露出微笑，我也回应了她一个笑容。

"好啦，大明星们！到了让 DB 骄傲的时间啦！"韩先生祝我们好运，然后送我们上台。灯光调暗，杰森清唱了歌词的第一句，观众一片沉默，他清澈的嗓音像是一道魔咒，席卷整个观众席，无人幸免。

然后灯光突然大亮起来，聚光灯打在舞台上，后方的乐团开始演奏。当我和美娜加入杰森唱起副歌时，我看见杰森的阿姨们在第一排跳着舞，为我们欢呼。她们不孤单。整个观众席活了过来，在空中挥舞着荧光棒，喊着我们的名字。

美娜的独唱段落来了，当我看着她时，有那么一秒钟，我完全忘了自己身在何处。她不费吹灰之力地滑过舞台，舞步完美地搭配着音乐，当她高唱着歌词时，她的嗓音饱满响亮。她朝我走来，眨眨眼，拉住我的手，让我和她跳了一小段可爱的抖肩舞。观众们完全拜倒在我们的魅力之下。我可以感受到这些天累积起来的压力从我身上溜走。就连我们即兴凑出的表演服，看起来都没有那么惨烈了。除了杰森的阿姨们之外，观众大部分都是白人。但他们喜欢我们。我看向观众席，能看见大部分的人都跟着歌词大声唱着——就连韩文的部分也是。人们争相用手机拍着我们的表演，但这是第一次，我觉得自己在所有的镜头前放松了下来。一股暖流流过我的全身，我想着我热爱流行音乐的原因。能和全世界的人分享我的语言和文化，并让他们真正看清，这是一件多么特别的事。让他们了解，让他们真心爱上。我感受到自己的微笑在脸上蔓延开来，而这是这趟旅程中第一次，我的心感到轻盈而自由。我记得我在这里的初衷，记得我为什么热爱表演。

唱到最后一段时，美娜身在舞台的另一边。她的开场强而有力，一个旋身转入杰森张开的手臂里。但就在他伸手要揽住她的腰之前，我看见她的一只鞋跟摇晃了一下。我还没有意识到发生什么事，鞋跟就啪的一声断开了，美娜一个趔趄摔倒在地上，她的手掌磨过舞台的地面。观众集体倒抽一口气，但美娜向旁边滚了一圈，摆了一个姿势。观众欢呼着，她则顺势跳了起来，踢掉脚上的鞋。她的脸上依然挂着微笑，但她的眼中闪过吃痛的神色，而当我们向欢呼的观众鞠躬时，我也看见她小心翼翼地避开自己的右腿。

回到后台后，她转向我，用力推了一下我的肩膀："你这个贱人！你是故意的！"

"什么？"我的声音哽在喉头。

"都是你给了我那双破鞋。你想要暗算我！"

"我没有！"我错愕地说，"美娜，对不起。我不知道——"

她又推了我一把，让我向后踉跄，杰森跳了起来，把她抓住。

"美娜，冷静点。"他说。

"滚远一点！"她一把推开他，怒气冲冲地再度转向我，眼神中闪烁着仇恨的光芒，"我早该知道你就是会做这种事。"

"美娜，你还好吗？"韩先生朝我们跑来，一手环住美娜作为她的支撑。他瞪大眼睛看着美娜快速红肿的脚踝："看起来蛮严重的。"

她瑟缩了一下，怒火逐渐被疼痛所取代。"很——很痛。"她像是无法开口承认般勉强地说。"但我没事，"她补充道，"只要给我个冰袋就好。"

"我觉得我们还是去医院比较好。"韩先生严肃地说，一边带着她往门边走。

"不要！我真的没事！"美娜坚持，"我只是……要走一走之类的。"她直起身子，试着走几步，但是她只要一把重心放在右脚，她就向前摔倒。

"去医院，立刻出发。"韩先生下令。她最后向我投来一抹仇恨的目光，然后就让他把她带向门外。

我的脑子一阵晕眩。我为什么要给她那双鞋？今早我把鞋放进包包里的时候，我怎么没有检查呢？或者我干吗不自己穿呢？现在该去医院的应该是我……但在我更钻牛角尖之前，杰森的阿姨们便出现在后台，把我们两个紧紧抱了起来。

"真是优异的表演！"彩琳阿姨说道，"我们一定要吃个晚餐庆祝！"

"喔，你们去吧。"我说。我瞥了一眼杰森，但他拒绝和我有眼神接触。"我不想打扰你们家族聚会的时间。"

"别说笑了。"雅琳阿姨边说边调整自己的香奈儿黑丝头带，上面经典的 C 字形商标是由碎钻所拼成的。"杰森最近都没有来拜访我们了。我们一定要借此机会好好喂你们一顿——你们都瘦到只剩皮包骨啦！"

"而且我知道这里最棒的餐厅。"莎琳阿姨同意道，一边举起她的 iPad 和我拍了一张自拍。"五星级的哟，全布瑞特伍德最棒的餐厅。"

我被一群典型的韩国阿姨们包围着，她们的情绪勒索与真诚的热情完美地交织在一起，让我回想起金家每次家族聚会时的场景。我又看了杰森一眼，这次他直直望着我，无助地耸耸肩。

"如果我的阿姨叫你吃饭，"他露出一个浅浅的痛苦微笑，"你就只能吃饭。"

布瑞特伍德的市中心也许是我看过最可爱的地方了。街道是用鹅卵石铺成，建筑则看起来像是洒过糖霜的姜饼屋。就连最普通的店家都看起来有股愉快的复古感，好像是直接从童话故事图画书里取出来的一样。彩琳阿姨跟我说，在冬天时，这里下的雪会让一切看起来更像是神奇的魔幻世界。

我们朝晚餐的餐厅走去的路上，杰森的阿姨们似乎认识路上遇到的所有人，每走几步就要停下来喊某人的名字，或是和某人快速地小聊几句。当我们抵达餐厅时（"这里的恺撒沙拉是全加拿大最好吃的！他们有额外加辣喔！"雅琳阿姨说)，我们立刻就被招呼到似乎是全餐厅里最好的座位，那是一张舒适的桃花木长桌，搭配高背皮革椅。从我们四周的窗户看出去，外头的山脉美景尽收眼底。

我看了杰森一眼，对于这种贵宾待遇感到不可置信，但他好像根本没注意到一样。一阵反感突然在我心底蔓延。真是典型啊。我翻了个白眼，而他正好在最后一瞬间朝我看了过来，脸上带着困惑的神情。

"你有什么毛病啊？"他往阿姨们的另一个方向倾身，低声说道。

"我没有毛病啊，大概只是不习惯到哪里都有粉丝献殷勤吧。"

他眯起眼睛看着我："你完全不知道自己在说什么。"

现在换我听不懂了："你说什么——"

突然间，一名服务生拿了一瓶白葡萄酒，出现在桌边。"看到你们真是太好了！"他对杰森的阿姨们说，一边替她们每人倒了一杯酒，"来得正是时候。我们的酒刚好到货，所以我们就把这瓶保留给你们了。我们知道你们特别喜欢 2001 年的老酒。"

莎琳阿姨咯咯笑了起来，端起她的酒杯："当然！所有的好东西都是 2001 年出产的呀。"她朝杰森眨眨眼，杰森的脸便红了起来。我意识到杰森是 2001 年出生的，便暗自微笑。

"她说得对！"雅琳阿姨附和道，然后啜了一口白葡萄酒，"这真的太赞了。"

"当然只给几位女士最好的喽。"服务生愉悦地说道。

我皱起眉头，试着把线索凑起来。也许那些人不是杰森的粉丝，而是杰森阿姨们的粉丝。她们也是名人吗？

"所以，瑞秋，"点完餐之后，雅琳阿姨说，"和杰森一起工作的感觉怎么样？他会很追求镁光灯吗？以前只要他不是大家的焦点，他就会哭得很惨。"

"拜托，阿姨，我哪有？"杰森抗议道，脸颊泛红。

"我们的杰森很帅吧？"彩琳阿姨说，一边宠爱地看着他。她对我眨了眨眼："他遗传了我们家族最好的基因。"

我礼貌地微笑，这次成功压抑住自己翻白眼的冲动："跟我们聊你自己吧，瑞秋。你的父母是做什么的？"

"阿姨。"杰森哀号。

"干吗？我只是想要了解一下你的朋友啊。"

我犹豫地笑了笑，然后开始告诉他们我的家人们以前在纽约的生活，但认真说，当食物上桌时，我真的松了一口气。直到几周前，和杰森的家人见面对我来说还会是美梦成真，但现在这只是又一次提醒我，自己究竟失去了些什么。

"你们会把我们宠坏的啦！"当服务生带着另一瓶酒和五盘免费的提拉米苏回来桌边时，莎琳阿姨说道。

"如果是李家的人，再好的东西都不为过呀。"服务生雀跃地说。

我的叉子停在半空中，突然间想通了。李家的人。我回想着稍早前经过的街道，还有那些像童话世界一样的小屋子：李氏药局、李氏杂货店、李氏干洗店，还有我们在这间餐厅受到的特殊待遇，以及杰森的阿姨们像是认识路上的所有人。她们是他母亲的姐妹，而且所有人都知道杰森在他妈妈过世之后就改从母姓了，所以她们一定也都姓李……我转向杰森，压低声音。

"这个城镇是属于你妈妈家的还是怎样？"我低声问，半期待他会因为我愚蠢的问题大笑出声。

"不。"

"喔，对啦，对不起，我只是想——"

他看向我，然后叹了口气："我是说，这当然不干你的事。但是如果你真的想知道，其实不是整个小镇。只是……大部分啦。"

我的下巴几乎掉了下来："认真吗？但你怎么从来没有——"

"干杯！"彩琳阿姨说道，一边打断了我的话。她举起杯子，"敬杰森和瑞秋，还有优秀的演出！"她的眼睛泛着泪光，"你妈妈一定会以你为傲的，杰森。"

"嘿，嘿，太扫兴了吧。不许哭。"雅琳阿姨说着，一边抓起她姐妹的酒杯，"你喝太多啦，开始哭哭啼啼的了。"

"对啦，对啦。"彩琳阿姨说，一边擦了擦眼睛。

"干杯！"莎琳阿姨说。她看着我，露出微笑，"瑞秋，欢迎你随时回来看我们。"

杰森和我一起举起酒杯，我看见他眼睛也有些湿润了，"干杯！"

我和杰森沉默地坐在演唱会场后方的阶梯上，看着DB员工把我们的东西装上保姆车。我们两人都带着一大袋的打包食物，是他的阿姨们坚持要我们带走，在回程的路上"塞塞牙缝"的。一部分的我想要问问杰森布瑞特伍德和他家人的事，但我没有——他也什么都没说。在那场晚餐后，感觉我们双方都想要拉开一点距离。

"他们好像从医院回来了。"杰森边说边站了起来。

韩先生朝我们走来，美娜则缓缓走在他身后，挂着一副拐杖。我们快步迎了上去，心沉到谷底。

"她扭伤脚踝了，"韩先生疲惫地说，"这意味着她不会参与接下来的纽约之旅。我们今晚就会送她回韩国，让她在家休养。"他交代完后，便径自往工作人员的方向走去了。

美娜缓缓转过头来看着我，眼中闪烁着愤怒的泪水。"希望这下你满意了喔。"她说道。

这就像铁锤重重地敲在我的心上。她怎么可以说这是我想要的？

"美娜，我从来没有这样想——"我开口说道，却被她的手机铃声给打断。

她一开始还打算假装没那回事，但手机响个不停，直到她放弃抵抗，接了起来。她连"喂"都还来不及说完，朱先生的吼叫声就从电话另一端传来。

"丢脸！太丢脸了！你连好好站着唱完一首歌都做不到？你是白痴吗？因为那是丢人现眼到这种程度的唯一合理解释了。你不属于我们家族，你不是我女儿。"美娜静静听着，头低垂到胸口，泪水顺着脸颊滑下。杰森和我撇开视线，但我觉得自己的心都要碎了。当她终于挂上电话时，她把手机塞到包包最底层，并快速眨掉眼泪。

"美娜。"我再度开口。但是一点用也没有。她扬起下巴，忽略我，然后转过身，朝保姆车走去，找了一个座位坐下。

　　"嘿，"当我开始跟着她走时，杰森说，"你可以跟我一起开租的车回去。你知道，如果你想跟美娜保持一点距离的话。"

　　我顿了顿，这提议很吸引人，但是现在的杰森实在难以捉摸。而我人生中已经有太多无法预测的事物，我不想再多加一样上去。美娜也许讨厌我，但我至少知道和她待在一起的时候会遇到什么。

　　"谢了，但我想我还是搭保姆车吧，"我说，"多伦多见喽。"

　　"好吧，"他点点头，举起手挥了挥，"回头见。"

　　我朝保姆车走去，爬进车厢里。当我转身系上安全带时，我看见杰森还站在那里，看着我。

第
二
十
一
章
——

等你真的出道，
那个压力可是一百万倍不止。

"所以这究竟是何方神地？"杰森问道。我们坐在毕士达喷泉的边缘，脸几乎贴在一起了。我们身后的水天使雕像上停满了鸽子，正用不怀好意的兴致盯着我们。

"嗯……"我说，"这是中央公园里的美丽古迹。"我伸出一只手，环住他的肩膀，用力搂了一下，"还有，这里也超适合自拍的。拍照之前，你还可以用水面当镜子。笑一个！"

我抽出手机，拍了一张我们两人坐在喷泉前的照片，手比着V的手势。

"卡！"

杰森和我僵在原位，导演和摄影组的人则看着回放的视频。"再拍一次，各位！然后这一次，拜托，特写杰森的脸——各位再努力一下吧！"

我放下手机，垮下脸。我不知道我期望第一次两人一起来纽约会是什么场景，但绝对不是现在这样。我们前一天抵达纽约的时候是正中午，而我现在已经在镜头面前坐了八小时，就为了拍一部DB临时决定加拍的宣传视频，剧本是我要带着杰森逛这座城市，带他去我最喜欢的地方。

只是我们没有去任何一个我真正喜欢的地方。我们的行程是事先写好的，我们要说的话也都有规划好的台词。这整天唯一的好处是，因为我又累又饿，我连在镜头面前感到紧张的精力都没有了。

"让她穿另一套衣服去吃早午餐。"导演说。

又换衣服？呃。我们只要换到一个新地点，他们就会要我换一个妆发。我当然很乐意穿各种造型的服装，但这整件事都太荒谬了。而且同一时间，杰森却整天都穿着同一条牛仔裤。他全身上下有在换的东西就只有他的太阳眼镜。也没有人会为了丸子头还是鱼骨辫比较搭配飞行员墨镜而吵二十分钟的架。

他们把我的头发卷好，让我穿上一件冰蓝色的洋装（"一顿轻松早午餐的完美造型！"），然后我们便前往所谓的"我小时候最爱的餐厅"——但事实上，那是一间昂贵的法式餐厅，我连它的名字都念不出来。

"记住，你要盯着菜单很久之后点一个洋葱汤，"导演看着我说，"杰森，你就随便点吧。"

我应该会更喜欢烤鸭腿松饼——或是挑一间更棒的店，像是"爱丽丝的茶杯"，那是一间爱丽丝梦游仙境主题咖啡厅，我和利娅以前都会在那里庆生，吃司康、喝下午茶，翘着小指，觉得自己像是公主一样。我最近都累到没有心思感觉任何东西了，但我突然被一股浓浓的思乡之情给侵袭，让我差点摔下椅子。我强迫自己紧坐在位置上，假装认真地研究着法式菜单，而杰森就点了烤鸭腿松饼。当然了。我差点就要他分我一口，但在布瑞特伍德的晚餐过后，我和他之间的关系就变得怪到不能再怪了。

导演对我打了个手势，要我快点说台词。我举起玻璃杯，露出微笑："干杯。"当我们的杯子相撞时，我只能勉强和他对看一秒。此时，我的肚子饥饿地叫了一声，杰森则哼笑起来。我很快撇开视线，啜了一口饮料（我连我喝的是什么都不知道。粉红柠檬汁？还是葡萄柚汁？）好掩饰我差点就把整碗汤倒在我对手戏的伙伴身上的事实。

"开动啦！"杰森说，尽管他已经吞掉了半盘的松饼。

"你得用法国人的口吻说啊，"我纠正道，一边对着镜头微笑，"好好享用！"

我都还没把汤匙举到嘴边，导演就喊了一声："卡！完美。我们可以去下一个地点了。"

"但我都还没吃耶。"我眨着眼说。

"我们会打包带走的，"导演心不在焉地说，"我们得转场了，不然今天拍不完了。"他转向他的助理："我们可以再给女生换个衣服吗？"

我哀伤地看着眼前的洋葱汤。杰森突然担心地看着我。

"来，"他说，一边把他的盘子推给我，"把剩下的吃完吧。"

我饿到没有力气跟他争执了，我从他面前端走盘子，快速咬了几口松饼，几乎连味道都还没尝到，我就又被换上一件紧身皮裤和一双细跟鞋，然后被推到时代广场的中央去了。阳光在头顶直晒，我的手指光是摸到头发都觉得要烫伤了。不管是谁决定要我穿皮裤和高跟鞋去全纽约最人潮汹涌的地方，他都应该要重修时尚学分。

一群女生在距离我们不远的地方，倒抽一口气，掏出手机对着我们拍照："我的天啊，是 NEXT BOYZ 的李杰森！"

"唔，但是旁边是那个金瑞秋啊，"另一个女生朝我的方向哼了一声，"韩国人不是超爱整形的吗？如果我是她，我大概会整张脸重做吧。"他的粉丝已经跟着我们一整天了。只要有一个人在社交网站上曝光我们的位置，就会有一大群不知道从哪里冒出来的人，一直对着杰森犯花痴。

我回想起乐天世界的事情，汗在我的皮裤里流个不停，但现在摄影机正在拍摄，我除了保持微笑之外别无选择。导演领着我们在时代广场中间走动，最后让我们坐在红色看台座位最下层，叫我在那里念出我的台词，说这是我在整个城市中最喜欢的地方，我小时候会来这里，梦想以后成为韩国的歌坛巨星。（但告诉你们一个事实：这不是我最喜欢的地点，而且没有一个土生土长，又真的把自己的精神健康当一回事的人，会自愿来时代广场的。）

我们经过了一个专卖清真食物的餐车，烤肉的味道让我一阵晕头转向。我记得爸妈以前每周五晚上，都会从距离我们家两条街的餐车那里，买烤鸡肉和炸豆泥丸子来给我们当晚餐。他们都会说餐车主人也是来美国寻找更好的生活，就和他们一样。而且那真的很好吃，柔软又有嚼劲的皮塔饼、烤鸡肉，还有冰凉的酸奶酱……

突然，杰森的手臂环着我，我的脸颊贴着他的胸口。

我眨了眨眼。刚才发生什么事了？

"你还好吗？"他问道，担心的神情刻在脸上，"你刚刚整个人在摇耶，感觉好像快要倒下去了。"

"我有吗？"我说，一边眯着眼睛抵抗阳光。我把手贴在额头，觉得头晕目眩。

杰森愤怒地转向拍摄组："别拍了！你们没看到她需要休息吗？"

"但是杰森，我们的行程很紧。"导演说着，一边低头看着下一场戏的笔记。

"我才不在乎行程紧不紧，"杰森回嘴，"如果我说我需要休息，你们就会暂停了。"

导演的头倏地抬起："杰森，你还好吗？你需要休息一下吗？卡！各位，让杰森喘口气。然后，谁给他一点水好吗？"

杰森气愤地摇着头："不是，你们在干吗？我在说的就是这个！你们视频的主角差点就要因为饿肚子和脱水昏倒，但你关心的却是我？"

"因为你是李杰森呀。你是 DB 最大咖的明星——"

"你知道吗？"杰森打断他，"你说得对，我是李杰森。我决定今天从现在开始放假。"

他从装着我所有公司批准的服装衣架上扯下一件运动裤、一件 T 恤和一双球鞋，然后把我从摄影组身边带走。他的粉丝们疯狂地拍摄着我们，把整个对话捕捉下来，显然也公开在各大社交媒体上了。但我一点都不在乎。我突然意识到，这星期已经应付了太多摄影机，我现在一点感觉也没有了。

"走吧。"他咧开嘴，伸出手，然后说出了英文里最优美的几个字："我们去吃午餐。"

我进攻第二个洋葱汉堡，然后吐出一口气，盘腿坐在麦迪逊广场公园旁的计程车里。我身旁的杰森摇下车窗，看着窗外的一群观光客正在喂肥到不行的麻雀吃薯条，便拿起手机拍他们的照片。

"所以……回来纽约，你有什么感觉？"杰森缓缓问道。在我吃过饭之后，我和杰森终于意识到，这是从路边摊餐车那晚之后，我们两个第一次独处。

"很奇怪。"我顿了顿，然后终于承认道。我不确定自己还能说什么，所以我又咬了一口汉堡，乡愁的感觉仍然在我心中回荡。

杰森点点头，打量着公园，就是不看我。

"怎样的怪法？"

我叹了一口气。这让我不得不想起，搬去韩国后，我们家的生活和在纽约时有多大的差别。"我也不知道，什么都怪吧，"我几乎想也没想，掏出手机，让他看了我爸毕业时拍的自拍，"我爸刚从法学院毕业。我是我们家唯一一个知情的，因为他希望确保自己可以成功之后，再让其他人知道。"我看着屏幕上爸爸微笑的表情，"我懂他，我也有很大的压力。如果我没有成功，我这几年投入的一切就要归零了。我很怕这件事发生。"

杰森有些震惊地瞪大眼睛，我又安静了下来。但他只是理解地点点："嗯，我懂那个压力。"

我本来想要笑一声，但我可以听见自己语调中的苦涩："我想你的狂粉和我们可爱的导演会不同意你的说法喔。"

杰森一手扒过头发，思索着："我知道从外人的角度来看会是什么感觉。但是想想你现在投入了多少努力——你准备出道的压力。但等你真的出道，那个压力可是一百万倍不止。"

我的声音哽在喉头："我一直很担心出道的事，我好像一直没有去想，等我真的出道之后会怎么样——如果我真的能出道的话。"

"你会的，"杰森说，一边直直看着我的双眼，"你的家人也会每场演唱会都到场支持的。利娅一定会坚持这一点，我很确定。"他露出一个爽朗的微笑。

"你还好意思说！你的阿姨完全完胜利娅好吗？"

杰森又笑了，但这次更显得漫不经心："对。对了，晚餐的事，我很抱歉——我知道她们三个真的不是很好搞。尤其是有漂亮女生在旁边的时候。"

我感觉到胸口有一股熟悉的悸动，但我选择忽略它。"回到多伦多是什么感觉？"我问。

"很奇怪，"他说，"我很爱我的阿姨，但我很少回家了。就是……很难。"

我犹豫着，不想挖掘他的隐私，但又很怀念我们这样轻松对话的时光，"因为你妈妈的关系吗？"

杰森看着我，然后用几乎不可见的动作耸了耸肩。"对，还有——"他顿了顿，"我也知道你应该有发现，我们在加拿大的时候，我爸都不在。"

我点了一下头。

"长大的过程中，一直以来都是我和我妈一队，我爸自己一队。我们不是故意的。我和妈妈都爱音乐——尤其是韩国的流行乐。她以前晚上哄我睡觉的时候，都会唱郑宥娜的老歌给我听。那感觉是我们之间的小默契。"他露出悲伤的微笑，"但我爸不喜欢。他不想要她在家里讲韩文给我听，或是煮韩式料理。他一直说，在她青少年时代移民到加拿大之后，她就应该要吸收多伦多的生活方式了。他一直不懂为什么对她——对我们——来说，和我们的文化保持联系多么重要。"

他深深叹了口气，在指间转着一根薯条。

"她去世之后，我们就渐行渐远了。我想要保留她的记忆，所以就会唱她教我的那些歌。但只要他听见我弹韩文歌，他就会抓狂。他为了一首歌可以气到一种很吓人的地步，只是一首韩文歌而已耶。"

我的喉头像是被什么东西堵住一样，我屏住呼吸继续听他说。

"我的阿姨们还是住在布瑞特伍德，那是我妈长大的地方。只要我和爸爸吵架，我就会哭着打给她们，直到后来，她们终于告他，要拿我的监护权。她们一直说我爸很认真打官司，想要留下我，但我在搬去首尔之前才知道真相。她们三个卖了一些家族的股份，然后给我爸一大笔和解金，他就收了。一句话都没问。就这样，我搬到布瑞特伍德，改成我妈的姓。从那之后，我跟我爸之间就变得很……复杂。我以为这次会看到他，但他说他下班来不及。"

我回想起几天前，在饭店大厅听见他那通火爆的电话。现在我终于懂了。

我咽了一口口水，但我的喉头还是很紧绷。我想要伸手碰碰他，告诉他我很遗憾，他让我的心都碎了，但我最后只是说："杰森，我完全不知道。"

"大部分人都不知道，"他轻描淡写地说，"但接下来的事大家都知道了。我阿姨鼓励我继续玩音乐，尤其是韩国音乐，当作为我妈哀悼，也是和她的一个联结。所以我就在 YouTube 上面翻唱。然后 DB 就来找我了。然后现在呢——"他张开双臂，"我在麦迪逊广场公园，看着世界上最肥的麻雀吃薯条。"

我笑了起来，用手掌盖着眼睛："真是趟难忘的旅程。"

"对吧？"他咧开嘴，但他的笑容很快就消失了。"对不起，瑞秋。"杰森突然说道。

"怎样？你说差点让我哭吗？"

他露出浅浅的微笑，摇摇头，表情变得严肃："我是指双重标准那件事。你说得对。在那晚听了姜吉娜说过的话之后，我就一直觉得是你们太小心、太疑神疑鬼了。但是……我错了。我应该要听你说的。我应该要更注意一点的。但我没有，因为我那时候并不想。我不想知道人们是怎么差别对待你和美娜及吉娜的。"他顿了顿，咽了一口口水。"我应该要是你的……男友的。"他吞吞吐吐地说着，脸颊一阵泛红，但他继续说下去："但我甚至连一个好朋友都算不上，我居然对在眼前上演这么久的事视而不见。光是这一点，就让我跟那些高层、那些粉丝一样坏……跟每个人都一样。但我想让你知道，我现在看到了，我也会一直在你身边。不管怎么样。对不起，我之前是个烂人。"

"你是呀。"我微笑起来。"但谢谢你这么说。好朋友。"我对他伸出手。

"好朋友。"他说，一边握住我的手。他张开嘴，像是要说些什么，但是他只是更用力握住我的手，捏了捏。

第二十二章——

我害怕长久以来努力想完成的梦想，最后还是不够满足我，又或者是我在努力的过程中就会失败。

隔天早上，我被旅馆房间门外的一声巨响给吓醒。是 DB 帮我送客房服务的早餐来了吗？我把房门打开，却连一声尖叫都还来不及发出，就被一团带着苹果花味香水和彩色发夹的东西给击中。

　　"大惊喜哟！"

　　"我的天啊！"朱玄和慧利抱住我，我则尖叫出声，"你们怎么会在这里？"

　　"我们的表姐在布鲁克林办了一个订婚派对，好炫耀她的婚戒，"朱玄边说边在我床上坐下，"所以我们就决定来拜访一下我们的小小国际巨星啦。"

　　"我觉得我们的惊喜给得满成功的啊。"慧利胜利地咧开嘴，"噢，别这样嘛，干吗哭呢？"

　　我大笑起来，我的茶树晚安面膜被流下脸颊的泪水洗去。我一直沉浸在纽约的乡愁中，都忘了我有多想念首尔……而这对双胞胎就像是首尔直送来的礼物。

　　"你现在没在忙吧？"朱玄问。

　　我瞄了一眼放在饭店房间桌上的功课。我应该要今天把作业做完的，今天是我这趟旋风之旅的唯一一个假日，"嗯……"

"因为我想说我们可以去逛街。"慧利说。

我的眼睛一亮："逛街?"

"我们在巴尼斯百货里有一间专属的私人包厢。"朱玄边说边挤眉弄眼。

私人包厢? 巴尼斯精品百货?"给我一分钟。"我说，然后朝我的行李箱冲去。

我钻进浴室里，换上一套白色牛仔短裤和一件丝质薄荷绿的上衣，头发扎成一束蜈蚣辫，肩上挂着小背包，"请带路。"

"你们觉得这件怎么样?"朱玄穿着一件下摆打褶的白色丝绸洋装，袖子则是抓皱的薄纱长袖。她转了一圈，回头看着我们。

我向后靠在私人包厢中的贵妃椅椅背上，从水晶玻璃杯中啜饮着加了柠檬片的气泡水。"是很可爱啊，但去参加婚礼类的派对，宾客应该不要穿白色比较好吧。那是新娘的颜色。"

"拜托，那只是一个订婚派对而已呀，"朱玄说，一边对我吐了吐舌头，"再说，这也不是今晚要穿的。这是为了去参加我们的公司舞会。你知道自己要穿什么了吗?"

舞会。我完全忘了。双胞胎的爸妈每年暑假都会办一个公司舞会，而我每一次都有参加。但最近发生的事情，让我完全把这件事抛到九霄云外去了。我摇晃着水杯，盯着里头的柠檬。

"我今年……可能没有时间。"我说。

"不——瑞秋!"慧利说，"你一定要来!"

"对啊。"朱玄说，"这是我们的闺蜜传统耶! 我帮你们俩化妆，然后大吃寿司，一边看我爸妈跟首尔最讨人厌的有钱人们周旋，最后回家穿着礼服看《贱女孩》啊！"

我微笑着，一边感受到缓缓升起的罪恶感："我知道，而且我也很爱啊。我只是不知道我今年暑假有没有空。"

"没有时间吃免费寿司和看林赛·罗韩？"朱玄的嘴巴张大，"流行乐坛是不是把你的灵魂都吸干了？你已经累到连玩都不会玩了耶。"

我虽然嘴上大笑着，但内心不禁一阵瑟缩。朱玄也许是在开玩笑，但她不知道自己命中红心。

"我知道你需要什么了。"慧利果断地说。她从架上抓起一条点点花纹的雪纺纱短裙，举到我面前："你需要一条参加订婚派对的裙子。"

"什么？我不能去你表姐的派对啦！我又不认识她！"

"当然可以。"朱玄实事求是地说，一边扯下更多条裙子让我试穿。

"没什么好争的，瑞秋，"慧利微笑，"就当作一个好玩的实验吧。"

"好吧好吧，"我举起双手，"我放弃。"

"很好，"朱玄说，一边把一条银色的无肩带洋装丢到我身上，"就从这件开始吧。"

上一次来布鲁克林大桥公园的时候，这里并没有独角兽型的葡萄酒喷泉，也没有粉色的充气球池，里面塞满迷你迪斯科彩球。我也很确定 DJ 迪波洛并没有在一间亚克力树屋里直播自己混音的现场，全身上下还撒满了荧光亮片。

我目瞪口呆地望着这一切，然后转向双胞胎："是怎样？"

"我们家晚上把这个公园租下来了，直接打造成派对会场，"朱玄说，"这些东西明天早上就会全部撤走了，所以我们最好趁现在好好享受！"

我童年记忆中的旋转木马旁，摆了一张巨大的桌子，上面堆满戒指造型的马卡龙，还有一座自助棉花糖吧台，上面可用的配料从可食用的亮片到草莓口味的跳跳糖，应有尽有。城市的天际线成为这一切的背景，而我视线所及的每一个人都像是在发着光，散发出一种全然无遮掩、衷心的快乐。但也许是因为她们头上都戴着一顶发光皇冠的关系吧。当我们走进公园更深处时，我看见杰森站在独角兽喷泉旁，视线在人群中搜索，像是在等人。我不禁屏住呼吸。

我没想到会在这里看见他。

当他的视线落在我身上时，脸上便立刻绽开一个灿烂的微笑，我才意识到他是在等我。

我花了一点时间才发现他不是一个人。我意外地看见敏俊和大镐正站在他身边，喝着喷泉里的葡萄酒。敏俊看着我，露出微笑，朝我举起酒杯。

"你终于到啦，瑞秋。"他说，一边用手肘撞了撞杰森，"这家伙差点就要派出搜救队去找你了。"

"嗨，瑞秋。"大镐边说边喝着他的红酒。

"现在是怎样？"我说，眼神来回扫过眼前的人，最后回到双胞胎身上，却看见她们脸上挂着心知肚明的微笑。

"我们还是让杰森解释吧。"慧利说。

杰森害羞地微笑着，眼神在和我对视时变得温和。"我只是希望你在回到故乡时能有一点美好的回忆。当你回想起你的第一次演唱会之旅，我希望你记得的不只是没完没了的饿肚子录影和狂换一千次衣服。我希望你也有一些不愿忘记的回忆。我请赵家双胞胎帮忙，她们说要来参加订婚派对，所以——"他耸耸肩，表现得轻描淡写，但他脸上的表情看得出来非常得意，"我的惊喜计划就这么顺利完成了。敏俊和大镐是跟双胞胎一起飞过来的，要跟我们一起庆祝。"

"杰森……"我想着我脑中想说的一切：你太贴心了。谢谢。不敢相信你为我这么做。这简直就是一场梦。但环顾四周，我突然又感受到一股焦虑。这座公园里满满的都是宾客。如果他们之中有人是 NEXT BOYZ 的粉丝怎么办？

当他看见我的表情，杰森的微笑扭曲了一下。"怎么了？"他问。

"我只是……我是很开心啦……但如果有人认出我们呢？"我问。杰森和敏俊都在这里，他们两个会引起的骚动非同小可。而我今天可不打算面对他们粉丝的骚扰，或是向 DB 解释，为什么我和杰森一起参加布鲁克林派对的照片会在网络上流传。我们之间的关系好不容易才好了起来，我不想再应付这些。

"瑞秋，这里是布鲁克林，"朱玄很快地说，肯定地握了握我的手，"这里的人宁死也不会承认他们认得，或是喜欢某个闪亮亮的韩国歌手，好吗？没有什么好担心的。"

我打量四周，发现她说得对——没有人在对着名人 DJ 拍照，或是偷看某个二十几岁的偶像歌手，在球池里和他美丽的红发好莱坞演员未婚妻接吻的画面。我开始放松了起来。

"你说得对。"我说。我转向杰森，露出微笑，"这真的太不可思议了，谢谢。"

"好啦，好啦！"敏俊插嘴道，"我们现在可以开始玩了吗？最好在这家伙喝独角兽汁喝到醉之前开始喔！"

他用大拇指比向一旁的大镐，后者明明才喝了一杯，脸却已经涨得通红。

"看起来很糟糕吗？"大镐问道，一手贴着自己的脸颊。

"你看起来很棒啊。"慧利说，她自己的脸颊也因为别的原因而涨成了粉红色。

敏俊摇摇头："我的兄弟啊，你现在真的是大苹果里的一颗苹果。"

杰森转向我，眼中闪烁着兴奋的光芒。

"你想要先做什么？"他边问边对我伸出手。

我对他咧开嘴，当我感受到他的手轻轻揽着我的腰时，一股熟悉的晕眩感再度席卷而来，"你觉得呢？"

我们同时大叫出声："甜甜圈秋千！"

我们在公园里闲晃，先是来到巨大的甜甜圈造型秋千旁，敏俊试着在荡到半空中时后空翻（幸好顺利地落在后方热带岛屿造型的充气床上），然后又跑去树屋旁，敏俊和慧利高唱着《我是你的傻瓜》的歌词，他的手臂环着她的肩膀。我的头发贴在脖颈后方，脚也跳舞跳到疼痛不已，但我很兴奋，我们所有人都在纽约，参加一场没有人认得我们的派对。杰森和我抓着彼此尖叫着，他抱着我，让我沉浸在一整团温暖的枫糖与薄荷气息之中。

歌曲渐渐淡去，DJ（唱片骑师）的声音从扩音器中传了出来。"这里谁在恋爱啊？"他问。前方的群众中，我看见双胞胎的表姐和她的未婚夫欢呼起来，他们的朋友紧紧包围着他们。"就是这样！现在，我要放的音乐可能有点新，但这首歌才刚登上韩国流行歌排行榜的榜首，我知道你们一听就会爱上了！准备好啦！"

当音乐开始时，群众的欢呼声变得更大了。我听见杰森的声音从音响中传来，我倒抽一口气。

这不是随便一首韩文歌。

这首登上榜首的歌，是我们的歌！

我双手捂住嘴，愣在原地。

杰森的表情无比错愕，双手举向空中，像得了冠军的奥运选手。"是我们！"他大喊。"我们是第一名！"我们四周的人跟着歌曲欢呼，随着音乐摆动，脸上挂着灿烂的笑容，而我几乎听不见他的声音。他们都爱这首歌。

我尖叫着，在原地蹦跳："我们是第一名！我们是第一名！"

他大笑起来，把我举起，转了一圈又一圈。

他的手碰触着我的腰，而我心中有个什么东西破碎了。我这阵子试图隐藏起来的情绪，全都流泻了出来。

然后我突然理解了什么。

我和杰森第一次接吻时，心里充满了恐惧。我害怕长久以来努力想完成的梦想，最后还是不够满足我，又或者是我在努力的过程中就会失败。我害怕我会让我的朋友、俞真姐和我家人失望。但恐惧没办法喂养你的梦想。

它只会喂养出更多的恐惧。

如果我只想要跟随我的心，把握机会呢？如果我想要胜过这个产业中无穷无尽的批判和竞争呢？如果我想要不畏惧地抓住自己的幸福，不管那是以何种模样出现呢？而我知道我和杰森之间的感情，不管是以什么名分存在，都会在我心中激起火花。我不是应该要跟随那道光亮，看看它会引导我走去哪里吗？我不是应该要和让我的心都能歌唱的男孩，手牵着手、自由谈笑吗？

就算这代表我也许得放下我的梦想？或者我得换一个新的梦想？

当他终于转向我时，他的脸带着我以往熟悉的光芒，我觉得像是有一千朵烟火在内心绽放。我们靠向彼此，而就在我们的嘴唇相碰之前，他顿了顿，我们之间发生的所有事，就悬在我们之间的空气中。但我没有抽开身子。我伸出双手，环住他，然后吻了上去。我听见我的朋友们吹着口哨，在我们身边欢呼，但在那一刻，我眼中只有我和杰森。

在那一刻，一切都很完美。

第二十三章——

我们家的门一关上，
她就立刻露出了
一抹恶魔般满足的微笑。

利娅最喜欢的一集《甜蜜梦乡》，是朴都熙和金灿宇第一次约会的那一集。他迟到了，没能准时到餐厅和她碰面，外头也开始下雨了。她以为他改变心意，不打算来了，所以开始往回家的路上走，没有撑伞——但当她走到一半时，雨突然不再落在她身上了。是金灿宇。他拿着自己的伞撑在她头上，一手抱着一大袋杂货，被雨淋成了落汤鸡。后来她才知道，他其实提早到了，但是他发现餐厅没办法做她最喜欢吃的那道料理，所以他跑了好几间店，就为了找到用完的材料，好让厨师可以做那道菜给都熙，这才是他迟到的原因。

每次只要利娅看这一集，她的脸就会因幸福而闪闪发亮，然后叹一口气，"这就是真爱啊。"

我回想着妹妹为了这些故事兴奋不已的表情，现在我有一个更棒的故事可以告诉她了：我和杰森的故事。我和他之间的关系还很新，也很脆弱，而我甚至不确定我们回到首尔之后，"我们"会变成什么样子，但是我充满了希望，比以往任何时候都要充满希望。

当我打开我们家公寓大门时，满心等不及要见到我的家人了。

我知道爸爸收到他的毕业礼物，一定会很开心的，那是一本皮革制的笔记本，封面上刻着城市的天际线。我更想见到妈妈，给她一个纽约市计程车造型的下雪水晶球，正好可以加入她的世界雪球收藏里。

"我回来啦！"我喊道，一边把鞋子踢掉，踩进我的居家拖鞋里。

"瑞秋？"妈妈的声音从里面传来，"我们都在客厅里。"

我朝客厅走去，愉快地拖着我的行李箱："准备好喽，家人们，我有带礼物回来哟——"

"嗨，瑞秋，"美娜甜甜地微笑着，"剩下的旅程怎么样呀？"

我僵在原地。就像妈妈说的，他们全都在客厅里。爸爸、妈妈、利娅——还有朱先生和美娜。他们坐在一张折叠式的木头茶几旁，桌上摆着几杯大麦茶，还有一盘切得工工整整的梨片，旁边放着几只小水果叉。看着梨片还没有被动过、茶杯也还冒着热气的样子，我知道他们才刚到不久。

而且，利娅手中还握着一支哈密瓜冰棒，但我妈平常是不可能让她在客人拜访时吃冰的。

"很棒。"我缓缓地说。看到朱家父女出现在我家，我得用尽全身力量，才让我脸上的困惑之情保持在愉快的惊讶，而不是错愕和恐惧，"你还好吗，美娜？你的脚踝如何？"

"喔，好极了！"美娜甜笑着说，"爸爸帮我找了全首尔最棒的物理治疗师，我现在已经完全恢复啦。"

"其实呢，瑞秋，你回来得正好。"朱先生说，对他的女儿微笑着，然后对我打了个手势，示意我坐下。

我瞪大双眼，但立刻恢复原本的表情。一把火在我心底闷烧，他居然在我家请我坐下？他才是不属于这个地方的人吧，梳着一头过分的油头，还穿着双排扣的西装。他露出大大的微笑，转向爸爸："我正打算请你爸爸来朱氏集团担任内部法律顾问呢。"

房间陷入完全的静默。我的心脏差点停止跳动，我转向美娜。她是故意的，是我在布瑞特伍德的郊区告诉她爸爸的事。然后她现在要用这个信息来毁灭我了。但是她要怎么做？……给我爸一份工作？这不合理啊。

朱先生继续说下去，完全不在乎我们毫无回应的状态。

"我发现你最近刚从法学院毕业，我就知道这对我们双方都是一个很好的机会。我已经打算找一个新的法律顾问很久了，但一直找不到最适当的人选。一个认真工作又值得信赖、并且可以提升我们家族企业价值的人。根据我所听说的事，金先生，你就是最棒的候选人。"

"我不知道该说什么才好。"爸爸说。他的表情现在和利娅一模一样，脸上都挂着大大的微笑，"这对我来说真是个大好的机会。"

"对啊，很棒的机会。"妈妈同意道，但她的眼中燃烧着怒火。她也许可以用完美的切片梨子和优雅的主妇礼仪骗过朱先生和美娜，但我了解她。她现在已经气到七窍生烟了，因为她居然措手不及地得知爸爸偷偷去上法学院的事。

"等等，所以爸爸要当朱先生的律师吗？"利娅问道，一边兴奋地挥舞双手。融化的冰激凌洒在地上，但没有人注意到，"哇！这超厉害的耶！"

朱先生友善地笑了笑，但他的眼神很冷酷，像是在算计什么："的确是个很棒的机会。我们朱氏集团是个大家庭。现在你也会是家庭的一员，我们永远联结在一起。"

为什么这句话听起来却像是个威胁？

我突然回想起姜吉娜要我提防朱先生的警告。我想着在 DB 看到过的所有"大中超市赞助"的标语，还有我们飞去多伦多时的朱氏集团飞机，以及他无数次对美娜的暴怒。

我的心一沉。他是个强势的男人，不是我们能够抗衡的。我不喜欢他所谓的"永远联结在一起"，不管是跟他还是他的集团都一样。我知道那后面真正的意思。我们不是一家人。

他们现在掌控了我们。

朱先生站起身，对爸爸伸出手："我很快就会让人送合约过来了。很抱歉，我今天不能久留，但是随时欢迎你来电。"

"当然，当然。"爸爸说。他和妈妈站起身来，和朱先生握手，"真的很感谢你。我很荣幸。"

利娅和我都站起来向朱先生鞠躬，但是在身侧，我的手紧紧握成了拳头。他对我们点点头，然后朝大门走去。爸爸和妈妈跟上去，送他离开，不小心踩到利娅黏答答的冰激凌残骸，在地上留下哈密瓜绿色的脚印。

他们不知道自己正踏入了什么麻烦。

"嗯，这样很不错啊，对不对？"美娜愉快地说，一边嚼着一片梨，"我们现在就是一个快乐的大家庭了。而且，瑞秋，我一直都超想见你妹妹的。"

"真的吗？"利娅说，瞪大了双眼。她听我说过太多美娜的事，对她其实是有戒心的，但听了美娜这句话后，我知道她现在有点动摇了。我防御般地朝利娅走过去，怒视着美娜。

"当然！"美娜说，"我一直都希望我能有个小妹妹呀。Electric Flower的大姐姐们都把我当妹妹对待，所以我也想要把这份照顾传下去。她们总是给我很棒的意见呢。"她的声音突然一沉，像是要跟利娅说悄悄话："但是不要告诉别人喔，有些姐姐真的也该照自己的建议做的。她们一直叫我要好好照顾身体，但我碰巧知道其中一个女生都在她的表演服袖子里偷藏糖果，因为她实在太嗜甜了。我不是要出卖她啦，但朱珊米真的要小心一点了。我听说DB每年在她身上花的牙医钱可不少呢。"

利娅的眼睛快要从眼窝里掉出来了。她倾身靠向美娜，我看得出她的戒心已经消失了，"骗人。"

"真的。"

我好想尖叫。这是在搞什么？

"不管怎么样，我也该走了，"她对我微笑，"陪我去电梯好吗，瑞秋？"

"当然，这是我的荣幸。"我咬牙说道。

她对利娅说了再见，在前往电梯的途中，也和我父母打了招呼。我们家的门一关上，她就立刻露出了一抹恶魔般满足的微笑。

"我不知道你为什么要这样做，美娜，但我要跟我爸实话实说了。在他知道你是多邪恶的人之后，他绝对不可能接这份工作的。"

"啊，啊，瑞秋，你也听到我爸说的话了——我们现在是个快乐的大家庭啦。你得给我适当的尊重。而且我们都知道这份工作对你爸有多重要。你不会想要毁掉他的机会，对吧？"

我对她眯起眼睛，体温急遽升高。尽管我很想冲回家，告诉爸爸一切的经过，但我知道我做不到。这份工作对他来说代表了一切。

"所以你跟杰森在纽约有没有庆祝那个大消息呀？"美娜问，硬生生打断了我脑中钻牛角尖的思维。

"庆祝？"我眨眨眼，突然忘了那趟旅行的一切。纽约现在好像离我好几光年那么远，"喔，你是说登上韩国榜首这件事吗？"

她歪了歪头，扬起眉毛，一边按了电梯的向下按钮，"不是，我说的不是那个。"

我皱起眉，她脸上便出现愉快的笑容。

"原来你不知道啊？"她说，看到我呆滞的表情，几乎藏不住她的欣喜，"喔，瑞秋小公主，你还有好多要学的呢。"她从口袋中拿出手机，把屏幕转向我，我发现那是利娅最喜欢的流行八卦网站。一条条新闻标题出现在屏幕上，而我眯起眼睛读着。

李杰森单飞！

NEXT BOYZ 拜拜！李杰森万岁！

DB 表示很期待与单飞艺人李杰森讨论未来音乐计划。

我站在那里，一阵晕头转向。电梯门缓缓打开。"感谢你送我出来，瑞秋，"电梯门在我眼前合上，她说道，脸上带着恶毒的笑容，"然后，哈喽，欢迎回家。"

第二十四章——

把我的心系在一起的那一条线，
现在终于断了。

我瞪着关上的电梯门，动弹不得。杰森要单飞了？他为什么没有告诉我？这是一件大事耶！

我打了他的电话，想要成为第一个恭喜他的人，也想问他这一切是怎么发生的，但是电话却直接被转进语音信箱。我发了消息给他，一边焦急地踢着门。但几分钟后，他还是没有回复，我再也等不下去了。

只要有怀疑，上 Instagram 就对了。

我在搜索的地方打上"＃李杰森"，一大堆的照片立刻跳了出来，是那些疯狂粉丝五分钟前才拍的，照片中的他正走进一间熟悉的大楼里。

DB 娱乐的培训中心。

我立刻朝我们家最近的地铁站出发，甚至没注意到我还没把飞机上的邋遢穿着脱下，脚上也还踩着马卡龙色条纹的居家拖鞋。但我浑身上下流窜着兴奋的情绪，而我脑中只有一个念头：我得去见杰森。

我跳上地铁，我的手机便在口袋里震动起来了。我以为那是杰森回拨给我，手忙脚乱地把手机掏出来，差点把它摔飞到车厢的另一边。但那不是杰森打来的。

是明里。嘿，你现在有空吗？

我几乎可以感觉到我的大脑突然停止运作了，我瞪着她的消息看，把和杰森有关的一切抛到了九霄云外。那天在俞真姐办公室外的交谈过后，明里就没有再和我说过话了。我的手指在手机键盘上游移。我有太多话想要跟她说，却不知道该从哪里开始，也不知道该怎么说。我正准备要开始回消息，突然，坐在我对面的一个少女抬起眼来看着我，一认出我之后，眼睛便倏地睁大。她靠向她的朋友，低声说道："就是她耶！就是那个女生！杰森的秘密情人！"

我的呼吸哽在喉头。她说什么？

我跳出消息应用，到搜索引擎输入了我自己的名字"金瑞秋"。屏幕上立刻出现最新的头条：李杰森的三角恋习题。

我的身子一僵。

这是什么？

文章里贴的全都是我和杰森自我疗愈日时在东京的照片。我们在原宿逛街的时候；我们在怪物咖啡厅里时；我在马里奥赛车里帮利娅拍背的样子。在我们的照片旁边，则是一系列杰森和美娜类似的照片。两人在一间餐厅吃着烛光晚餐，低头笑着；夕阳下，在汉江旁散步，他们的脸染上夕阳的颜色；两人中间摆着一碗冰激凌，里面插着两只汤匙。

我的手变得冰凉而黏腻。我不懂。

我像是不受控制般开始滑起接下来的文章，尽可能地快速扫过里头的内容。我看见了"难以抉择"和"夹在两女之间"这类的词汇。我的肚子里一阵胃酸翻搅。我觉得我要吐了。

杰森这段时间也在和美娜约会吗?

我听见身边的人们开始窃窃私语,低头看了看手机,又抬头看我。

"欸,那不是金瑞秋吗?"

"就是她耶,就是她。你有看到这句吗?'金瑞秋善于玩弄情感,不断推拉,又给李杰森错误的信号,让他被耍得团团转。前一刻她还爱他爱得死去活来,下一刻,就又立刻翻脸不认人。'"

"哇喔,认真的吗?杰森值得更好的人吧。"

我的背起了一阵鸡皮疙瘩,我感觉到他们的手机镜头转向了我。我用手遮住脸,缩在座位上。当地铁到站时,我便跳了起来,穿过在等待上车的人群,一路朝 DB 的培训中心冲去。但是培训中心里也没有比较安全,因为当我进入时,我发现年轻的练习生们聚集在大厅里,对我指指点点。

"你看那是谁?"

"我听说她怀了敏俊的私生子,所以杰森才离开她的。"

"我听说她跟美娜在巡演的时候,还差点用高跟鞋上的绑带把对方勒死。"

嗯,至少 DB 的八卦中心还算正常运作。

我几乎是直觉性地在走廊上转弯,然后朝独立练习室走了过去。然后我听见一首熟悉的歌。

杰森的歌。那首他在学校音乐教室弹给我听的歌。

我冲进练习室里,看见杰森坐在一张椅子上,吉他挂在肩上。敏俊也在那里,随着音乐跳着随性的舞步。他们抬起眼,同时看着我，杰森露出了满脸的笑容。

"啊。爱情鸟听见她爱人的求偶歌，马上就赶来了，"敏俊一手贴在胸口，说道，"太美了，真是太美了。"

"你在这里干什么？"杰森愉快地说，对我张开双臂，像是期待我会给他一个拥抱。"我好想你。"

他想我？

上百万个念头在我脑中纠结成一团。所有的一切都像是同时发生的一样，我的大脑没有办法把我的杰森——那个坐在这里、随性背着吉他、说着他想我的杰森，和那个在小报消息里看到的杰森——那个和美娜吃着冰激凌、开心谈笑的杰森，重叠在一起。我感到紧张又痛苦，我的肺好像没有办法在不靠外力的状态下呼吸——但凌驾于这一切之上的感觉，则是愤怒。

我张开嘴，准备要全部发泄到他身上，但我一个字也说不出来。现在我们终于面对面了，我反而无话可说。我只是愣在那里。错愕终于占据了我的大脑。

敏俊来回看着我们，发现我们之间的气氛变得不太对劲。"我让你们两个独处一下好了。"他离开房间，把房门轻轻关上。

杰森皱起眉头："瑞秋，你还好吗？"

我现在才知道。他还不知道我看到了什么，他还没有看到文章。在训练时，我们是不能带手机的。

我默默地拿出自己的手机，打开屏幕，让他看自己和美娜的照片。

杰森从我手中接过，顺着文章往下读。他的表情从困惑变成惊恐，双眼因理解而大睁。他用力咽下一口口水。

"这跟你想的不一样。拜托，瑞秋，请让我解释。"他缓缓地、小心翼翼地说。

好，你解释吧，我好想跟他这么说。我从出了地铁之后就陷入了深渊，拜托快把我拉出来。告诉我一点什么，什么都好，让我不要心碎，因为现在它距离粉碎只有一线之隔了。拜托告诉我这只是一场误会，或是告诉我，这只是一场噩梦，我醒来之后，明天就可以忘记了。

告诉我一点什么，让这一切都过去吧。

但我什么都没说。我只是垂下眼，看着地面。"那就开始吧，"我的声音十分沙哑，"解释啊。"

他深吸一口气，双手在裤子上擦了擦。平常他要准备说什么重要的事情时，总会直直看着我的双眼，但今天他看东看西，就是不愿看我。"大概六个月前，我给 DB 看了我自己写的歌，就是我弹给你听的那首。我想要单飞，也想要把那首歌当作单飞后的第一首单曲。"

我来不及阻止自己，话就脱口而出："那 NEXT BOYZ 呢？敏俊呢？"

杰森叹了口气："敏俊懂的。至于团体里的其他人……我还能说什么？我跟你说过我妈妈的事，还有音乐对她来说有多重要，对我来说有多重要。我希望我的音乐能重新变得有意义。"

我缓缓点点头："这部分我懂啊。我不懂的是，这跟我和美娜有什么关系？"

杰森用力咽了一口口水："嗯。高层同意我单飞，但有一个条件。他们想要看我单飞能不能成功。"他的视线朝我瞥来："他们希望我录一首新单曲，跟练习生合作。"

"我们那首歌。"我开始渐渐理解了。

"对。他们本来要我和美娜出一首测试用的单曲，但在我们合唱的视频爆红之后，我……"他顿了顿，低头看着自己的鞋子，"我觉得跟你们两个一起唱可以激起更多话题。"

我的心被他的一番话说得一揪："所以那是你的主意？"我回想起好像一切都没有希望的那一天，韩先生在会议室里为我据理力争的场景。

杰森对我点了点头，好像他没办法承受自己所作所为的后果。"我们那部视频之后，我就去找了韩先生。"

"真好。伟大的李杰森又多了一个手下。"

"瑞秋，不！"杰森看着我，皱起眉头，"不是这样的。我很爱跟你唱歌，那就像是……"

"就像是我们注定要合唱的吗？"我淡淡地帮他把话说完。

"没错。就像是命中注定的。"

"那剩下的事呢？"我对着杰森手中的手机打了个手势。

"DB 要求我尽我所能地，为这首歌制造各种话题，"他现在话说得很快，"你知道 DB 在乎的一直都是媒体关注度。他们要我和你跟美娜都进行假约会，并让狗仔跟拍我们。但是，瑞秋，拜托你谅解我。"他抓住我的手，紧盯着我的双眼："我和美娜的那些事都是安排好的，就像计划的那样。但跟你是不一样的。那天在东京，我在飞机上跟你说的话都是真的。在那之后也都是真的。我爱跟你待在一起。我爱——"

"不要！"我大喊，"别说出来，你现在不准跟我说那种话。"

我一阵晕头转向。我不知道我该相信什么才好，不知道该有什么感觉才对，"美娜知道吗？"

他犹豫了一下。"她爸爸立刻就把计划告诉她了，"他承认道，"在汉江的那天，她只是在为了镜头摆姿势而已。我们都是。"

"为什么没有人告诉我？"

杰森把头埋在双手中，然后才抬起眼："高层——他们……知道你有面对镜头的问题。他们不希望你毁了他们的计划……"他的声音无助地渐渐减弱。

所以在我毫无头绪的时候，美娜就已经通通知情了。过去的几个月里，我活过的每一刻——我们在东京的自我疗愈日、他溜进学校的日子、在布瑞特伍德和他的阿姨吃的晚餐，还有布鲁克林的订婚派对——随着时间过去，便显得越来越像是一种羞辱。我只是一直想着和杰森待在一起，却完全不知道我正在成为世界级的大傻瓜。我太天真了，太乐意把我自己的未来赌在一个只想着自己未来的男孩身上。他对我说的话，有哪一句是真的？

"我不相信你。那天在公园时你跟我说——你会一直陪着我。你不想跟高层一样糟糕。但你比他们更糟——至少他们从来不掩饰自己的本性。但你一直让我相信这一切都是真的。"

"拜托，瑞秋，不是这样的。"他说，他的声音听起来十分迫切。"在东京那天之后，我就一直在付钱给狗仔，不让他们把照片公开。我从来不希望你透过网络知道这些事。我在想，最近就要把事情告诉你，但是……"他看着我的手机，"显然有人把照片流出来了。"

越来越多的文章出现在网络上，所有头条都把杰森塑造成一位无辜、害了相思病的偶像歌手。

李杰森要如何从心碎中恢复？

李杰森被困在两个女孩之间。

韩国最受欢迎的明星男孩夹在世纪三角恋之中。

"不要念出来。"他说，但是来不及了。

"'所有人都知道 DB 练习生没在怕的。他们会为了向上爬而不惜一切代价，但金瑞秋和朱美娜把这件事又提升到另一个层次了。她们玩弄了深情的歌手李杰森，只为了争一个在聚光灯下露脸的机会，'"我气到念不下去了，"我真是不敢相信。你知道，我本来是要来这里找你，庆祝你单飞的消息的。然后这些文章同时出现——"

我突然回想起杰森稍早前说的话，我愣在原地。你知道 DB 在乎的一直都是媒体关注度。

然后我就懂了。

"是 DB。他们把照片流出去的，"我瞪视着他，脑中把一切线索都串了起来，"你以为是你阻止了狗仔把照片贴出来，但他们不是因为你。他们是在等 DB 给他们信号，好在最恰当的时间把炸弹投下来。"

"你在说什么？"杰森说。

"自己想想啊，杰森！"我大喊，"《夏日热情》就是你单飞最好的引子。他们把你塑造成一个夹在两个女生之间的心碎男孩，所以当你发行你宝贵的第一首单曲时，人们就会把那首歌和你的人生联想在一起，然后完全买账。所以他们当然会把我跟美娜丢进你的三角恋里面。我们是可有可无的练习生啊！就算观众恨死我们也没关系！"

"但这不合理啊，"他皱着眉头说，"你也听过我的歌了。歌词说的是夹在两种身份之间、两个世界之间。那跟三角恋一点关系也没有。"

"你真的觉得 DB 会让你唱自我认同这种鸟主题吗？"我不敢置信地看着他，"'我来回徘徊，如潮起潮落，如自由落体，又如鹰翱翔。我是半满的玻璃杯，被困在两个宇宙之间'？"我轻易就背出了他的歌词，"醒醒吧，杰森。来回徘徊，潮起潮落？两个宇宙，大众随便就可以解读成两个女生啊。你的沙堡皇后和海洋恋人。不然你觉得他们为什么要把剧本设定成这样？"

"不，"他摇摇头，紧张的情绪出现在他的嗓音里，"他们不会这样对我的，我跟你说，不可能！我刚下飞机，他们就打给我了。他们说有大消息要告诉我，叫我开始准备个人单曲，因为……因为……"他突然泄气下来。他知道我是对的。"瑞秋，"他用无辜的眼神看着我，而这是第一次，我什么感觉也没有，"我该怎么办？"

我已经没有什么能给他了。

"我不知道，"我说，我的声音颤抖着，"但我知道你再也不能骗我了。"我转身准备离开。

杰森眯起眼睛："你还好意思说。我们都知道，我不是这段关系中唯一一个说谎的人。"他的声音变得尖锐又恶毒。

"如果你是说我爸去念法学院的事，那跟你一点关系都没有……"

"我是在说那部视频。在光泽拍的那个。"我的呼吸哽在喉头，他继续说下去："我知道你和俞真计划了这整件事，好让你能得到高层的注意。这又比我好到哪去？我以为我把这些事情解释给你听之后，你会懂的。"

我的心一沉："你说得对，也许我会吧。但不是像现在这样。"

把我的心系在一起的那一条线，现在终于断了。我回想着过去——年轻时的每一个我，那些替我把这个梦想活下去的我。把这当成一生志愿的十一岁的我，她对流行乐的热爱，还有享受音乐的心，一直都在替我照亮脚前的路，告诉我前进的方向，告诉我下一步该怎么做。但现在她只是我心中的一丝低语了。杰森的背叛把我整个人给粉碎了。

"再见了，杰森。"我的声音没有动摇，也没有哽咽。当我走出练习室时，我的声音是如此坚定。直到我转过身，我才用手捂住嘴，任凭泪水滚下脸颊。

他没有试着阻止我。

第二十五章——

我总是会不小心忘记，

能有她这个妈妈

是多么幸运的一件事。

人生居然能这么快就天翻地覆，却又同时一切如旧。几小时前，李杰森还是我的秘密男友，我还有一首登上排行榜榜首的单曲，我的家庭一片和乐。现在全国人都觉得我在和杰森交往（已经没有了），我还是有一首第一名的单曲，而我的家人们是前所未有的快乐（虽然我确定我妈在和我爸冷战，而且我们的生计还掌握在我最大的敌人手中）。

　　有什么事情和我想的是一样的吗？还是整个世界都是个谎言？都是一个刻意编织出来，让一个十一岁的小女孩相信美梦可以成真的童话，然后等到她真的把生命押在这个梦想上的时候，再一口气粉碎它？

　　粉丝们开始在那些文章下留言，而且他们可没有在客气的。

　　这两个下等练习生怎么敢这样对杰森？

　　她们以为她们是谁啊？

　　这两个贱人居然这样伤害我们的小杰森，赶快去死一死好不好？

　　我好想把她们那两张丑脸给撕下来喔！

　　现在 DB 不可能让我出道了，尤其在有这么多人讨厌和抵制我的情况下。想想，还是他们把我推进这一团混乱里的。他们花了好几年的时间训练我，然后又把我变成他们标准下无法出道的失败品。

这一切实在太荒谬了，我好想笑，我差点就笑出来了。

我把手机关掉。我不想再看到任何报道，或是任何粉丝的留言。我的事业也许已经毁了，但不代表我需要每过五秒钟就被提醒一次。

我开始随着本能前进，在首尔漫无目地闲晃，一团模糊而麻痹的感觉笼罩着我的脑袋。当我清醒过来时，我发现我正站在双胞胎家的公寓外面。如果我需要人帮助我转移注意力，那一定是非她们莫属了。

慧利出来欢迎我的时候，头上还卷着巨大的粉红色发卷。"瑞秋！"她大喊。她看起来很惊讶，但很高兴看到我，招呼我进到公寓里："我猜你改变心意，准备来参加舞会喽。来得正是时候！"

"你刚刚是说瑞秋吗？"朱玄的声音从浴室里传了出来。她探出头，眉毛还画到一半，"嘿，你来了！太好了。坐下，什么都别想。等我们结束，我们就来帮你梳头发跟化妆！"

客厅里一团混乱，洋装随意地丢在棕色皮沙发的椅背上，化妆包像是一个个藏宝箱般打开，放在茶几上，地板上到处是睫毛膏和口红留下的痕迹。我几乎忘了她们的公司舞会就是今天。双胞胎一直忙着化妆打扮，我想她们应该还没有机会看到那些文章。这样也好，能越少提到那些东西越好。

"这里很乱，对不起啊。"慧利说。她把我带到厨房，桌上整齐地摆着一排酒瓶，让双胞胎在去舞会之前可以先喝一波。她拉来一张椅子给我坐，拍了拍坐垫，然后又冲回客厅里，把最后的工作做完。"你就当作自己家喔！"她回头喊着。

我照着她说的做了，坐在椅子上，把脸直接贴在打过蜡的桌面上。我是一坨烂泥。一坨巨大、没有任何感觉的烂泥。

我不知道自己趴在那里多久，等到我终于回神时，我看见双胞胎正站在我面前。我抬眼看着她们，头发遮住了我的视线。她们完美的眉毛以相同的方式，担心地皱起。朱玄的头发在头顶上盘起了公主头，慧利的头发则垂在身后，卷成华丽的卷发。她们看起来已经准备要去参加派对了，但身上还穿着居家的睡衣。

"还好吗，瑞秋？"慧利问。

"还好。"

"还好的意思是不好吗？"

"对。"

"你想要聊聊吗？"朱玄问。

"不想，"我趴回桌上，"我不想毁掉你们的心情，你们还要去参加派对。"

她们开口抗议，但我挥了挥手："不要，不要。我没事，真的。我只是想喝一杯，在这里喝就好。"

我抓起龙舌兰的瓶子，啪的一声打开。我像是一只不愿意放开树干的树懒，继续趴在桌面上，直接就着瓶口喝了一大口。朱玄和慧利瞪视着我，看着我灌酒，并被酸涩的酒液刺激得瑟缩了一下。

"好了，我们的瑞秋到底去哪了？你把瑞秋怎么了？"朱玄问道。

"你们如果真的要问问题，那就来陪我一起喝。"我边说边把流到下巴的龙舌兰擦掉。

"好吧。"慧利说。她拿起一瓶水蜜桃马格利，喀的一声打开瓶盖："你摆明了就是在难过，但是没有比一个人喝酒更难过的事了。没事，我们陪你。干杯！"

朱玄举起一罐啤酒："干杯！"

我们举杯，然后开喝。

一小时之后，我已经晕了。

也许还有一点醉，但真的只有一点点。

我说朱玄和慧利看起来像是要去参加一场高级的睡衣派对，她们便尖叫起来，坚持要我也打扮。她们把我的头发烫卷，并在我的脸上画上完美的上翘眼线，还有鲜艳的大红口红。朱玄甚至把我的指甲画上她最新学会的宇宙花纹。然后某一刻，我们其中一人认为，就算我们不去派对，也应该把衣服换好，所以我们全都换上了高级的舞会洋装，然后抓着红酒和家庭号的墨鱼薯片，瘫倒在沙发上，双脚跨在巨大的大理石玻璃茶几上。

"这到底是谁想的烂主意啊？"我大笑，一边对着我的酒杯打嗝。

"你啊。"朱玄和慧利异口同声地说道。

我们全部笑成一团。我挤在沙发里，把头靠在慧利的肩膀上。我不知道这是因为酒精的催化，或是我还没有意识到 DB 就要把我踢出去了，但在此刻，我只感觉到一股奇妙的放松感。

我觉得自己自由了，甚至开始觉得自己变正常了。

我想象这是我的日常生活，和我的朋友准备要参加派对，打发时间，不用因为没有把每分每秒的闲暇时间都花在训练上而感到罪恶，可以看着慧利把薯片丢到半空中，再用嘴接住，还有朱玄在一旁捣乱，试着把薯片打飞。这一切都好简单。这样的生活，我可以接受。

也许这才是我所需要的。

突然间，房门传来一声敲门声，我们三人都哀号起来。

"不——"我说，一边深深陷入沙发中，"但是我躺得好舒服喔。"

"我也是，"朱玄说。她用脚趾戳戳慧利，"你去开门啦，你是最小的。"

"你只比我大了十分钟！"慧利回嘴。

"事实就是事实，小屁孩。"门外的人又敲了一次，而朱玄这么说道。

"好啦，但我要把这些都拿走喽。"慧利边说边把整袋墨鱼薯片抓在手里。她像是抱着小婴儿般抱着薯片的袋子，踩着她的高跟鞋走过客厅，把门拉开。

大镐站在门边，身上穿着一套蓝色的丝绒燕尾服。他的头发整齐地向后梳起，手中捧着一束红玫瑰，其实他这样看上去还不错。我觉得他大概有用 BB 霜搽在脸上。冲啊，大镐。

"呃，嗨。"他紧张地说。

"大镐，"慧利惊讶地睁大眼睛，"你在这里干吗？"她突然像是理解了什么，快速向后退开，朝沙发上的朱玄和我打了个手势："你一定是来找朱玄的吧。"

"朱玄？"大镐困惑地看着她，"呃，其实呢。"他深吸一口气，把花束塞到慧利手里："我是来找你的。"

慧利惊讶得把薯片都弄掉了。墨鱼薯片四处飞散，落在实木地板上："我？"

"里面有一张卡片。"大镐说，一边抓了抓自己的后颈。

慧利把卡片翻了出来，然后大声读出："'我花了一百万年的时间，才敢告诉你，我每天都在想着你。我的心属于你，所以，你愿意当我的女朋友吗？'"她瞪大眼看着大镐："这是真的吗？"

他的脸色一白："怎么了？太老套了吗？还是太变态了？还是太老套又太变态了？"

朱玄在沙发上喊道："太老套了！"

"没人问你啦！"慧利喊回来，用力摇着头，"拜托不要理她。"

她把卡片贴在胸口："这张卡片写得很好。我只是一直以为你喜欢的是朱玄。"

"啊？"现在换大镐摇头了，"才不是。我喜欢的是你。一直都是你。我只是一直都不知道要怎么告诉你。而且我想说也要对你姐姐好一点，因为我知道你们两个很亲近。"他皱起眉头，"我算错了吗？"

朱玄和我在沙发上抱成一团，看着这一幕在眼前上演。我听见一声吸鼻子的声音，我看见身旁的朱玄眼中充斥着泪水。

"不。你没有算错，"慧利悄悄地说，"我也真的、真的很喜欢你，大镐。"

"真的吗？"他的脸上展开一抹笑容，"因为我不确定你对我的感觉，我们当朋友当了这么久，我不想毁掉——"

慧利伸手抱住他，把嘴唇贴上他的嘴。朱玄和我欢呼起来，看着大镐抱着她，热情地回吻，墨鱼薯片在他们脚下粉碎。

"你知道，我从来没想过，但他们在一起超搭的，"朱玄对我低声说，"我可以看得出来。"

"对啊，"我大笑，"我也看得出来。"

早晨的光线从窗户中洒落。我睁开眼睛，觉得脑袋昏昏沉沉，有点宿醉。我躺在自己的床上，睡在我自己的房间里。

我是怎么回来的？

我回想着前一晚，在我的记忆中搜索。对了。我和朱玄坚持要帮大镐把整脸的妆化完，然后大镐就送我回家了，当我抱怨高跟鞋让我脚痛时，他还特地把鞋子脱下来借我穿。

我想着大镐和慧利的事，忍不住愉快地微笑起来，但当我想起昨天的其他事时，我的笑容便消失了：杰森、外流的照片、那些回应。

我梦想的终点。

我叹了口气，从床上滚了下来，头痛欲裂。一沓纸埋在我床头柜的中间抽屉里，我便把它们抽了出来。这是妈几个月前给我的大学申请书，就躺在我上次放下的位置。我一直放在那里没动过。

我翻着纸张，停在一页自传的题目上。

你要怎么描述你自己？

你对未来十年的计划是什么？

你最大的热情是什么？

我的脑中一片空白。我在 DB 的人生已经结束了，我要怎么回答这些问题？少了音乐，我还知道我是谁、我想要什么吗？我还有别的热情所在吗？我觉得我的未来像是被一个巨大的问号给吞噬了，因为在此刻之前我一直都以为我知道它会是什么样子。

也许现在是时候想象一些不一样的事了。

我爬下床，在桌边坐下，把头发绑成一个松散的发髻。我缓缓地写起大学的申请表，接着，房门上突然传来一声敲门声，妈妈把头探了进来。

"嘿，"她轻声说，"你在干吗？"

我对着桌上的申请表打了个手势，头也不抬地说："准备上大学的东西。"

说到最后一个字时，我的声音终于哑了。我终于意识到了现实。妈妈的问题像是直接打穿了我铠甲般的那股麻木感，终于让疼痛流了进去。

这真的很痛。

"结束了。"妈妈进入我的房间，在我的床上坐下。我对她说道："当歌手这件事已经结束了。所有的一切和我想的都不一样。我一开始的时候，以为我知道未来会是什么样子。但我其实什么都不懂。我错了，错估了这一切。"

"你那时候才十一岁。"妈妈温柔地说。

"我完全不知道选择这条路要牺牲什么，"我擦着眼睛说，"我已经受不了了，我没有那个本钱。也许我一直都没有。"

我感觉到泪水再度涌起，威胁着要流下。妈妈坐在我的床上，紧盯着我。虽然看到我这么痛苦，她也很难过，但我想她心中的某部分一定松了一口气。现在抛下了明星梦，我终于可以专心在课业和升学上，就和她希望的一样。

我以为她会开始教我怎么填那些申请表上的问题，但她只是站了起来，离开了我的房间。我听见她回到卧室里，翻箱倒柜了一阵，然后当她回到我的房间时，手上拿着一本旧相簿。"妈，"我问，"那是什么？"

"你看一下嘛。"

我接过相簿，小心翼翼地翻过——那是我妈的照片，时间算上来可能有十五年——一张张还是小女孩的她，站在讲台上接受奖章和奖杯。一个沉重的东西在相簿的最后面碰撞着，所以我翻到封底，看见一面金色的奖牌贴在上面。上头写着：一九八九年韩国国际大专杯女子排球冠军。

我哑口无言："妈，我……"

"我很久以前就该告诉你了，瑞秋。排球对我来说不只是个高中时期的嗜好而已。但你外婆不准。她希望我受教育，找一份正当的工作——但我没听她的话。我想要去参加奥运。"她深深叹了一口气："但事与愿违。我当时打得很好，但就是不够好。很不幸的是，我花了太久的时间才发现，所以我吃了很多苦——"

"妈。你不用再担心了。我……我也不够好。我已经放弃当歌手了。"

妈妈捧起我的脸。"女儿，你误会我的意思了，"她微笑道，"你觉得我们为什么要搬来韩国？"

我耸耸肩："我不知道。外婆去世了。我想我从来没打算去问你为什么改变心意。"

"没错。外婆去世了，我回来参加丧礼。我好几年没有见到我自己的妈妈了，而我虽然很想为她哭泣、为她难过，但我感觉到的却是生气。我气她不愿意支持我的梦想，也气她没有鼓励我去追求我的热情。我不想让我们之间变成那样，所以我决定，我们全家搬回来，让你追求你的梦想。"现在，她的眼中也泛着泪光。

"我想这可能也是一种遗传，因为我也没有好好支持你。只是这世界的竞争好激烈，"她说，"怎么会有妈妈希望自己的孩子吃苦呢？我知道你在这条路上会很辛苦，而我想要保护你。就像我妈妈试着要保护我一样。"

她拿出她的手机，开了一部视频给我看。那是我和杰森跟美娜在首尔奥运体育馆的表演。这是摇摇晃晃的粉丝密录视频，几乎只对焦在我身上，拍下了我的每一个动作和脸部表情。我看着妈妈，她的脸上挂着一个向往的微笑。

"利娅传给我的，"她说，"我一直都没有优秀到能成功的地步。但你有。你有本钱，瑞秋，你一直都有。"

她对我伸出一只手，我握住了，却不知怎么想起了杰森的爸爸。

妈妈和我也许会吵架，但我无法想象她会因为任何原因而抛下我。不管如何，我一直都能从她的爱中感受到安全感，也一直都知道她只是希望我安全和快乐，即使有时候我们的表达没有那么直接。我总是会不小心忘记，能有她这个妈妈是多么幸运的一件事。

"我以你为荣，"她说，"还有，妈妈对不起你。对不起，这花了我这么长的时间。"

眼泪终于从我的脸庞滑落。我觉得我最近好像只会哭，但现在的眼泪是好的，让我觉得自己好像比之前更完整了一点。

"谢谢你，妈妈，"我用力握住她的手，"所以你现在不会再担心我了吗？"

"我还是很怕，"她大笑，"我不知道这会不会有消失的一天。当妈妈的就是会这样。但你值得去冒险，瑞秋。这是你努力来的。不要让任何人把这机会夺走。"

我点点头，给了她一个拥抱。

在我来得及放手之前，我的房门就被推开了。"你们两个哭完了吗？我一直在等什么时候可以进来耶！"利娅大叫着爬上我的床，挤进我和妈妈之间。

我大笑着，抹掉眼泪："好啦，哭完了，我保证。"我把利娅抓来用力抱住，并在她的头顶上对着妈妈微笑。我心中有一股轻盈的感觉，是我好久没有感受到的，但还不完整。我还有一个人要关心。我把手摁在利娅肩上，转向她："你会讨厌我吗？你会讨厌这里吗？这从来都不是你的主意，但是你不得不来，而且……"

利娅毫不在意地笑了一声，把我的手拍走："姐，我没事。"

"我是认真的，利娅。我知道这里的生活……不是很容易。"我边说，边想着她学校里的那些小太妹。

我可以感觉到视线又变得模糊，但利娅推了我一下："不能再哭了！你答应过的！"我把呜咽声吞了回去，然后大笑起来。

"我没有哭啊！"

"你知道，瑞秋，作为一个姐姐，你有时候真的蛮迟钝的，"利娅戏谑地笑了笑，"你觉得我会在乎学校那些女生吗？你是我的姐姐。你的梦想就是我的梦想。这比一切都重要。"她把头歪向妈妈，露出一抹邪恶的微笑："再说，DB 的征选又要开始了……现在我十三岁，我也可以开始参加培训了。这样瑞秋就不用当全家唯——个歌手啦！"

我的下巴掉了下来，而从我眼角余光，看见妈妈的脸色一白。妈妈的手机响了起来，她伸手拿过，但眼神始终没有离开利娅。利娅则像是又进入平常心不在焉的八卦状态，一边滑起了自己的手机。妈妈戳了戳我的身子："是俞真。她说她一直要找你都联系不上。"

我发现我从昨天把手机关掉之后，就没有再看过它了。我一把手机开机，就跳出好几通俞真姐的未接来电，还有一连串焦急的消息。

现在就到 DB 培训中心来！我得跟你碰面！

第二十六章——

我站直身子，
决心在我的血管中流窜。
我绝对不再让任何人践踏我。

当我抵达 DB 培训中心时，俞真姐正坐在大厅里等着我。她一看到我就跳了起来，紧紧将我抱住。

"瑞秋！我都听说了。"

"全部吗？"我的心差点从喉头跳出来。也包括我和杰森的交往关系吗？我的天啊，希望没有。

她向后退了一步，眼中闪烁着怒火。"我听说杰森单飞了，DB 还利用你跟美娜来帮他宣传。"像以往一样锐利，她挑起眉审视地看着我的脸，"怎么了？还有什么我该知道的吗？"

我摇摇头，暗自松了一口气："没有，没有别的了。"

她怀疑地看了我一眼，但表情变得柔和。"听着，瑞秋，我真的不知道 DB 有这个计划。要是早知道，我就会尽我所能地阻止他们。"她的嘴唇抿成一条细线，像是正努力阻止自己失控，"很抱歉我没办法好好保护你。"

我的心一揪，不希望俞真姐觉得自己要为这件事的任何一个部分负责。我从不觉得她是这计划的一部分，而她绝对是最不需要道歉的那个人。"请不要这么说，"我说，"从第一天开始，你就一直都在支持我。而且纵观全局，现在我没事了。"

这只是半个谎言。

"真的吗?"俞真姐又审视地看了我一眼,"你确定没有别的事要告诉我吗?"

她实在太了解我了。有那么一瞬间,我好想把我和杰森的事全都告诉她。能把所有的情绪都发泄出来,感觉一定很棒。

不要再有秘密,不要再有谎言了。但我想象着她会有的失望表情,并在脸上露出我最棒的微笑。

"真的,别担心。"

她叹了口气:"不需要跟我说这句,我总是有事情要担心。"

在大厅的另一边,两个二年练习生走出餐厅,快速说着话。

"你听说了明里的事吗?"

"有啊,真是不敢相信! DB 的女生这么多,我没想过……"

我竖起耳朵想听她们后面说的话,但她们的声音已经消失在走廊上了。

我看向俞真姐:"你有听到吗? 明里怎么了?"

"你还没听说吗?"俞真姐说,惊讶地耸起眉毛。我呆滞地看着她,她便咬了咬嘴唇,脸上露出一抹抱歉的神色,好像她很不想告诉我这个消息,"明里被交易到另一个唱片公司了,她已经不在 DB 了。"

我的心一沉:"什么?"

不。不可能的。如果这是真的,我早就知道了。不是吗?

就算我这么想着,我也知道我错了。我最近总是从明里的人生里缺席,我怎么可能会知道? 我想起她昨天发给我的消息,嘴里一阵干涩。那是在所有的事情爆炸之前。我完全遗忘了她。

又一次。

我抓起手机，立刻发了消息给她，但消息回复显示无法传送。我打给她，甚至试着拨视频电话，但所有的回应都告诉我她的手机无法联络。

她真的消失了。

"走吧，"俞真姐温柔地说，一边抓住我的手肘，带着我走过走廊，"今天是新生加入的日子。我知道你可能不想参加，但至少你可以转移一下注意力。我们走吧。"

我麻木地跟着她走向礼堂，心中一片空白。俞真姐把我推向舞台，台上所有的练习生都在接受新生的鞠躬。所有人，除了明里。我的心更沉了。

她应该要在的，我真不敢相信她已经离开了。

上台后，恩地刻薄地打量了我一圈。"看看谁决定要露脸啦。"她吹了一个西瓜口味的泡泡，然后让它在嘴唇上爆炸。

"我们还以为你已经羞愧而死了呢。"当我朝队伍之首走去时，莉齐朝我眯起了眼睛。

"拜托，公主。"美娜对我露出洁白的牙齿，挡住我的去路。她看起来完全不受最近的丑闻报道影响，一如往常的自信："我想你应该知道自己的位置了才对呀。"

美娜的最后一句让我瞬间清醒。她说得对。

我的确知道我的位置。

我走到队伍最前方，站在美娜旁边，正是我在练习生排行里应该要站的位置。

"我觉得我的位子应该在这里。"我说。

整个舞台一阵沉默，我和美娜瞪视着彼此，我们之间的冲突像是在礼堂内产生了回音。好像所有人屏住了呼吸，等着看接下来会发生什么事。但当新生们全都走出来，开始鞠躬时，卢先生跟在她们身后，美娜便撇开了视线。

所有人都吐出一口气。

我站直身子，决心在我的血管中流窜。我绝对不再让任何人践踏我。

我努力了这么久才到这里。

这是我应得的。

就算是 DB 的高层也不能从我手中夺走这一切，我想着，一边看着他们在我面前停下脚步，脸上带着大方但毫不留情的微笑。

"瑞秋。"沈小姐说。

我一鞠躬。"沈小姐。"我回应道，然后转向卢先生。

"你好吗？"卢先生说，声音里透着一丝犹豫。我可以在他的眼镜中看见自己苍白而疲惫的脸庞。

"对呀，"林先生附和道，几乎藏不住他的鄙视，"我们，呃，没想到今天会在这里看到你。"

我抬眼看向他们，紧咬着牙关。林先生的眼中闪着愤怒的光芒，而卢先生的手不断拨弄着他的西装口袋——我突然意识到，他们知道我都已经知情了，而现在正等着看我会怎么玩这一局。嗯哼。说到玩游戏，我倒是学到不少。

毕竟我可是 DB 训练出来的。

"我不可能错过这个的，我近期也不打算去别的地方。"我露出了灿烂的笑容，展现出完美的练习生形象，并直直看着卢先生的眼睛："记得我们是一个大家庭。我们永远都是一家人。"

林先生的表情变得冷硬，但卢先生露出一个浅浅的、投降般的微笑："我就知道你会这么说。"

他眼中带着算计的神色，但我不知道他在算什么，可是他已经朝队伍后方走了过去，离我越来越远。直到走下舞台前，我都没有真正放松。我们回到座位上，等着听他们宣布重要事项。我一个人坐在后排的座位，终于让身体松懈下来。我闭上眼睛，靠在套绒布的椅子上。至少最糟的部分已经过去了。

我突然感觉到一旁的椅子有人坐下的动静。我睁开眼。

是杰森。

有那么一瞬间，我们只是看着彼此。我不知道该说什么，而从他焦躁的坐姿、抖脚的动作，我知道他也无话可说。他看起来疲惫又挫败，像是他过往的一个空壳，不再是那个充满自信，且相信全世界的人都是他好朋友的男孩。

"瑞秋……"他开口，但声音却又打住了。他像是想要伸手过来握住我的手，但他在一半就停了下来，转而抓住椅子的把手。"恭喜。"他终于说道，对我露出紧绷的微笑。然后他从座位上站起身，往走道上走去。

我看着他的背影，错愕不已。恭喜？

恭喜什么？

卢先生上台公布重要事项了。我一直在思考杰森刚才说的话，我几乎没听到他在说什么。

原来，我今天还有更多的惊喜。

"我们全都兴奋不已，"他说，他的声音在礼堂中回荡，"我们等不及要推出一个新的女团了，命名为'Girls Forever'！请和我一起欢迎这九位女孩，我相信她们的面孔和声音将会成为韩国最受欢迎的明日之星！"

整个礼堂里一片哗然，练习生和教练们疯狂地猜着谁会被选中，伸长了脖子打量着礼堂里的大家。我在座位上直直坐起，像是被闪电击中般错愕。

我不知道 DB 今天要推出新的女团。而从每个人脸上惊讶的表情来判断，其他人也不知道。

"我现在要请女孩们一个个上台，"卢先生说，"首先，我们欢迎申恩地，她总是能在自己做的事情中注入能量与热情；柳秀敏，则是优雅与气质的代表；允永恩是专业的和声；李智允，是一位充满创造力的艺术家；沈安里，她强而有力的嗓音足以挑战所有女中音；尹莉齐，是位优秀的舞者；邱仙姬，是我们培训计划中最优秀的饶舌歌手。"

他刻意顿了顿，环顾了礼堂一圈。空气中弥漫着期待的气息，我几乎可以感觉到它沉甸甸的重量。美娜向前倾身，指甲深深刺进椅子的扶手里。他还没有喊到我们两个的名字。

他现在要把我们踢出培训计划了吗？他会在公布了 Girls Forever 的成员之后，就立刻宣布要淘汰我们吗？这样也太残酷了，但这不正是 DB 处事的方式吗？我稳住自己，准备承受他接下来说出的任何话。

"最后，我要以最自豪的态度，公布最后的两名成员。"他张开双臂，像是一名骄傲的父亲，"这两位年轻的女性，已经为 DB 带来了不可思议的成就。她们将我们的家庭价值发挥得淋漓尽致，而我知道，她们在未来，会继续成为 DB 最完美的明星模范。"他的微笑几乎像是鲨鱼一样了，语调里带着潜在的威胁："我很荣幸地欢迎 Girls Forever 的主唱金瑞秋，还有领舞朱美娜！"

我很荣幸地欢迎主唱金瑞秋。这几个字在我脑中不断回荡，我的腿则完全动弹不得。我不知道我是怎么办到的，但我居然有办法走过走道，爬上舞台，尽管我的膝盖抖得像是摇头娃娃一样，也几乎听不清台下人们的欢呼声在礼堂中回荡。

这个早上，我还以为我的事业已经结束了。

现在我却准备要出道。

卢先生露齿一笑，和我握手。

"恭喜。"他说。然后，像是读到了我内心的想法，他又补充了一句："你的梦想已经成真了。"

直到我感觉到脸颊上布满泪水，我才意识到我哭了。我快速用手背抹掉眼泪。这是真的。这是现实。这真的发生了。

我反射性地在人群中搜寻俞真姐的身影。她拍着手，也在哭泣着。我想要跑过去给她一个拥抱，但我知道现在还不是时候。然后我在礼堂的角落，看到杰森站在那里。我突然发现朱先生站在他身边，心头一惊。他低下头，在杰森耳边说了几句，杰森则顺从地点了点头。当报告结束时，卢先生便朝他们走了过去。杰森握了两个人的手，脸上带着一股阴郁但决绝的表情。

紧张的情绪在我的肚里翻搅。这一定是杰森刚刚说恭喜的原因。他知道我今天会出道，他知道我没有被踢出 DB。

但是为什么？

他是做了什么才帮我换来这个惊喜的？

"恭喜了，瑞秋。"

我转过身，看见美娜站在我面前，莉齐和恩地站在她的两侧。

"主唱耶，"莉齐说道，声音中透着虚假的热情，"真是个了不起的称号。"

"能全在同一个团体里真是太好了，"恩地补充道，"想想接下来我们会有多少乐趣呀。"

"女孩们，给我们一点时间独处好吗？"美娜说，"我想要给她一点私人的贺词。"

莉齐和恩地一如往常听话地走下舞台。美娜转向我，脸上挂着微笑，但我认出她眼中熟悉的邪恶光芒。

"在行礼仪式的那个小把戏满可爱的，瑞秋，"她说，声音压低成耳语，"但是别以为这能改变你在这里真正的地位。我们现在要一起出道了，俞真姐可不能继续保护你了。你觉得没有她，你能撑多久？"

"我觉得我可以保护我自己，美娜，"我说，双臂交叠在胸前，"不论如何，我毕竟是主唱。"

她继续微笑着，不动声色："如果我是你，我不会太以那个称号自豪的。你不要一下过太爽喔。你永远不知道你什么时候会……失足。"

她抽出手机，播了一段视频给我看。那是另一段在首尔奥运体育馆的密录视频，不过录的是 Electric Flower 唱的《星河》。我皱起眉头，不解地望着她。她为什么要给我看这个？

然后我就发现了。星空的遮罩升起，当光线照在舞台上时，在屏幕的角落，闪过了我和杰森在后台接吻的画面。只有不到一秒的时间，但那的确是我们。

"你从哪里拿到的？"我的声音颤抖着，我甚至没办法掩盖心中的警觉。

"利娅呀，"她狡猾地说，"我去你家的那天，在你到家之前，她给我看了那场演唱会的录影。我刚好看到这部视频有个很有趣的片段，所以我就叫她传给我了。毕竟，我是 Electric Flower 的大粉丝嘛。"

我咽了一口口水，咬紧牙关。如果这部视频流出去，我就毁了，就跟姜吉娜一样。杰森相信流行歌坛的生态正在改变，但过去的两天教会了我一些重要功课，那就是这些改变并没有快到会对我造成任何影响。"你不敢的。"我说，尽管我知道她当然敢，她没什么好犹豫的。

这代表她现在可以控制我了。

她微笑着，把手机塞回短裙的口袋里。

"再次恭喜你啦，瑞秋。接下来这一年有得瞧了。"

第二十七章 ——

当幕布升起时，我做了一个决定。

"女孩们，你们就要准备上台进行出道处女表演啦！过去这一个月的准备期，你们有什么感觉？"

我和我的八名 Girls Forever 团员坐在一起，穿着相似的宝蓝色服装，上面层层叠叠的是霓虹色的花朵花纹。我的露背洋装紧紧裹着我的身子，亮粉色的花瓣沿着我的身侧向上爬。我的脚上则穿着白色的膝上袜，还有完美无瑕的高筒球鞋。我把完美的卷发拨到肩膀后方，对主持人眨着眼睛，露出微笑。

抬头挺胸，双腿交叠。肚子收紧，肩膀打直。摄影机特写着我的脸，直播给数以百万计的韩国民众看。

"挑战性很高，但我们都非常努力，现在我们是蓄势待发。"我轻松地说道。我对着其他女孩打了个手势："与这么有天分的团员们合作，我真的受到很多激励。我从她们身上学到了很多事。"

例如要如何每天都提防着别人的暗算。比方说恩地一直发誓我梳子里的口香糖不是她的。或是每次试装完之后，我的鞋子就会神秘地消失。我的出道预备期，就在训练、失眠，和躲避一个又一个邪恶的恶作剧中度过，而所有人都以为这些女孩是我最好的朋友。

我对着镜头微笑。

如果他们能看见我们的生活是什么样子就好了。

女孩们对我甜甜的回应发出赞叹声，秀敏和莉齐甚至靠了过来，给了我一个团抱。我紧紧回抱她们，好像真的享受她们给我的关爱。她们长长的指甲刮着我的手臂，主持人则继续挂着灿烂的笑容，露出一口白牙，眼神闪烁着光芒。

"听起来你们合作得很愉快呀。"他说。

"当然喽，"美娜说，她的声音带着完美的热情，"这趟旅程中，再也没有比她们更好的旅行伙伴了。"她用喜爱的眼神扫视了我们一圈，最后视线停留在我身上。她微笑着："我们未来的路可是一片光明呢。"

上台之前，我站在后台深呼吸。过去这一个月的时光飞逝，而现在终于是我们出道的时候了。世界准备好，我们来了。

是时候让你们看到我们的本事了。

一阵笑声吸引了我的注意，我转过身，看见美娜正用自己的手机给其他女孩们看着视频。她们全围在一起，大笑着，推挤着彼此，想要抢到比较好的视野。

"哇，这超猛的。"

"没想到她居然能拍到这个！"

我的肚子一阵收缩。那是我想的那个吗？

我冲过去，把手机从美娜手中抢走。那是一个女孩在Instagram上贴的视频，她和她的狗用筷子在弹着钢琴的四手联弹。我的脸红了起来。

"干吗啊，瑞秋？"恩地说，"你到底有什么毛病？"

"别介意，女孩们，"美娜云淡风轻地说，一边啜着一杯水，"瑞秋公主只是不喜欢别人的视频爆红而已。"

我的手紧握着她的手机。美娜也许可以用她的视频来威胁我，但那不代表我就得乖乖就范。我把手机重重塞进她手中的水杯中，水珠随之喷溅而出，所有人尖叫着跳开了。

美娜的嘴错愕地张大。

"喔哦，对不起，美娜，"我甜甜地说，"我手滑了。但你知道吗？也许这样也好，你知道他们的社交媒体规则吧。我不希望你惹上麻烦。"

我转开身，然后我停下脚步，转头看向美娜的手腕，还有闪闪发亮的红宝石手表。韩先生的表——那只他爷爷独一无二的传家手表。我在多伦多就发现了，但我什么也没说。我甚至不知道为什么会在她手上。

但我可以猜。

"对了，美娜，你知道现在几点啦？"我天真地问道。

她瞪大眼睛，手忙脚乱地看了一眼自己的表，然后用手遮住："现在，呃，快一点。"

"谢了，"我说，"表演时间要到喽，女孩们。"

团员们来回打量着我们，想要搞清楚我们之间没说的秘密。恩地和莉齐互看了一眼，然后朝我走来。"我们准备好了！"我的眼角余光看见美娜的脸垮了下来，但我已经转身离开了。

我还有一首歌要表演。

我们最后一次补妆，在台上集合，然后等幕布升起。我站在舞台正中央，左右两边各有四个女孩，一字排开地站在我身旁。摄影机从四面八方对着我们，而我可以听见观众在幕布的另一边欢呼着。

他们期待看见我们。我抬起下巴。很好。

我们要给他们一场有生以来最棒的演出。

如果有人告诉十一岁的我，要牺牲多少东西、会被夺走多少珍爱之物才能走到现在这一步，我一定会说他们是在写韩剧的剧本。能走到这一步，路途比我想象得困难许多，但我现在终于在这里了。

经历了这么多，我现在终于出道了。

我想着海女们说的话：当我们觉得自己再也走不下去时，我们会记得我们已经走到这里，我们还能继续前进。

我想着利娅：你的梦想就是我的梦想。

我想着妈妈：你值得去冒险。这是你努力得来的。

当幕布升起时，我做了一个决定。我直直盯着中央的摄影机，踏出一大步，离开站成一排的女孩，独自站在聚光灯下。

这是我准备发光的时刻。

而我不会让任何人阻止我。

致　谢

　　能让我梦想成真，要感谢的人实在太多了！我想从我的 Golden Stars 开始，谢谢你们强大而无尽地支持与热情，在写作过程中不断鼓励我、激励我！

　　我也想要谢谢 Simon & Schuster 出版社，这本书在美国的家。首先，是我的头号明星，编辑珍妮弗·温（Jennifer Ung）。珍，你真的让这本书闪闪发光呢（里外都是）！也谢谢独一无二的玛拉·阿纳斯塔斯（Mara Anastas）；负责营销与公关的团队，包括凯特琳·斯威尼（Caitlin Sweeny）、阿莉莎·尼格罗（Alissa Nigro）、萨万娜·布雷肯里奇（Savannah Breckenridge）、安娜·贾沙（Anna Jarzab）、埃米莉·里特（Emily Ritter）、妮科尔·拉索（Nicole Russo），以及凯西·马莫（Cassie Malmo）；虽然放在最后但同样重要的萨拉·克里奇（Sarah Creech），谢谢设计师帮我想出了塞满星星的封面，并且把所有的闪亮光芒都搭配得恰到好处。

　　我也非常感谢我不可思议的联合精英经纪公司（United Talent Agency）代理人们——马克思·迈克尔（Max Michael）、艾伯特·李（Albert Lee），以及梅雷迪思·米勒（Meredith Miller）——让这本书能够进入世界上各个国家，其中有许多是我以前去过的，我也等不及要与当地的读者互动。同样地，还要感谢才华横溢的 Inkwell Management 公司经纪人斯蒂芬·芭芭拉（Stephen Barbara）从一开始就相信这本书，为它找到第一个家，并且一直以它为傲。如果没有 Glasstown Entertainment 公司的女孩们，我是不可能完成这一切的。谢谢莱克萨·希利尔（Lexa Hillyer），听我分享了许多让她喷茶（真的喷出来！）的故事，还有独一无二的丽贝卡·库斯（Rebecca Kuss），帮我确保每一个细节都是最——完美的。谢谢 Glasstown 的劳拉·帕克（Laura Parker）和林利·伯德（Lynley Bird），还有马特·卡普兰（Matt Kaplan）、马克思·西默斯（Max Siemers），以及所有 Ace Entertainment 的员工们，谢谢你们努力将这本书转变成有望登上大银幕的故事！也谢谢萨拉·苏克（Sarah Suk）——你是毋庸置疑的明星，是你的付出令这本书脱颖而出。

我也要向我的家人致上最深的谢意——谢谢你们总是无怨无悔地支持着我。谢谢我的父母，你们一直都挺我，也让我成为我想成为的人。也谢谢最棒的秀晶，你是任何人梦寐以求的最好的妹妹。我全心全意地爱着你。

最后，我想谢谢泰勒（Tyler）。在我的旅程中，你一直都陪着我，没有你，我也不可能成就这一切。你愿意帮助我的热忱是我想都不敢想的。我等不及想看下一段旅程又有什么冒险了。

图书在版编目（CIP）数据

生来闪耀 / (韩) 郑秀妍著；曾倚华译. -- 北京：
中国友谊出版公司，2022.8
ISBN 978-7-5057-5448-5

Ⅰ.①生… Ⅱ.①郑… ②曾… Ⅲ.①长篇小说—韩
国—现代 Ⅳ.①I312.645

中国版本图书馆CIP数据核字(2022)第056729号

著作权合同登记号 图字：01-2022-1856

本简体中文译稿由高宝书版集团授权使用。
本书中文简体版权归属于银杏树下（上海）图书有限责任公司。

书名	生来闪耀
作者	［韩］郑秀妍
译者	曾倚华
出版	中国友谊出版公司
发行	中国友谊出版公司
经销	新华书店
印刷	天津中印联印务有限公司
规格	787×1092毫米　32开
	11.5印张　250千字
版次	2022年8月第1版
印次	2022年8月第1次印刷
书号	ISBN 978-7-5057-5448-5
定价	66.00元
地址	北京市朝阳区西坝河南里17号楼
邮编	100028
电话	（010）64678009

生来闪耀
不负星光

歌手、演员、时尚设计师
郑秀妍 JESSICA
跨界出道小说全新续作,再度揭露韩娱黑暗面!

☆ ☆ ☆

被孤立、被抢资源、被踢出团队

当聚光灯不再照亮我

谁会陪我,等待再度闪耀的时刻?

当你站得越高,你就跌得越重。

梦想与爱情的成本,比想象的更高。

当公司不再庇护,面对队友的背叛,瑞秋必须聆听自己的心声。